LA APUESTA DEL FORAJIDO

LOS NUEVES SALVAJES
LIBRO 4

A.R. KNIGHT

CAPÍTULO 1
TARDE LUNAR

Su ojo cambió de color. Una y otra vez, el ojo derecho del objetivo, enmarcado con un ribete metálico que delataba sus mejoras, cambiaba para adaptarse a las frenéticas luces del club que jugaban con esquemas de colores fríos a un ritmo irregular. Baldosas con campos de estrellas entrelazadas con neón salpicaban el suelo, las paredes, el techo. El *Neil's* ignoraba tanto a su homónimo como su propia ubicación lunar y cedía al asalto sensorial de movimientos convulsivos tan condenadamente frecuente en estos días.

Pero Davin no se habría bebido tres copas sin ese ojo.

—Vienes recomendado —dijo Theona, volviendo la conversación hacia la credibilidad callejera de Davin por lo que debía ser la quinta vez—. Normalmente investigo a mis mensajeros.

—No soy yo quien tiene una fecha límite —Davin se reclinó, la personificación de la despreocupación, y luego se enderezó de golpe cuando su taburete casi se volcó.

El ojo normal de Theona arqueó una ceja y ella alcanzó su cóctel plateado Stardust, la bebida más azúcar que cualquier otra cosa. Sorbió la cosa a través de una pajita tan larga como el antebrazo de Davin. A su alrededor, borrachos de primera hora de la tarde convertían medio día de salario en una noche completa de diversión. Al *Neil's* no le importaba que la cena aún tardara horas, los ritmos psíquicos pulsaban a través del suelo, a través del taburete, y hacían rebotar el cerebro de Davin más que los destilados de Ron Lunar que había estado bebiendo.

Su mesa estaba en el tercer nodo que se ramificaba desde una pista de baile rectangular cuya nebulosa arremolinada lanzaba maravillas galácticas a, en ese momento, un único hombre que movía las caderas al ritmo de una música que solo él podía oír.

Davin no creía estar a muchas rondas de unirse al tipo, pero su atuendo no encajaba con el ambiente obrero del *Neil's*. Elegante con cuero espacial y realzado con especias multiplanetarias, Davin tenía ese aspecto de vagabundo con clase que lo situaba intrigantemente fuera de lugar en cualquier entorno. Theona hacía juego a la perfección, su ojo mecánico complementaba un conjunto fragmentado que encajaba colores, metales y telas a trompicones que no deberían funcionar pero que, en la explosión de neón del *Neil's*, captaban la atención de Davin.

—Estoy intentando conocerte —dijo Theona, devolviendo la atención de Davin—. Pero hablar contigo es como intentar atrapar un salmón en mitad de la corriente. La mayoría de los mensajeros no son tan difíciles de descifrar.

¿Salmón en mitad de la corriente? Davin guardó esa frase para más tarde. Quizás la mujer había subido desde la Tierra, pasado algún tiempo en un negocio no construido sobre el transporte de armas ilegales. Quizás ese maldito ojo hacía que fuera fácil localizar a los peces bajo el agua. Con lo cual, ¿cuántos peces tendría que atrapar para pagar-

—¿Me estás prestando atención siquiera? —preguntó Theona—. Yo soy quien te paga, ¿recuerdas?

—Claro. —Concéntrate, Davin. Vamos. Lo necesitas—. Ya

sabes sobre mi nave, sabes lo que puedo hacer. ¿Qué, quieres un currículum?

—Ya lo tengo —respondió Theona, y luego se inclinó hacia delante—. Lo que pasa es que estoy recibiendo una vibración extraña de ti, Davin. Como si no fueras quien dices ser.

—Soy el hombre que salvó el sistema solar —replicó Davin.

—Entonces, ¿por qué te reúnes conmigo en este club?

¿Por qué? Davin tenía mil razones por las que, y todas eran una mierda. Reproducía mentalmente cada noche los años desde que Bosser recibió el láser equivocado, intentando encontrar el punto donde las cosas se torcieron, como si Davin pudiera rebobinar el tiempo e intentarlo de nuevo.

—Porque resulta que ser un héroe no paga —dijo Davin, las palabras pudriéndose en su boca.

—Creo que es la primera cosa auténtica que te he oído decir —Theona se reclinó con una sonrisa desagradable, su ojo cambiando a un verde brillante—. Haces este trabajo para mí, te pagará. El siguiente también te pagará. Trato bien a mis mensajeros.

—Entonces, manos a la obra. —Davin se bajó del taburete, estabilizó el mundo agarrándose a la mesa del bar durante un minuto—. Sitios a los que ir, gente a la que ver, toda esa mierda.

—¿No habías dicho que no tenías prisa? —La mujer apuró su bebida.

—Nunca es demasiado pronto para dejar este lugar.

Davin no había querido ir al *Neil's* en absoluto, pero Theona insistió. Dijo, cuando se comunicaron por primera vez, que su música, luces y desprecio general por los códigos de construcción lunar hacían difícil que alguien pudiera escucharles. Davin no pudo discutir eso, así que fijaron la fecha, la hora y las bebidas.

Ahora la mujer le guiaba por las calles sórdidas de la cúpula

Nubium, una mezcla fallida entre esperanzados emprendedores intentando sacar provecho del resurgimiento de Luna y depredadores que se alimentaban de esos mismos sueños. Negocios temporales plagaban las chabolas apiladas, y Davin sabía que la mayoría también se extendían bajo tierra, excavando lo más bajo de la cúpula bajo el polvo gris. Cada uno pregonaba algo nuevo, una modificación corporal o alguna droga, un robot que salvaría tu vida o tomaría la de otro.

En lo alto, los saltacúpulas se desplazaban rápidamente, sus aerodeslizadores de uno o dos pasajeros surcando Nubium a toda velocidad. No querían arriesgarse a que se les estropeara un motor y tener que bajar a repararlo aquí.

Davin, sin embargo, disfrutaba del paseo. La Tierra estaba arriba, su belleza azul-blanca-verde proporcionando un cielo mejor que el vacío negro que normalmente tenía al surcar el espacio. ¿Y la gente que abarrotaba las calles a su alrededor? ¿Hambrientos de esperanza, de tratos, o simplemente hambrientos? Esa gente la conocía. Esa gente era él.

No había crecido en la Luna, pero el hogar era más que un lugar.

Theona inclinó su caminar, asintiendo entre dos montones con franjas naranjas. Mantuvo la boca cerrada aquí fuera, donde había oídos por todas partes, y Davin hizo lo mismo. Prefería escuchar la música callejera que sus arrogantes discursos sobre cuánta artillería tenía esperando para abrir un agujero en la flota de Eden.

No es que Eden no lo mereciera, pero Davin ya no jugaba a tomar ese tipo de bandos.

Entre los montones, unos metros atrás de la calle propiamente dicha, la mujer levantó su ojo metálico hacia un punto anodino en las paredes plateadas. Algo hizo clic cuando Davin se acercó, y una puerta se abrió hacia arriba, revelando una escalera que descendía.

—Un poco pequeña para mover carga —dijo Davin mientras comenzaban a entrar—. A menos que trafiques con juguetes.

—Trasladamos la mercancía por otro lado —respondió Theona, guiando—. Tengo el astillero de Nubium en mi nómina. Cuando llegue el momento de volar, entrarás correctamente, te irás sin que nadie te mire dos veces.

—No es estupendo.

Detrás de él, la puerta se cerró con fuerza y sumergió la escalera en la oscuridad. Davin oyó un clic cuando el ojo de Theona cambió de nuevo, y sintió su mano extenderse y agarrar la suya.

—No te hagas ilusiones —dijo ella, tirando de Davin escaleras abajo.

—Y yo que pensaba que las cosas iban tan bien.

Ella se rio, un sonido que se desvaneció por los escalones, que descendían más profundamente de lo que Davin habría creído.

—Al menos eres gracioso. La mayoría de los mensajeros son tipos duros que ya no saben reírse.

—La risa es simplemente mi forma de vivir —respondió Davin.

La oscuridad tenía que ser por seguridad. Suponía que el ojo de Theona hacía que las escaleras parecieran tan brillantes como el día para ella. Cualquiera que les siguiera se encontraría con una larga caída, probablemente directamente hacia rifles apuntando a sus caras. Davin mantuvo sus pasos seguros, mantuvo su mano izquierda en el arma lateral que llevaba en el cinturón, cargada y lista.

Melody, su escopeta supercargada, se había quedado en casa hoy. Demasiado obvia para un trabajo como este.

Pero, oye, al menos las escaleras y donde sea que conducían no olían a alcohol y a muy poco desodorante, como el *Neil's*. Respirar, resultó, era algo que Davin prefería hacer sin atragantarse cada vez.

Las escaleras terminaron su oscuro viaje en un gran espacio que cualquier transportista de carga reconocería: un almacén. Este debía extenderse por varias manzanas y, a juzgar por las cajas selladas apiladas por todas partes, la mayoría con etiquetas con el nombre de una nave y una hora, hacía un buen negocio.

—Tienes un montaje bastante bueno aquí —dijo Davin mientras la mujer soltaba su mano, dejándole asimilar el panorama.

Más allá de las cajas, robots elevadores se movían por el espacio, transportando esto y aquello hacia aquí y allá. La mayoría tenía los brazos largos y rectos buenos para transportar mercancía pesada, aunque la gravedad fluctuante de la Luna hacía que las elevaciones grandes fueran fáciles. Davin sospechaba que por eso la fabricación había crecido tanto aquí: lo suficientemente cerca de la Tierra para el dinero y los compradores, ligera en peso y legalidad.

—Ese es el lote que tengo para ti —dijo Theona, llevando a Davin a un grupo que, por las formas y longitudes, contenía suficiente daño para armar a uno o dos escuadrones—. La entrega es en Encélado. Recoge otra carga normal para mantener las cosas limpias.

—Vale. —Davin se inclinó para echar un buen vistazo al féretro más cercano, verde mate y con marcas de carbón—. ¿Dónde conseguiste estas?

—En ningún sitio que necesites conocer —dijo Theona—. Aunque si haces esta entrega, tendré más. Los rebeldes están pagando muy por encima de la prima ahora. —Davin miró hacia atrás, la vio sacudiendo la cabeza—. O les va mejor de lo que Eden cree en esta guerra, o están tan jodidamente desesperados que están tirando su dinero.

—No vale nada si estás muerto.

Theona no discutió, pero preguntó a Davin si tenía alguna duda.

—Sí, tengo un par —dijo Davin, girándose, echando un último vistazo al lugar.

No había guardias alrededor. Un par de robots que parecía que podrían intentar algo, pero Theona parecía estar dirigiendo un negocio rentable: mantener bajos los costes laborales, alta la paga para llevar a casa.

Hacía fácil el trabajo de Davin.

Ni siquiera sacó el arma rápidamente. Simplemente alcanzó, sacó el arma con su mano derecha y la apuntó hacia Theona. Quien se rio de nuevo.

—¿Qué, vas a robar toda esta carga? —preguntó Theona.

—Nah —respondió Davin—. Ellos lo harán.

Un estruendo horroroso sonó desde lo alto de las oscuras escaleras, seguido de una luz intensa y pies golpeando a lo largo de los escalones. Theona abandonó su acto de indiferencia y abrió la boca, como si estuviera planeando dar alguna orden estúpida.

—No lo hagas —dijo Davin, agitando su arma para llamar su atención—. No vale la pena. Entrega a tus proveedores, quizás te dejarán salir fácilmente.

Un golpe de las escaleras alertó a Davin para mirar por encima del hombro de Theona, para ver al primer Centurión Lunar llegar al piso principal. Otros le siguieron, sus capas carmesí arremolinándose mientras se desplegaban en el almacén, buscando amenazas. Aquellos desafortunados robots ni siquiera tuvieron la oportunidad de intentar alcanzar un arma antes de que algunos rápidos rayos paralizantes de los rifles de los Centuriones redujeran las máquinas a metal inerte.

Ese primer Centurión se dirigió hacia Davin, grande, imponente y cubierto con un exoesqueleto moldeado a cada uno de sus músculos.

—Mox, justo a tiempo —dijo Davin—. Conoce a Theona. Imagino que tendrá mucho que decir.

El ojo mecánico de Theona hizo clic de nuevo, a un rojo ardiente, y se lanzó hacia Davin con una rabia desesperada que Davin había visto demasiadas veces antes. El último movimiento de alguien cuyo camino encuentra un final que sabían que llegaría, pero esperaban que nunca llegara.

Theona nunca lo tocó. Mox tenía una mano en el hombro de Theona cuando ella comenzó su movimiento, y simplemente la presionó contra el suelo. Ella se sacudió una vez, luego quedó tendida en el suelo, inmóvil.

—¿Nuevo truco? —preguntó Davin.

—Terminaciones nerviosas —dijo Mox, con voz retumbante como piedra rodante que rebotaba en los suelos y paredes del almacén—. Presiona fuerte, el cuerpo se adormece. Nuevo entrenamiento de Centuriones.

Davin asintió, como si tuviera alguna idea de cómo era la vida dentro de la secreta fuerza policial de la Luna. Había conocido a Mox cuando los Centuriones le habían expulsado por conseguir ese gran exoesqueleto. Cuando los Wild Nines habían impedido que el sistema solar se desintegrara en una distopía androide, Mox había regresado aquí, y le había ido lo suficientemente bien como para ofrecer a Davin un trabajo a cambio de unas monedas muy necesarias.

—Dijo que estas iban a Encélado —dijo Davin, mirando el alijo de armas—. Los rebeldes están comprando.

—Siempre están comprando —respondió Mox—. Ahora, al menos, no conseguirán estas.

—¿Estás del lado de Eden, ahora?

—Estoy del lado que me mantiene a mí y a mis Centuriones vivos —respondió Mox—. Sea quien sea.

—Tenía miedo de que hubieras cambiado —dijo Davin—. ¿Cuándo recibiré los honorarios?

—Veo que tú tampoco has cambiado —se rio Mox—. Comprueba tu cuenta. —Mox dudó, luego se agachó y recogió a Theona del suelo, la colgó sobre su hombro—. Tengo que volver a esto. Una redada como esta requiere mucho papeleo para cerrarla. Mucho equipo que recoger.

—Claro.

Davin deslizó el arma de vuelta a su funda, dejó que la

sonrisa arrogante se desvaneciera junto con la adrenalina. Captó la indirecta y pasó junto a Mox hacia esas escaleras de vuelta arriba.

—Bueno verte de nuevo, Davin. Ha pasado demasiado tiempo.

—Así es. Cuídate, Mox. —Davin ofreció un medio saludo con la mano al grandullón—. Te llamaré la próxima vez que pase por aquí.

—Hazlo —Mox levantó un guante—. Y dile a Phyla que le envío saludos.

Phyla.

Sí.

CAPÍTULO 2
LLAMADA BALA

Si la nave de un hombre era su castillo, entonces el carguero de Davin no le protegería de gran cosa. El *Whiskey Jumper* expulsó algo de limpiador extra mientras Davin se arrastraba hasta su bahía, frotándose la frente mientras las copas de *Neil's* le daban sus últimos latigazos. El humo amarillo-blanco vaporoso del limpiador rebotaba en el suelo de grava machacada de la bahía —ni de broma pagaría Davin por los espacios más lujosos— creando un bonito halo alrededor de la robusta nave que había llevado a Davin por todo el sistema solar durante más años de los que le gustaba contar.

El *Jumper* mantenía la mayor parte de su volumen en un contenedor de carga central, al que se aferraban accesorios como parásitos. Los motores y bahías de trabajo sobresalían por detrás, los alojamientos de la tripulación por arriba, y la cabina se proyectaba desde el frente. A la derecha había una delgada estación de acoplamiento para cazas estelares y, sobre ella, una cocina estrecha que ahora albergaba más papilla nutritiva que cualquier otro lugar que Davin conociera. En el lado opuesto estaban la bahía médica y una bahía de simuladores. Un par de torretas mohosas ofrecían un indicio de combates pasados, reflejados por las marcas negras de láser que Davin seguía con la intención de limpiar pero que nunca acababa de hacer.

—Pero sigues resistiendo —dijo Davin a su nave—. Porque sabes que sin ti no sería nada.

—Davin, qué bonito detalle por tu parte decir eso —respondió la nave, con una voz que trinaba desde sus altavoces—. Y qué preciso.

—Cállate, Fournine.

El cerebro androide que ahora controlaba los sistemas del *Jumper*, en su momento, había estado metido en un cuerpo con la intención de proporcionar una muerte cortante y punzante a Davin y a su antigua tripulación, los Wild Nines. Después de seguir el rastro de Davin desde Europa hasta la estación espacial Miner Prime, los Wild Nines habían dado un giro a la situación con el robot, absorbieron su mente y la metieron en lo más profundo del ordenador del *Jumper*.

Ahora Davin tenía una IA rápida como un rayo y letal de su lado. Una que no podía, no parecía poder quedarse callada.

—Veo que vuelves con las manos vacías —dijo Fournine, haciendo caso omiso a la orden de Davin—. ¿Vamos a aceptar una entrega más tarde, o tu idea de un negocio exitoso es perder dinero una y otra vez?

Davin cerró los ojos, suspiró, e hizo un gesto hacia la rampa del *Jumper*, que aún no estaba bajada.

—¿Me dejarías entrar en mi propia nave, por favor?

—Tengo órdenes estrictas de no dejarte subir a bordo hasta que hayas encontrado un trabajo.

—Nadie me dará un trabajo si estoy demasiado cansado para hablar —respondió Davin—. Solo necesito una siesta.

Discutir con su propia nave le parecía ridículo, y Davin solo podía imaginarse a los operadores del astillero lunar riéndose de lo que estaban viendo. El capitán que había salvado a todos de la represión de los androides, recibiendo una paliza verbal de un ordenador.

Fournine debió decidir apiadarse de Davin, porque la rampa siseó y descendió, un poco más de un metro de ancho y moteada con protuberancias para mejor agarre.

—Gracias —dijo Davin, mientras subía.

Rara vez había visto la bahía de carga del *Jumper* tan vacía. Davin había descargado una gran colección de vinos marcianos —los taninos achocolatados y afrutados del suelo del planeta rojo hacían los cabernets deliciosos, al parecer— cuando llegaron a la Luna, y ahora, mientras la rampa se elevaba tras él, Davin contemplaba el amplio espacio vacío.

El silencio golpeó a Davin con fuerza. Siempre lo hacía. Antes, ocho o nueve personas vivían en esta nave —los Wild Nines tenían una razón para su nombre— gestionando el equipo, puliendo las armas o dándose palizas en los simuladores. Una familia sorteando juntos los dolores y placeres de la vida.

Una ráfaga de estática sonó por el espacio, haciendo que Davin se estremeciera mientras el sonido se transformaba en la voz de un locutor: Fournine sintonizando algo y transmitiéndolo por toda la nave.

—¿Qué estás haciendo? —dijo Davin, mientras la cháchara sobre las condiciones lunares —hoy riesgo mínimo de impacto de meteoritos— devolvía a su dolor de cabeza a la primera línea.

—Intentando, Davin, evitar que te metas en más problemas.

Que sus padres le regañaran era una cosa, que Phyla y los otros 'Nines le riñeran era otra, pero ¿aguantar sandeces de un ordenador? ¿En una nave de su propiedad?

—Fournine, imbécil, voy a subir ahí.

Davin se dirigió a la escalera que subía al puente. Un ascensor descansaba junto a los peldaños, listo para aquellos que no quisieran usar sus brazos y piernas, pero en la Luna, todo lo que Davin tenía que hacer era dar un par de patadas para impulsarse hacia arriba. Rebotó en el corto túnel y entró en la achaparrada cabina, con sus dos asientos gemelos de piloto y copiloto pegados al cristal.

Fuera de la nave, el esquema plateado-carmesí de la bahía de atraque transmitía los colores lunares a través de los numerosos instrumentos del astillero, desde depósitos de reabastecimiento hasta piezas de repuesto, pasando por robots destinados a usar ambos. Davin mantenía el mantenimiento del *Jumper* al mínimo por ahora, ya que el dinero era difícil de conseguir.

Todo el mundo esperaba que estallara una gran guerra cualquier día, así que se estaban acumulando reservas. Tesoros atesorados. Contratos recortados. Davin calculaba que, una vez que se disparara el primer tiro y Eden comenzara su inevitable paseo por el espacio rebelde, las cosas se calmarían y él recuperaría sus rutas de carga habituales. Hasta entonces, bueno, podía vivir del vino marciano y la ocasional bonificación de Mox.

Fournine había mantenido la transmisión, y los locutores finalmente habían pasado de la ambientación lunar al evento en cuestión. Cuando Davin alcanzó el interruptor manual — no confiaba tanto en Fournine como para darle poder ilimitado— el locutor dijo una palabra que hizo que Davin vacilara.

Carrera.

Carrera Bala.

—¿Ves? —dijo Fournine, y Davin casi giró el maldito dial solo porque el cerebro androide sonaba tan engreído—. Estoy de tu lado, capitán, aunque no me creas.

Davin se acomodó en la silla con otro suspiro, más pesado. Últimamente había estado suspirando demasiado. Tenía que cortar ese hábito. Su mano izquierda buscó en el compartimento refrigerador junto al asiento del piloto y sacó una botella de agua fresca, recién llenada de las reservas de

Luna. Cometas capturados derretidos en deliciosa, deliciosa bebida.

—Vale, robot, tú ganas —dijo Davin—. Ponlo en el HUD.

—Lo que tú digas, jefe.

El cristal centelleó, y el plateado y carmesí se desvanecieron mientras una transmisión en directo llenaba la vista de la cabina de Davin. Una cámara recorrió el puro paisaje lunar, sin cúpulas y con poca interferencia humana, excepto por un sinuoso camino superpuesto con luces que cruzaban todo el espectro de colores. Supuestamente, cada color otorgaba a los corredores que lo cruzaban ciertos puntos, con más puntos por seguir la mejor ruta.

Algunos, en lo alto de crestas curvas o en ramificaciones, parpadeaban en dorado. Los objetivos principales, para riesgos importantes. Este circuito tenía bastantes, más de los que Davin había visto. Alguien había subido de nivel.

La cámara encontró su camino hasta la línea de salida, donde trece balas se habían dispuesto en ordenadas pilas de dos. Las naves, poco más que motores redondeados para una persona recubiertos con propulsores de maniobra, flotaban en su sitio. La retransmisión pasó a un repaso uno por uno, dando a cada concursante un espacio de cinco segundos para decir su nombre y destacar a su patrocinador.

—¿Dónde se ha clasificado ella? —preguntó Davin después de que pasaran los tres primeros.

Fournine no contestó antes de que la retransmisión la encontrara.

Phyla, con su mano apoyada en una bala púrpura y naranja. Corriendo para Galaxy Forge, su pelo rojo ondeando como si estuviera en medio de un huracán. Otros patrocinadores salpicaban su traje, una cortesía de su reputación —a pesar de las dificultades actuales de Davin, los Wild Nines tenían cierto caché publicitario— más que del rango de competición.

—¿En qué clase está ahora? —preguntó Davin a Fournine. No podía mantener claras todas las diferentes.

—C, Davin. Deberías recordarlo. Es una mejora respecto a la última vez.

Cierto. C, luego B, A, y S. La última reservada para los verdaderos profesionales. Aún así, Phyla había pasado de nada a, bueno, algo bastante rápido. A pesar de no ser una prodigio de las carreras de dieciocho años, Phyla había adoptado el deporte con una pasión que Davin no había visto antes. Ahora, cada vez que aterrizaban en algún lugar, él iba a buscar trabajo y ella a buscar una pista.

La retransmisión terminó su repaso y volvió a la línea de salida. Todo el circuito estaba fuera de la atmósfera, así que no había público animando in situ. Algunos de los circuitos principales que Davin había visto hacían concesiones a la asistencia en persona, pero las balas se movían tan rápido que no se podían percibir realmente las cosas viéndolas a nivel del ojo.

Con un destello, la cuenta atrás llegó a cero y las balas salieron disparadas. La retransmisión pasó a una vista exasperante que Davin entendía, sin embargo, como la única forma de poder seguir toda la carrera. La mitad de su pantalla cambió a un gráfico aéreo, proyectando el enorme circuito sobre el cristal y, dentro de él, puntos de colores que mostraban cada bala mientras avanzaban a toda velocidad. En la otra mitad, la retransmisión se acercaba a balas individuales, mostrándolas mientras giraban en las curvas, saltaban unas sobre otras y quemaban por debajo.

Davin solo había jugado con balas en simuladores, pero pilotar en gravedad cero era todo cuestión de impulso. Sin nada que te detuviera una vez que acelerabas, las curvas debían medirse en velocidad perdida. Girar la bala con sus propulsores para mantener sus motores principales funcionando lo era todo, y si podías recoger algunos puntos de bonificación por el camino...

Phyla decía que era muy divertido, y Davin la creía.

El punto púrpura que representaba a Phyla ganó posiciones a medida que avanzaba la carrera, y Davin la vio saltar sobre un par de luces de puntos de bonificación. No era un mal comienzo.

—Davin, estoy recibiendo una llamada urgente —interrumpió Fournine, silenciando la retransmisión.

—¿Ahora?

—Lo siento —respondió Fournine—. ¿Debería intentar posponerla?

—¿Ella? ¿Quién llama? —Davin había pensado que era el jefe del muelle lunar, preguntando cuándo iba a sacar este carguero de su espacio.

—Viola. Por eso interrumpo.

Vaya. No era un nombre que Davin esperara oír, y tampoco uno que pudiera rechazar.

—Conéctala —dijo Davin.

—¿Y la carrera?

—Pásala a un lado. A la derecha. Seguiré pendiente.

Fournine hizo lo que Davin pidió, desplazando los puntos y el circuito al lado derecho del cristal. En su lugar se filtró una morena sonriente que parecía mayor, más sabia y más segura que la joven fugitiva que era Viola cuando Davin la vio por primera vez.

—Hola, Puk —dijo Davin, notando al robot de Viola flotando sobre su hombro.

—¿Qué tal, Davin? —respondió Puk, con su alegre voz todo lo contrario a Fournine.

—¿Saludas al robot antes que a mí? —dijo Viola—. Me alegra ver que no has cambiado, Davin.

Davin se encogió de hombros y dio un largo trago de la botella de agua.

—¿Para qué cambiar lo que ya es perfecto?

—No puedo discutir eso —respondió Viola, con los ojos brillantes—. ¿Estás bien?

¿Debería descargar sus problemas? ¿Soltar el hastío que atenazaba cada uno de sus movimientos mientras la interminable rutina de carga aplastaba los días y los meses y los años?

—Claro, estoy sentado en el *Jumper* en la Luna con un androide loco por compañía. No podría estar mejor.

—Me alegra oírlo —respondió Viola, o bien perdiendo el subtexto de Davin o ignorándolo deliberadamente—. Escucha, te llamo por una razón.

—¿No solo para saludar? Me ofendes.

—No lo hagas. No hay tiempo para eso. —Viola apartó la mirada de la llamada, frunció el ceño y luego volvió a mirar—. Necesito un favor.

—Le disparaste a Bosser. Te daré cualquier favor que necesites.

Viola esbozó una pequeña sonrisa.

—Eso fue hace mucho tiempo, pero gracias. Necesito que hagas un viaje para mí. Lo dejaremos cerca de la órbita lunar, Puk te enviará las coordenadas.

—¿Un viaje? ¿Adónde, y para quién?

—Recibirás esa información en el paquete. —Viola recuperó su expresión seria—. No puedo darte más detalles, Davin. Demasiada gente podría estar escuchando.

—A nadie le va a importar lo que yo tenga que decir, Viola.

Viola ladeó la cabeza.

—No tú, Davin. Yo. Encuentra la cápsula, hazlo lo antes posible.

Davin arrugó el rostro mientras Viola se disponía a cerrar la llamada.

—Espera, ¿eso es todo lo que me vas a dar? ¿Sin destino? ¿Sin detalles?

—No puedo ahora mismo. Solo debes saber que es importante, y que confío en ti —dijo Viola—. ¿Puedes hacer esto por mí, verdad?

Sin precio, poca información y, dado el tono de Viola y el secretismo, todo tipo de riesgos. Exactamente el trabajo que Davin no debería aceptar si quería mantener la estabilidad. Construir un negocio de transporte respetable.

Exactamente el trabajo que *debería* aceptar si Davin, bueno, si era quien decía ser. El tipo duro que salvó el sistema solar.

—Cuento contigo, Viola. Cuento contigo.

—Bien. Me alegro de verte, Davin —dijo Viola—. Cuídate por mí.

Como si Davin lo hiciera alguna vez.

CAPÍTULO 3
TRABAJO EN EQUIPO

Los pasos para preparar el *Whiskey Jumper* para cualquier viaje, ya fuera transportando rocas de asteroide a Marte o un dispositivo secreto para un amigo, eran los mismos. Davin los repasó todos, verificando sistemas, cargando provisiones e incluso limpiando los conductos de las torretas, sin ningún fastidio.

Había llegado una tarea que realmente requería sus habilidades. Su atención. El camino seguro había sido tan seguro, tan asfixiante, que Davin había olvidado lo divertido que podía ser aventurarse en lo desconocido.

Claro, Mox le había propuesto participar en la trampa hace dos noches mientras bebían cerveza, mientras Phyla practicaba en el circuito para las clasificatorias de ayer. Mox dijo que Davin parecía aburrido, le preguntó si quería participar en el engaño, y por supuesto Davin había aceptado. Aunque jugar con la mente de Theona no le había entusiasmado demasiado: había Centuriones armados y de incógnito por todas partes en caso de que ella descubriera la farsa de Davin.

Si querías sentirte vivo, tenías que arriesgarte.

—Estás trabajando duro —Las palabras sobresaltaron a

Davin y se golpeó la cabeza contra el módulo del motor que estaba fregando, haciendo una mueca ante el daño de micrometeoritos.

Davin salió al suelo del hangar, se frotó la cabeza y ofreció una sonrisa de disculpa a la mujer que guiaba un carro elevador cargado con su bala, toda comprimida y lista para viajar. Phyla llevaba su cabello color hoja otoñal recogido, sus ojos verdes hacían juego con su boca en una sonrisa, todavía con el traje de carreras puesto que sin duda necesitaba una buena vuelta en la lavadora después de la tensa acción.

Phyla le asustaba, Phyla le quemaba, Phyla todavía hacía que Davin saltara de su piel.

—Hay que mantenerla en forma —dijo Davin—. Nunca se sabe cuándo podríamos conseguir un trabajo.

—¿Significa eso que tenemos uno?

Davin tiró el paño de limpieza —algún robot lo recogería — y se acercó hacia Phyla, frotándose las manos. ¿Por qué diablos se sentía tan nervioso? Como si hubiera olvidado algo.

—De hecho —dijo Davin, poniendo su mejor imitación de locutor—. Lo tenemos. Importante, además.

—¿Más vino?

—¿Estás diciendo que transportar el mejor zumo de uva de la galaxia no es importante? —respondió Davin, mientras la conversación engrasaba sus propios patines, calmando esos nervios—. Yo creo que somos héroes.

—Quizás lo fuimos —Phyla se rió, corta y levemente, luego miró hacia la nave—. Fournine, baja la rampa, por favor.

La IA obedeció, y el chirrido del descenso de la rampa cubrió el silencio mientras los patines de Davin se estrellaban con fuerza. Phyla tenía una manera de hacer eso, cortar en seco cuando Davin quería cargar hacia adelante. Davin se rascó la cabeza de nuevo, miró alrededor del hangar, esperando que alguno de los robots se acercara y le cobrara por usar los servicios del hangar.

Los robots no rescataron a Davin del incómodo momento.

—Así que —dijo Davin—. ¿Lo pasaste bien sin mí?

—¿Sin ti? —Phyla se cruzó de brazos, y las luces de advertencia destellaron en la mente de Davin—. Davin, estaba compitiendo. Lo cual, sí, ocurre sin ti en el asiento único de la bala. Aunque pensaba que ibas a estar viendo, ¿como dijiste?

Ah. Mierda. Davin se había ido con el mensaje de Viola y no había vuelto. Fournine había transmitido la competición junto a la transmisión de Viola. ¿En qué puesto había quedado Phyla? ¿Había ganado? ¿Debería tener una expresión buena o mala?

Davin mentiría a algunas personas. Sacaría fanfarronería y serviría una narrativa detrás que doblegaría el cuestionamiento casual, seguido de un cambio de tema lo suficientemente agresivo como para disipar cualquier peligro.

Phyla, Phyla podría matar a Davin si intentaba eso.

—Mira, Phyla —comenzó Davin, tragando saliva mientras las cejas rubio fuego de Phyla se elevaban y sus labios bajaban —. Lo tenía puesto. Fournine puede confirmarlo.

—¿Fournine? —dijo Phyla, sin mirar hacia el *Jumper*.

—Mostré la carrera en la cabina —anunció Fournine a través de los altavoces del *Jumper*.

—¿Ves? —dijo Davin.

—¿La vio? —preguntó Phyla.

—Eso requiere una interpretación que no puedo proporcionar —dijo Fournine—. Me remitiría a Davin para su opinión.

—Recibimos una llamada —dijo Davin cuando Fournine cortó la comunicación—. Viola contactó justo en medio de tu carrera. Tuve que atenderla.

—Tuviste que hacerlo —Con las cejas de nuevo en su posición normal, escéptica, Phyla se hundió en esa postura seria que gritaba lo poco que creía en las palabras de Davin—. ¿Estaba bajo fuego? ¿El *Jumper* estaba a punto de explotar?

—Bueno, no —Davin había volado a través de campos de asteroides más fáciles de navegar que esta conversación. La llamada de Viola *había* interrumpido la carrera, había sido sobre algo importante—. Pero nos pidió un favor, uno importante.

—Eso sigues diciendo —Phyla dejó caer los brazos, hizo ese ligero movimiento de cabeza que indicaba que esta conversación en particular había terminado—. Carro, lleva la bala al interior. Voy a darme una ducha.

—Phyla —dijo Davin mientras ella se giraba para seguir al carro por la rampa—. ¿No quieres saber sobre la misión con Mox?

—¿Te dispararon? —Phyla no se volvió al hacer la pregunta.

—¿Que si qué? No, no me dispararon.

—Entonces se te acaban las excusas —Phyla miró a Davin, desde la rampa—. ¿Cuánto duró la llamada de Viola?

—Cinco minutos, quizás.

—La carrera duró dos horas, Davin. Dos horas.

Tenía que preparar la nave. El *Jumper* no volaría bien sin el mantenimiento, sin el toque personal de Davin. Sin ninguna otra tripulación que lo hiciera por él, ¿qué más podría haber hecho Davin? ¿Ver una carrera que apenas entendía mientras la petición de una amiga esperaba?

Phyla había desaparecido en el *Jumper*, sus pasos aún resonando en la rampa.

—Fournine —dijo Davin—. Tienes que advertirme sobre estas cosas.

—Te puse la carrera.

—La próxima vez, enciérrame en la cabina hasta que termine.

—Estaré encantado.

La ducha le sentó muy bien a Phyla, porque cuando se presentó en la cabina vistiendo ropa mucho más normal para el espacio, ese peligroso brillo en sus ojos se había desvanecido. Davin, en el asiento del copiloto, ya había completado la preparación previa al vuelo. Viola había enviado las coordenadas de la cápsula, y los sensores del *Jumper* la habían captado.

—¿Te sientes mejor? —Davin intentó una apertura pacífica.

—En realidad, sí —Phyla se acomodó en su asiento y comenzó a leer los medidores—. No me arrepiento de lo que dije antes, pero reconozco que habría sido difícil ignorar la llamada de Viola.

—Lo fue —dijo Davin—. Debería haber visto tu carrera, pero Phyla, y lo digo de la manera más amable posible, los comentaristas eran un asco. Las vistas eran un asco. Solo sois un montón de puntos en la pantalla.

—Uno de esos puntos soy yo.

Davin percibió una bifurcación, una elección entre enviar otra conversación al pozo infernal donde vivían demasiados de sus diálogos, o tomar un giro diferente. Dejar a un lado las pullas por un minuto y centrarse en algo interesante.

Porque, por primera vez en mucho tiempo, tenía algo interesante en lo que centrarse.

—Tienes razón —respondió Davin—. Mejoraré.

—Mmhmm —dijo Phyla—. Al menos el *Jumper* se ve bien. Incluso limpiaste las torretas.

—Podría ser ese tipo de misión.

Eso, al menos, mantuvo el interés de Phyla el tiempo suficiente para profundizar en los detalles de Viola. ¿Un transporte de carga valioso y secreto? Debería ser divertido, y dado que Viola trabajaba para Eden, el pago debería ser excelente.

—¿Sabes qué? —dijo Phyla—. A menos que Eden nos envíe a una luna muerta, probablemente haya un circuito de balas dondequiera que vayamos, lo que significa que podrás compensarme.

—Acepto.

Despegar de la Luna era un asunto de múltiples pasos. Davin y Phyla zumbaban a través de sus verificaciones de vuelo, leyendo los estados de los sistemas —el verde era lo mejor, pero Davin aceptaba amarillos en todo lo que no fuera crítico— y preparando las grandes baterías del *Jumper* para el despegue. Los robots de la bahía de atraque se movían apresuradamente alrededor de la nave, apartando accesorios y asegurando todo lo que podría ser arrastrado por el chorro de los motores, incluidos los propios robots. En la cuenta regresiva final, una bahía que había estado llena de movimiento frenético quedó inmóvil.

—¿Listo? —preguntó Phyla a Davin como hacía siempre antes de despegar.

—Siempre —respondió Davin a Phyla como hacía siempre antes de despegar.

Como el ronroneo de un gato querido, el *Jumper* cobró vida. Fournine anunció cada etapa mientras el *Jumper* las superaba rápidamente, y pronto Phyla tiró hacia atrás de la palanca de vuelo principal, impulsando el *Jumper* fuera del suelo calcinado de la bahía y haciéndolos flotar.

Los microimpulsores llevaron al *Jumper* por encima de la bahía, dando a Davin y Phyla una impresionante vista de las cúpulas de la Luna, sus ondulantes ciudades llenas de arquitectura curvilínea totalmente imposible en la Tierra. Grandes torres de cristal se arqueaban a lo largo de las paredes de las cúpulas, algunas revestidas con colores del arcoíris, otras refractando la luz solar para lograr el mismo efecto.

Cada planeta, cada estación espacial tenía su propio despegue único que compartir, pero la Luna ocupaba un lugar especial en el corazón de Davin. Una belleza aquí, junto con la aspiración que surgía del primer salto de la humanidad más allá de las fronteras de la Tierra.

—Nunca me canso de ver esto —dijo Davin mientras Phyla empujaba el *Jumper* más allá del rango donde sus motores podrían dañar algo—. Entiendo por qué Mox volvió aquí.

—¿Sentimentalismo, de ti? —dijo Phyla.

—Oye, tengo sentimientos —Davin se recostó en su silla —. Normalmente los mantengo enterrados bajo mi increíble hombría, pero están ahí.

—Ajá. Deberías intentar compartirlos más —Phyla tecleó en la consola del *Jumper*, y un zumbido más profundo recorrió la nave mientras las baterías desviaban su energía hacia los grandes cohetes—. Algunas personas podrían estar interesadas.

—¿Quién? ¿Fournine?

Phyla se rió, empujó hacia adelante la palanca, y el *Jumper* se disparó directamente hacia una sección de la cúpula que, con su escudo magnético de resplandor azul, se había apartado para permitir su salida. Más allá del escudo azul, varias otras naves permanecían en una línea que se extendía hacia la masa de la Tierra, esperando para entrar.

Siempre había tráfico en la Luna.

—Entonces, ¿dónde están esas coordenadas? —preguntó Phyla mientras navegaban a través de la puerta y se impulsaban hacia el espacio entre la Tierra y la Luna.

Señales cubrían el radar del *Jumper*, ese constante tráfico de naves moviéndose a su alrededor. Aunque el espacio alrededor de los planetas y cuerpos civilizados tenía leyes reguladoras, y se esperaba que los pilotos realizaran pruebas, el verdadero cumplimiento venía del hecho de que, si no volabas correctamente, estarías muerto. Phyla encontró un carril despejado de salida y se mantuvo en él, enviando al *Jumper* por un camino hacia el hemisferio sur de la Tierra.

—Las tengo aquí mismo —Davin pasó al siguiente mensaje de Viola, una nota en blanco excepto por los dígitos que indicaban el punto de entrega de la cápsula—. Introduciéndolas ahora.

Mientras Davin introducía los números, Fournine hizo el trabajo pesado y una línea verde se disparó más allá del cristal, curvándose hacia la izquierda a través del espacio.

—¿Algún conflicto? —preguntó Phyla al ordenador.

—Ninguno en vuestro camino —respondió Fournine.

—Bien, llévanos allí —dijo Phyla.

—Lo haré. Disfrutad de la vista, humanos.

Definitivamente había ventajas en tener un cerebro androide como ordenador de la nave. Fournine tenía habilidades letales e instintos rápidos que habían salvado al *Jumper* antes y sin duda lo volverían a hacer. Pero, mientras una IA de nave normal tenía la personalidad de una roca, Fournine jugaba con una mezcla de rasgos peculiares que hacían que Davin alternara entre sonreír y contemplar un borrado completo.

—Humanos —dijo Davin—. Al menos no es un insulto.

Phyla asintió, y Davin notó que sus ojos se pegaban a la pantalla del radar mientras Fournine desplazaba el *Jumper* para seguir la línea verde. Su ceño solo se profundizó, y con un movimiento repentino, Phyla lanzó el radar desde su consola hacia el cristal.

—Mira —dijo Phyla señalando la cubierta negra y translúcida sobre la Tierra. En ella, puntos se movían alrededor de un diamante central —el *Jumper*— cada uno representando una nave en camino a algún lugar.

Excepto uno. Uno grande.

Quieto justo en su camino.

CAPÍTULO 4
HORA DE ACTUAR

No hace mucho tiempo, Davin habría visto un punto grande como el que estaba justo donde se suponía que debía estar la cápsula de Viola y habría entrado en acción. Habría adoptado una sonrisa burlona, le habría dicho a Mox que ocupara la torreta superior mientras Opal iba a la inferior. Trina habría retrocedido a los motores para controlar el consumo de energía, mientras que Merc habría preparado su caza para el despegue.

Los Wild Nines habrían estado listos, incluso ansiosos, para pelear.

—Vaya, qué fastidio —dijo Davin, pasándose una mano por el pelo grasiento—. ¿Están justo sobre el objetivo?

—Justo encima.

Phyla mantuvo su atención en el radar, su mano izquierda se deslizó hacia la consola y subió un par de metros, redirigiendo parte de la energía de los motores al escudo de dispersión destinado a evitar que los láseres calientes expulsados por la mayoría de las naves espaciales quemaran el casco del *Jumper*.

Sin embargo, los escudos no harían nada contra las armas de proyectil convencionales. Davin había visto que estas estaban volviendo, especialmente ahora que Eden había monopolizado las armas de energía para su propio uso. Aún no se había molestado en equipar el *Jumper* con un lanzador de proyectiles porque... bueno, porque Davin tenía mejores cosas en las que gastar su dinero.

—¿Estamos a unos pocos minutos, no?

—A unos pocos.

Davin se inclinó sobre su consola y utilizó la pantalla para enfocar ese gran punto y obtener más detalles. Una nave dentada, con forma de punta de flecha, llena de protuberancias, algunas cortas y rechonchas, otras más largas y angulares.

—Clase cazador —suspiró Davin—. Apuesto a que nos están esperando.

—Entonces, ¿damos media vuelta y le decimos a Viola que ha tenido mala suerte?

El *Jumper* todavía tenía distancia. Probablemente podrían regresar al espacio lunar antes de que el cazador reconociera quiénes eran. Davin podría volver sigilosamente con Mox, pedir ayuda, tal vez conseguir una pista para otro trabajo. Llamar a Viola y decirle que habían fracasado.

—¿Cuándo fue la última vez que le dimos al *Jumper* una buena carrera? —preguntó Davin.

—Ha pasado mucho tiempo —Phyla esbozó una sonrisa fugaz—. Mucho tiempo.

—Fournine, ¿has estado practicando tu puntería?

—Soy una IA, no necesito practicar —sin embargo, el androide logró sonar ofendido—. Tus patéticos reflejos humanos no son nada comparados con los míos.

—Fournine es un poco arrogante, ¿no? —dijo Phyla.

—Se parece a su capitán —dijo Davin—. Activa el comunicador, Phyla. Veamos qué tienen que decir nuestros nuevos amigos.

Mientras Phyla encendía el comunicador, Davin ajustó los escudos para dirigir la energía hacia delante, protegiendo la cabina, que encaraba al cazador, de cualquier ataque sorpresa. Siempre y cuando el cazador disparara láseres. Y no demasiados para que los escudos pudieran soportarlos.

—El micrófono está abierto —dijo Phyla—. Intenta no enfadarles demasiado.

—¿Enfadarles? Vamos a ser amigos, Phyla.

Davin captó cómo ponía los ojos en blanco en el cristal de la cabina, reflejado muy ligeramente contra el fondo estrellado. Tocó la consola, abrió el comunicador para transmitir en la frecuencia que Phyla había establecido, un canal estándar que apuntaba directamente al frente.

—Hola, habla Davin desde el *Whiskey Jumper*, enviando una pregunta a las buenas gentes que están acampadas en unas coordenadas que nos han pedido visitar —Davin se sintió sonreír mientras hablaba, volviendo a la cómoda costumbre de un capitán—. Quisiera saber qué os trae a este rincón en particular. Enviadnos una respuesta y abramos un diálogo.

Davin canceló la transmisión y miró a Phyla: —¿Suficientemente bueno para ti?

—Aún no nos han disparado, así que eso es una señal positiva —dijo Phyla—. Habrá que elegir una dirección pronto si no se mueven.

La nave de clase cazador no había encendido sus motores, ni activado ninguna arma que Davin pudiera ver mientras el *Jumper* se acercaba. Ahora estaban bien dentro del alcance de los misiles, y pronto los láseres podrían golpear con fuerza dañina.

Todavía sin respuesta.

—Reduce la velocidad —dijo Davin—. Quedémonos fuera de la zona caliente por un minuto.

—¿Y si están recogiendo la cápsula de Viola?

—Entonces ya la tienen —Davin volvió a comprobar el radar, nada debajo del gran punto del cazador—. Lo que ocurra después depende de ellos.

—¿No decías que nos gustaba tener la iniciativa?

—Solo cuando sabemos lo que está pasando.

Como si oyeran su conversación, los motores del cazador comenzaron a funcionar, la nave giró para enfrentarse al *Jumper* con sus fauces armadas y puntiagudas. El comunicador crepitó, estableciéndose en el mensaje entrante.

—Davin Masters. Nos alegra que hayas decidido ayudarnos con esta misión. Por favor, apaga tus motores y espera a que abordemos, y lo aclararemos todo.

El mensaje se cortó ahí.

—Cazador, estoy confundido porque tenía buenas referencias de que este lugar en particular me llegó con intenciones secretas —dijo Davin—. Si estáis aquí, entonces ese secreto ha quedado al descubierto. No puedo confiar exactamente en vosotros.

El cazador se acercó un poco hacia ellos.

—Incorrecto —respondió el capitán del cazador, o el oficial de comunicaciones, o quien fuera—. Viola quería decir lo que dijo. Pero su información estaba incompleta, y su valoración del valor de este paquete era demasiado baja. Pretendemos proteger nuestra inversión, Davin, nada más.

Davin miró a Phyla, que se encogió de hombros. ¿Quiénes demonios eran esta gente? ¿Qué inversión?

—Davin —dijo Phyla mientras el capitán miraba el comunicador e intentaba decidir qué decir—. Toma una decisión. O luchamos, huimos o dejamos que nos aborden, pero se nos acaba el tiempo.

En la cabina, el radar mostraba que el gran punto del cazador se acercaba. Davin podría dar la vuelta al *Jumper*, volver rápidamente hacia la Luna e intentar olvidar que nada de esto había ocurrido. Intentar encontrar otro trabajo transportando alcohol, raciones o piezas de un puerto espacial a otro. Davin ya había recibido suficientes disparos para toda una vida, no necesitaba más.

—Gira —dijo Davin—. Pensé que podría usar algo de emoción, pero no necesito que me den otra paliza.

Pensó que a Phyla le gustaría la idea. Que estaría de acuerdo con la jugada más segura. Tomar una ruta que la llevaría a nuevos circuitos de carreras para su bala. En cambio, ella simplemente suspiró cuando él habló.

—Girando —dijo Phyla, con voz apagada—. Cambia los escudos para cubrirnos.

Sintiéndose extrañamente mal del estómago, Davin ajustó los escudos mientras Phyla ponía en marcha los motores del *Jumper* y comenzaba su rotación.

—*Jumper* —el comunicador volvió a activarse—. Estamos detectando que tus motores se están activando. ¿Qué estáis haciendo?

—Lo siento —respondió Davin—. Todo esto parece un poco arriesgado para nosotros. Viola no mencionó ningún juego.

—¿Sabes lo que nos dijo? Dijo que Davin Masters podría hacer lo que ningún otro capitán podría. Que no tendrías miedo a un desafío, y que no podrías resistirte a la recompensa.

Davin dudó, sintió los ojos de Phyla sobre él. Los tiempos cambian, las personas cambian, las apuestas cambian.

Demonios, las tripulaciones cambian.

—Hubo un tiempo en que probablemente tendrías razón —dijo Davin—. Ahora mismo, te equivocas.

—Le dije que serías demasiado blando —respondió el Cazador—. Me entristece ver que tenía razón.

Phyla tenía una habilidad especial para clavar puñales en Davin. Podía atravesarle directamente el corazón con una mirada cortante, un suspiro o incluso sin hacer nada. Ella tenía derecho a recriminarle. Las voces aleatorias por el comunicador, por otra parte...

Davin no iba a aguantar sus tonterías.

—Para —le dijo a Phyla—. Corta los motores.

—¿Vas a dejar que te provoque?

—No —respondió Davin—. Estoy cambiando de opinión.

—Ajá.

Davin ignoró la diversión de Phyla y volvió a mirar al comunicador: —Mira, esto no tiene nada que ver con ser blando. Se trata de ser inteligente. Conocer todos los riesgos, las recompensas. No llegas a ser un capitán como yo jugando alegremente con tu vida —Davin hizo una pausa, tenía que averiguar cómo convertir esto en un cambio elegante—. Pero ¿decís que estáis con Viola? Si eso es cierto, entonces podemos hablar.

¿Funcionó? ¿Fue torpe? Davin no podía decirlo, pero Phyla cortó los motores y el Cazador siguió acercándose, así que... ¿bien?

Antes, cuando Davin tenía una tripulación, cuando eran perseguidos y perseguían a la muerte y a sus repartidores, tomar decisiones rápidas que ponían vidas en peligro era sencillo. Como un reflejo, y Davin podía mezclarlas con alguna ocurrencia arrogante para dar a cada momento una cualidad de ficción: todos estarían bien si se pavoneaban.

Ahora, aparte del pequeño trato de Mox, Davin no jugaba al juego de la acción. No había sentido que su pulso se acelerara fuera del simulador y la cinta de correr en gravedad cero durante mucho tiempo. Se había oxidado, y su burbuja de invencibilidad parecía delgada.

—Me alegra oír que has cambiado de opinión —dijo el Cazador—. Vamos a abordar. Sigue nuestras indicaciones.

Phyla no esperó a que Davin hiciera lo que el cazador había pedido. Con pulsar un botón, los propulsores del *Jumper* se vincularon con los del cazador, permitiendo que el piloto de este último colocara las dos naves para una conexión perfecta. Mucho más fácil que dos pilotos separados haciendo lo mismo, siempre y cuando no te importara ceder el control.

—¿Vas a por Melody? —preguntó Phyla cuando Davin no se levantó de su silla.

—Supongo que debería —Davin se rascó la barba incipiente, sintió que necesitaba afeitarse—. Aunque si van a matarnos, no creo que haya mucho que podamos hacer para detenerlos.

—Estás de un lado para otro hoy —respondió Phyla mientras el *Jumper* se movía sin su intervención, colocando su escotilla inferior donde el cazador pudiera acceder a ella—. ¿Qué te pasa?

—Nada, solo estoy pensando un poco, eso es todo.

—¿Pensando? Davin, eso es peligroso.

—Cállate.

Aunque Davin realmente pensaba que no había mucho que él y Phyla pudieran hacer si la tripulación del cazador, sin duda armada, decidía matarlos a ambos, podría sentirse un poco mejor con un arma lista. Ya fuera de la gravedad mínima de la Luna, Davin dejó su silla con un empujón y una patada, lanzándose por el pasillo del *Jumper* y hacia los aposentos del capitán que compartía con Phyla.

El *Jumper* se había convertido en un nido en los años desde que los Wild Nines se separaron. Mientras Davin y Phyla mantenían la bodega de carga despejada para el transporte, las demás habitaciones tomaron vidas diferentes. Los camarotes no utilizados se convirtieron en mini almacenes donde Davin y Phyla guardaban recuerdos. Phyla se apoderó del área de mantenimiento de Trina para trabajar en su bala de carreras.

Solo la enfermería permaneció intacta, con los suministros de Erick aún guardados en sus armarios. Ni Davin ni Phyla eran lo suficientemente despreocupados como para arriesgarse al daño kármico que supondría eliminar el único lugar del *Jumper* donde se podía limpiar una quemadura de láser.

Los aposentos del capitán, sin embargo. Eso había cambiado bastante para mejor. Davin no diría que su relación era perfecta, pero él y Phyla al menos habían convertido este espacio en su hogar. Anidados sobre los motores, los aposentos siempre zumbaban cuando el *Jumper* volaba, y a Davin le gustaba pensar en ese ruido como el latido del corazón de su nave.

Más allá de la cama, dos grandes taquillas eran suficientes para su ropa, con un par de baúles más grandes atornillados al suelo para cualquier otra cosa. Las paredes tenían pantallas cambiantes por todas partes. Fotos que mostraban a los 'Nines en sus aventuras, y algunas de Davin y Phyla solos. La mayoría provocaban sonrisas. Todas afectaban los sentimientos de Davin, por mucho que intentara ignorarlas.

Sin embargo, esta vez Davin no estaba allí por nostalgia. Dio una patada hasta su taquilla, abrió la puerta y levantó un panel trasero disfrazado como el casco de la nave. En el nicho, de aproximadamente un metro de largo, estaba Melody. Belleza negra reluciente, desastre en un paquete elegante, la escopeta serviría como una buena presentación para cualquiera que entrara por la escotilla.

—¿Davin? —dijo Fournine—. Han acoplado.

Hora de actuar.

CAPÍTULO 5
DETALLES, DETALLES

Davin vigilaba la escotilla desde la bodega de carga. Phyla flotaba cerca de la barandilla y la entrada de la cabina. Ambos tenían las manos sobre sus armas, ambos esperaban a que llegara el comité de bienvenida del cazador. Si las cosas se torcían, Phyla se impulsaría hacia la cabina y activaría un desacoplamiento de emergencia, alejándose a toda velocidad del cazador mientras Davin hacía lo posible por repeler a los abordadores.

No era un plan complicado, pero Davin había descubierto que lo complicado solía significar una mierda.

Cuatro luces rojas espaciadas alrededor de la escotilla parpadearon en verde cuando Fournine anunció una conexión sellada. La escotilla en sí crujió mientras sus bordes, poco usados, se desenroscaban.

—Recuérdame que le ponga grasa a eso —dijo Davin, haciendo una mueca cuando el metal rozó contra metal.

—Añadiendo eso, ya son treinta y siete recordatorios —dijo Fournine—. Has completado cero en la última semana.

—No necesito tus juicios.

—Mis estadísticas muestran que sí los necesitas —respondió Fournine mientras la escotilla comenzaba a abrirse, silbando al intercambiarse el oxígeno entre las dos naves—. Frecuentemente olvidas tareas básicas sin mi constante intervención.

—Fournine —advirtió Davin mientras Phyla se reía—. Cállate.

—Por supuesto.

La escotilla se elevó con el efecto lento y algo irreal que la gravedad cero tenía sobre todos los movimientos. Aterrizó boca arriba en el suelo de la bodega de carga, y dos manos enguantadas aparecieron al mismo tiempo, agarrándose al borde de la escotilla y tirando para subir a un hombre completamente equipado.

Vestía el verde de Eden.

La mayor compañía del sistema solar, tácitamente respaldada por los gobiernos de la Tierra para expandirse en el espacio y colonizar tanto como fuera posible, Eden tenía la reputación de ser o bien el mayor logro de la humanidad o su peor error, dependiendo de con quién hablaras y de si Eden llenaba sus bolsillos de dinero.

Como un virus en constante evolución, Eden había comenzado con un único objetivo: hacer habitables los mundos hostiles del sistema solar. Con éxito variable, gran parte del cual Davin había visto de primera mano, Eden lo había logrado: colocó cúpulas en Marte, transformó el paisaje helado de Europa en un paraíso frío y construyó vastas redes subterráneas en lunas hostiles como Fobos y Deimos.

Sin embargo, una vez que Eden creaba algo, tendía a conservarlo. A aferrarse a sus posesiones tan fuertemente que exprimía la vida de las personas que vivían en ellas.

—Supongo que era de esperar —dijo Davin mientras el hombre salía—. Pensaba que Viola podría tener algún asunto secreto por su cuenta, pero no. Es solo Eden haciendo cosas de Eden.

El hombre levantó la mano, tocó el lateral de su casco ligero y retrajo el visor sellado. Había que mantener las cosas seguras, incluso en desplazamientos cortos a través de esclusas de aire. Davin no se habría molestado, pero él no tenía una riqueza y tecnología incalculables respaldándole.

—Cosas de Eden —dijo el hombre, tanteando la frase. Su rostro redondeado llevaba un tatuaje de medio círculo verde en una mejilla, cortado por la mitad por lo que parecía un desgarro irregular—. No puedo discutirte eso.

El intruso extendió una mano, ese guante esmeralda apuntando hacia Davin como un cuchillo. Si tenía algún reparo sobre Melody, la gran escopeta que colgaba a la espalda de Davin, el hombre no lo mostraba.

—Amado Ramos —dijo el hombre—. Un placer conocerte en persona, Davin Masters.

—Claro —respondió Davin, estrechándole la mano—. Ahora que estás en mi nave, ¿te importaría decirme qué haces aquí?

Amado sonrió, se llevó la muñeca a la boca y habló:

—Enviad el paquete. Sin sorpresas.

Detrás de Amado, un contenedor con rayas amarillas y negras, de dos metros de largo y uno de ancho, entró flotando, como si alguien lo hubiera empujado desde la esclusa de aire. Se deslizó hasta la escotilla de carga del *Jumper*, suspendido en el espacio. Normalmente Davin sujetaría cualquier carga, y haría lo mismo con este nuevo cajón una vez que concluyera el intercambio, pero por ahora el contenedor de Eden giraba lentamente en el centro de la bodega como algún artefacto religioso.

—¿Esto es todo lo que vamos a transportar? —preguntó Davin—. Parece bastante pequeño.

—Lo suficientemente pequeño como para caber en un caza. —La sonrisa de Amado se hizo aún más amplia—. Aunque lo has captado bien. Vas a llevar esto hasta Calisto. Una vez que aterrices, uno de los nuestros se pondrá en contacto.

—¿Uno de los vuestros? Eden tiene muchos tipos.

Amado se tocó la mejilla.

—No tantos como yo.

—Ya. ¿Qué es eso, algún tipo de símbolo de culto? —Davin captó la advertencia de Phyla negando con la cabeza, pero no le importó. Ahora que había llegado el momento, los nervios anteriores de Davin habían desaparecido. El guante aún le quedaba bien—. No pensaba que Eden estuviera metido en eso.

—En la mayor parte de Eden, tendrías razón. En cuanto a mí y mis amigos, estarías equivocado. —Amado señaló la cápsula sin apartar los ojos de Davin—. Eden es un lugar grande. Muchos grupos diferentes. Reglas diferentes.

—¿Viola es una de tus amigas?

La sonrisa constante de Amado se afiló, haciendo que el estómago de Davin se retorciera, como si estuviera mirando un sabor de pasta nutritiva particularmente asqueroso.

—Trabajamos juntos —dijo Amado—. Eso no es importante. Tú sí lo eres.

—No me hagas sonrojar —respondió Davin—. Ya tenemos el contenedor. ¿Hay algo que necesitemos saber para mantenerlo a salvo?

—Yo no lo exhibiría.

—Lo has hecho tan discreto que debería ser fácil esconderlo.

Otra negación con la cabeza de Phyla. Sin embargo, sus manos habían derivado hacia sus armas, con los ojos fijos en Amado. ¿Qué estaba captando ella que Davin no veía?

—Qué gracioso —dijo Amado. El comunicador de su muñeca emitió un solo clic, y Amado respondió con un suspiro ridículamente exagerado—. Desafortunadamente, mis amigos y yo somos necesarios en otro lugar. Antes de irme, sin embargo, hay una cosa más.

—¿Acaso no hay siempre algo más?

Amado hizo el más leve de los asentimientos, luego saltó hacia delante cuando los pequeños propulsores de su traje se activaron. Davin desenfundó su arma mientras Amado lo placaba. Davin sintió un destello ardiente en su pierna izquierda, luego Amado se apartó, levantando las manos.

—¡Mantenlas arriba o disparo! —gritó Phyla desde arriba—. ¿Qué demonios ha sido eso?

—Un seguro —dijo Amado, finalmente sin aquella sonrisa—. El contenedor tiene una única llave, y esa llave está ahora dentro de ti.

—¿Por qué? —preguntó Davin, frotando el agujero en sus buenos pantalones de piloto y el arañazo sangrante debajo—. ¿Por qué has hecho eso?

—Por si decides jugar a un juego diferente. —Amado retrocedió hacia la escotilla—. No intentes extraerla. Está vinculada a las coordenadas de Calisto. Si la extraes antes, vas a tener un mal día.

—Había una forma más amable de hacer eso, gilipollas —dijo Davin.

Amado se encogió de hombros, se dio la vuelta y se deslizó dentro de la escotilla. Fournine la cerró tras él, dejando a Davin y a Phyla solos con el contenedor, la llave y un montón de preguntas.

—Me gusta cómo no le disparaste —dijo Davin más tarde, con el *Jumper* aún a la deriva entre la Tierra y la Luna, mientras él y Phyla cenaban una comida racionada en el pequeño comedor de la nave—. Ahí está, viniendo hacia mí, y tú no disparas ni una vez.

—Porque, Davin, ejercí contención —contestó Phyla, antes de meterse en la boca un poco de pasta nutritiva marrón-anaranjada de su tubo—. ¿Y si te hubiera dado a ti?

—Ni hablar. Eres demasiado buena para eso.

—Cierto.

Davin volvió a tocarse el corte que se le estaba formando en la pierna. No podía dejar de buscar ese pequeño dispositivo incrustado en su piel. En parte porque le parecía tan incorrecto tener la llave ahí dentro, en parte porque Davin había planeado completamente abrir el contenedor de Eden y echar un vistazo.

Si iba a transportar algo, Davin quería saber qué era.

—No disparé porque estaríamos muertos si lo hubiera hecho —continuó Phyla cuando Davin no respondió—. Lo sabes.

—Sí, lo sé. Solo siento que perdimos en ese intercambio.

—Así fue.

—¿Te sientes brutal esta noche, Phyla? Porque te estás pasando de la raya.

Ella se reclinó, terminó el tubo nutritivo. Puso las manos sobre sus piernas y miró a Davin. Él le devolvió la mirada, con su mezcla proteica de moras sin tocar sobre la mesa.

—No lo sé —dijo Phyla finalmente—. No sé por qué estoy frustrada. Quizás sea porque esto no está saliendo como pensábamos, quizás porque no viste mi carrera, quizás porque estoy comiendo pasta nutritiva porque no tenemos dinero para algo mejor.

Davin no tenía respuesta para nada de eso.

—Quizás, Davin, sea porque pensé que nuestras vidas estarían en un lugar diferente a estas alturas —dijo Phyla—. Detuvimos a Bosser. Casi morimos una docena de veces luchando contra piratas, androides, rebeldes y aparentemente contra todos los demás. ¿Y ahora nos están dando una paliza los matones de Eden?

—No puedo decir que yo tampoco planeara esto. —Davin se encogió de hombros—. Pero esa siempre ha sido nuestra forma de hacer las cosas, ¿no? ¿Adaptarnos a los golpes? ¿Seguir luchando?

Phyla se levantó, se apartó de la mesa flotando y se dirigió hacia la salida.

—Quizás deberíamos cambiar nuestra "forma de hacer las cosas", Davin, porque creo que apesta.

Phyla se impulsó fuera de la habitación, dejando a Davin con su pasta nutritiva y un montón de preguntas. Miró hacia los armarios del comedor, llenos de más vajilla de la que los dos necesitarían jamás. Un gran refrigerador plateado repleto de más pasta nutritiva, un par de raciones reales para noches especiales. Las botellas de licor llenaban el armario al lado del frigorífico, pegado a la pared del comedor.

Más fotos allí también. Los Wild Nines en acción.

—Fournine, ¿lo echas de menos? —preguntó Davin, tomando el tubo nutritivo al sentir un rugido en su estómago—. ¿Los viejos tiempos?

—¿Cuando todavía tenía un cuerpo? —dijo Fournine—. ¿Esos viejos tiempos?

—Claro, por qué no.

—En aquel entonces, tenía la orden de matarte. Era muy agradable.

—Me había olvidado de eso.

—Estuve muy cerca. ¿Quieres que te cuente la historia?

Davin cerró los ojos, comió un bocado de la papilla nutritiva. No sabía nada a moras, más bien a polvo de proteínas. El viaje a Calisto llevaría un tiempo, comidas de papilla todo el camino. De alguna manera, la cosa no parecía ser tan mala cuando la comías con amigos.

—¿Sabes qué, Fournine? Cuéntame la historia. Cuéntame cómo te pateamos el trasero y te convertimos en un elegante ordenador de vuelo.

—Por supuesto, capitán. Creo que lo encontrarás muy emocionante.

Mientras Fournine se lanzaba a contar su historia, Davin activó las noticias en la pantalla de la mesa del comedor, navegando por titulares similares mientras el androide describía tiroteos, el asalto a Minero Prime y su eventual destrucción a manos de Trina. Había pasado el tiempo suficiente como para que las descripciones de Fournine sonaran menos como recuerdos y más como leyendas.

En aquel entonces, en Europa, había sido un plan secreto de los rebeldes para volver la base contra Eden. Davin y los

Wild Nines habían sido utilizados, pero no habían muerto como querían los rebeldes. En su lugar, habían quemado el plan sin darse cuenta de lo que estaban haciendo. Los Wild Nines se habían visto envueltos en un conflicto turbulento que aún continuaba ahora.

Los rebeldes nunca habían muerto del todo. Seguían volviendo, y ahora Davin leía que algunos nuevos comandantes estaban golpeando duramente a Eden. Rompiendo sus flotas, atacando los bordes y escapando antes de que llegaran refuerzos. Una clásica guerra de guerrillas estallaba alrededor de Júpiter. Justo en la órbita de Calisto.

—Fournine —dijo Davin—. Pon en marcha los simuladores. Me siento oxidado, y adonde vamos, creo que eso podría ser fatal.

Lo que Davin no dijo, lo que no se molestó en revelar al androide, era su ardiente deseo de disparar a algo. Después de Amado y Phyla, eliminar a algunos malos virtuales le haría sentir mejor.

Aunque, mientras Davin salía del comedor, no pudo evitar mirar el contenedor negro y amarillo, ahora asegurado en el centro de la bodega de carga. Esperando a ser abierto.

Le picaba la pierna.

CAPÍTULO 6
ENTRETENIMIENTO ESPACIAL

Davin descendió de la nave auxiliar a la plataforma de atraque plateada que marcaba la entrada del Terramorpher. La gigantesca máquina rugía sobre el paisaje helado de Europa, descomponiendo los yermos congelados y vertiendo una mezcla biológica fértil que, con el tiempo, calentaría la atmósfera y transformaría el gélido desierto en una selva exuberante.

No es que Davin fuera a verlo. Empuñó a Melody, mirando alrededor de la escasa plataforma de aterrizaje en busca de enemigos. Nadie salió a recibirlo. Más allá del crujiente y estruendoso triturar del Terramorpher, ningún grito de advertencia llenaba el aire.

Davin olfateó. ¿Era menta? ¿Penetrante e impregnando cada respiración?

—Más tranquilo esta vez —dijo Phyla, uniéndose a él y blandiendo dos rifles, uno en cada mano. Lucía una cinta en la cabeza y, de alguna manera, un puro brillante colgaba de sus labios, su humo fresco como la menta.

—Me gusta tu estilo —dijo Davin—. Y no me fío para nada de esto.

—Me estaba aburriendo de lo habitual —dijo Phyla, el

puro amortiguando sus palabras—. Es difícil hablar con una de estas cosas.

—Eso nunca sale en las películas.

—No me imagino por qué.

Davin tomó la delantera, dirigiéndose lentamente hacia las largas y amplias escaleras que atravesaban la plataforma de aterrizaje. Los Terramorphers dedicaban su espacio a sistemas, no a vías peatonales, por lo que la única ruta disponible iba directamente hasta el centro de control. Una escalera blanca plateada interrumpida cada docena de escalones más o menos por rellanos llenos de consolas, cada uno un punto perfecto para una emboscada.

Cuando llegaron al primer escalón, una serie de ruidos metálicos sonaron detrás de ellos. Davin y Phyla giraron bruscamente, agachándose al darse la vuelta, para ver cinco garfios clavarse en la plataforma de aterrizaje cromada. Davin levantó a Melody, apuntando hacia la derecha mientras Phyla apuntaba a la izquierda para atrapar a las figuras vestidas de negro cuando los enemigos saltaran por encima del borde de la plataforma.

—Acribíllales —dijo Davin, y ambos rociaron con energía ardiente a los recién llegados.

Las ráfagas de Melody surgieron en cascadas brillantes, cubriendo la armadura del enemigo y atravesándola. Los rifles de Phyla eran más dispersos, disparos aislados que no obstante impactaban y hacían que el grupo con garfios cayera de nuevo por el borde o se desplomara en el suelo. Ni uno solo logró contraatacar; todos quedaron como ruinas humeantes sobre la cubierta o fuera de ella en unos segundos de fuego.

Un tintineo brillante sonó a los pies de Davin y bajó la mirada para ver la granada. Había instintos en juego aquí, y Davin saltó lejos. Se lanzó a su derecha donde podía refugiarse tras el borde inclinado de la escalera. Phyla, con ese ridículo puro colgando de su labio, lo fulminó con la mirada.

—Cobarde —dijo Phyla, y luego se lanzó sobre la bomba.

Davin no observó el desagradable desenlace, aunque no pudo ocultar la risa triunfal de su objetivo, el que había lanzado la granada y que, sin duda, estaba en lo alto de la escalera victorioso. En lugar de eso, se sentó contra el lateral de la escalera mientras la granada explotaba, contempló el cielo azul cristalino de Europa durante un largo suspiro, luego se llevó la mano a la cabeza y tocó dos veces su oreja.

—Podrías haberla pateado a un lado —dijo Davin, saliendo de la cápsula del simulador, una de las seis en la *Jumper*. Los simuladores adicionales no servían para nada, pero Davin no podía decidirse a deshacerse de ellos. En su lugar, rotaba qué cápsula usar cada vez, mientras que Phyla reclamaba la suya y se quedaba con ella—. Esas de ácido siempre tienen temporizadores largos.

Phyla, sin su puro ni sus rifles, salió arrastrándose de su cápsula y se encogió de hombros.

—No me sentía a gusto con el juego. No parecía real.

—¿Quizá porque entraste con un puro y sosteniendo dos rifles como una mala estrella de cine?

—Mejor que ejecutar el mismo escenario por quincuagésima vez.

Phyla tenía razón, pero a Davin le gustaba el Terramorpher, el ascenso final para enfrentarse a Marl. Fournine condimentaba la aventura con sus propias adiciones aleatorias para mantenerla fresca, pero el bucle principal seguía siendo el mismo: llegar, subir las escaleras, impartir justicia a un monstruo.

Lo que Davin no dijo, lo que no obstante revelaba con su media sonrisa, era que le encantaba el escenario porque habían sido él y Phyla solos contra todo pronóstico.

—¿No te gustan los recuerdos? —preguntó Davin mientras se quitaban el equipo del simulador, las capuchas sensoriales y los guantes que ayudaban a sincronizar sus movimientos con el mundo virtual.

—Los dos casi morimos en esa cosa —respondió Phyla—. Marl me disparó.

—Todos recibíamos muchos disparos en aquella época.

Phyla no pudo evitar reírse.

—Todavía no entiendo cómo salimos con vida.

Ahora era el turno de Davin de amargarse. No todos habían salido con vida, y no todos lo habían merecido. Cadge, un malhumorado mercenario que había pasado tiempo con los 'Nines', sin embargo se volvió contra el grupo de Davin para intentar cobrar una recompensa por la cabeza de la fugitiva Viola. Fournine, cuando la IA aún tenía su cuerpo androide, había reducido a Cadge a cenizas en los muelles de Miner Prime.

Cadge, sin embargo, no era nada comparado con Lina. Davin aún conservaba ese punto débil donde Lina vivía en su corazón, donde había estado desde que Bosser se la llevó con un disparo sin sentido.

—Sí, lo hicimos —ofreció Davin, apartándose—. Tienes razón. Le diré a Fournine que prepare algo nuevo.

—¿Qué tal algo completamente diferente? —dijo Phyla, aparentemente percibiendo el deseo de Davin de escapar del agujero negro de la nostalgia—. Dije que te enseñaría a pilotar realmente una bala. Con suficientes entrenamientos quizás quieras unirte a mí en un circuito real.

Cuando Phyla había adoptado las carreras de balas como pasatiempo, habían pasado turnos recorriendo circuitos con los pequeños corredores hasta que Phyla había superado tan obviamente a Davin que él había abandonado las balas y se había declarado espectador de ese deporte en particular.

—Quizá cuando terminemos esto. —Davin puso su mano en su pierna, donde estaba esa llave—. Estamos oxidados, Phyla, y ese tipo Amado me puso nervioso. Quiero ceñirme a las cosas que nos mantendrán vivos.

Si Phyla creyó la evaluación de Davin, no lo demostró.

—Vale, Davin. Lo que tú digas. Voy a comprobar nuestra posición.

Un movimiento inútil. Fournine no había sido inestable durante años, y la IA les avisaría a ambos si algo hacía que la *Jumper* se desviara de su ruta hacia Callisto. Sin embargo, como forma de terminar la conversación, cumplió su propósito.

Davin siguió a Phyla desde la sala del simulador, pero no hasta la cabina. En su lugar, trepó por la barandilla y se dejó caer hasta el suelo de la bodega de carga. Se acercó al contenedor negro y amarillo y le echó otro vistazo.

El contenedor en sí seguía la nueva tendencia: simplificar todo lo que pudiera ser simplificado. Desde que los androides habían sido desactivados y sus trucos convertidos en dispositivos portátiles, modificaciones físicas y más —Davin había oído que Trina había jugado un papel importante en esa decisión—, la mayoría de las defensas digitales habían resultado fáciles de romper.

En el centro del contenedor, justo sobre su borde, se encontraba la ranura vertical y dentada para la llave. No más de un par de centímetros de altura, pero su visión aún hacía que Davin hiciera una mueca; esa cosa estaba dentro de él. Más allá de la cerradura, los bordes del contenedor se unían en un sellado hermético. Ni aire entraba ni salía. Nada para que Davin pudiera forzar con una palanca.

—Fournine —dijo Davin—. Es hora de que le demos un toque a Viola. Hay explicaciones que tiene que dar.

—Has esperado bastante para hacer la petición.

—Esperaba que ella se pusiera en contacto primero. —Davin se rascó la barba incipiente.

Phyla había querido hacer la llamada justo después de que Amado se fuera, pero Davin luchó por el tiempo extra, la distancia extra. Si el grupo de Amado rastreaba las llamadas de Viola, y ella decía algo que no debía, Davin quería que la *Jumper* estuviera lejos de la Luna y la Tierra. Ahora estaban en tierra de nadie camino a Marte, con mucho vacío donde esconderse si Viola provocaba una respuesta peligrosa.

—¿Quieres recibir la llamada aquí, con la carga? —preguntó Fournine—. La cabina sería mejor. Podrías decirle a Phyla que deje de comprobar mis cálculos.

—¿Crees que puedo decirle a Phyla que deje de hacer algo?

—Por una vez, Davin, tienes razón. Intentaré contactar con Viola ahora.

Davin se dio un pequeño impulso, dejándose flotar en el aire. ¿Cuál era el sentido de pasar tanto tiempo en gravedad cero si no lo disfrutabas? Recibir una llamada mientras giraba lentamente era una de esas pequeñas especias que Davin añadía a su vida interestelar.

—Davin —la voz de Viola se conectó después de que Fournine se tomara un minuto para ponerla en línea—. Empezaba a preocuparme. ¿Tienes el contenedor?

—¿Tus amiguitos no te lo dijeron?

—¿Amiguitos?

Davin suspiró ruidosamente, se estiró en el espacio, con su longitud coincidiendo con la del contenedor amarillo-negro.

—Viola, cuando entraste corriendo con nosotros en aquel club, pensé que nunca habías visto el exterior de la luna de tu padre —dijo Davin—. Ahora que lo has hecho, pensaba que serías un poco más astuta que esto.

—¿Entrar corriendo? Por lo que recuerdo, tú te tropezaste conmigo —dijo Viola—. Y dirijo I+D tecnológico para Eden. Soy bastante astuta.

—Tropezarse, correr, es lo mismo —dijo Davin—. Dirigir una división y mantenerse viva son dos tipos diferentes de astucia, Vi. El punto es que tienes un equipo vigilándote, y no del tipo cálido y acogedor como el que tenías conmigo.

—¿Cálido y acogedor? ¿Los 'Nines, Davin? No usaría esas palabras.

—Depende de tu punto de vista. —Davin entrelazó las manos detrás de su cabeza mientras flotaba, miró hacia el techo de la *Jumper* y se mantuvo concentrado sin distraerse—. Será mejor que averigües quién en Eden no confía en ti, porque sabían de tu contenedor.

—¿Qué quieres decir con que sabían?

—Quiero decir que nos estaban esperando, y cogieron la maldita llave y la metieron en mi pierna.

—Oh.

Al menos Viola tuvo la cortesía de sonar arrepentida.

—Sí, oh. Un gran oh —dijo Davin—. Phyla y yo tenemos tu carga, sin embargo. Estamos de camino a Callisto.

—Lo siento, Davin. No pensé que habría nadie escuchando.

—No pensar, pequeña. Así es como te metes en problemas.

—Vas a arruinar cualquier lástima que sienta por ti si sigues hablando así. —Viola tarareó por un momento—. Escucha, ¿ya vais camino a Callisto? Por el retraso, parece que aún no habéis llegado a Marte, ¿verdad?

Por mucho que Davin pudiera decir sobre Viola, sin duda tenía la inteligencia académica bien dominada. Davin seguramente no podría calcular una ubicación aproximada basándose en los tiempos de transmisión de voz. Para eso estaban los ordenadores.

—Vamos por ahí, sí.

—Entonces tengo otro favor que pedirte —dijo Viola.

—¿Otro? Creo que ya has agotado todos tus favores.

—Creo que me dijiste cualquier cosa, siempre —respondió Viola—. ¿Quién disparó a Bosser?

Davin flotó en silencio durante un largo segundo. Claro, siempre le daría eso a Viola. Que se lo recordaran, sin embargo, era otra cosa. La última vez que Davin se había encontrado realmente en deuda con alguien, las cosas no habían ido bien. Miner Prime, según había oído, todavía estaba siendo reparado.

—¿Cuál es el favor, Vi?

—¿Has estado prestando atención a lo que está pasando? ¿Entre Eden y los rebeldes? ¿Los que solían ser la Voz Roja?

—He visto las noticias aquí y allá, no mucho más.

Algo de lo que dijo Davin hizo cambiar la voz de Viola; pasó de tensa, nerviosa, a más relajada. De una negociación a una reunión de happy hour.

—Suena correcto —dijo Viola, toda cálida y brillante—. Lo que te pido, Davin, es que realmente te mantengas enfocado en esto. El contenedor.

—Lo dices como si no confiaras en mí.

—Solo, solo te conozco —respondió Viola—. Todo esto no es tan simple como yo quería que fuera. Me preocupa que se vaya a poner difícil para ti.

—¿Qué, este contenedor? Entonces ¿por qué me haces transportarlo?

—Porque no confío en nadie más.

—¿Ni en Amado?

—Ni siquiera sé quién es ese —dijo Viola—. Davin, tengo que irme. Salí corriendo del laboratorio para atender tu llamada, pero si no vuelvo pronto, los técnicos podrían hacerse explotar y llevarme con ellos.

—Claro. Excepto que nunca me dijiste el favor.

—No te detengas, Davin. No te detengas por nada —dijo Viola—. Si Amado realmente trabaja para Eden, y sabe lo que estás haciendo, entonces no es el único. No quiero que te hagan daño.

—Demasiado tarde para eso —respondió Davin—. Vuelve a tus juguetes. No querramos que exploten.

—Gracias. Cuídate, Davin.

Viola cortó la llamada. Después de repasar la conversación y no extraer ninguna información nueva, Davin se dio cuenta de que se había quedado flotando atascado, había perdido su impulso y ahora estaba a la deriva inmóvil sobre su carga.

—¿Phyla? —gritó—. ¿Podrías echarme una mano aquí?

Fournine, el maldito ordenador de vuelo, se rio.

CAPÍTULO 7
CARAS VIEJAS, VIEJOS AMIGOS

Viajar a través del sistema solar ocurría mediante líneas. Davin podía apuntar el *Jumper* hacia un objetivo concreto y Fournine calcularía la trayectoria óptima para poner el *Jumper* en línea con la órbita solar del objetivo. Cada objeto significativo del sistema solar tenía sus órbitas transmitidas y sincronizadas a través de una red de satélites espaciada desde la Tierra hasta Neptuno —gracias, Eden— de modo que cualquier nave pudiera y debiera ver exactamente dónde les llevaría su ruta en relación con, por ejemplo, Marte y sus dos lunas.

Por casualidad, por destino o, como Davin argumentaba, pura buena fortuna, la ruta del *Jumper* les acercaría lo suficiente a Marte como para echar un buen vistazo al planeta rojo y sus lunas. Más importante aún, acercarse tanto significaría la oportunidad de parar en Deimos y recoger algo más sabroso que la papilla de nutrientes.

—Tú eres quien compró todo eso en primer lugar —dijo Phyla mientras se sentaban en la cabina, observando las estrellas, tras haber terminado otra ronda de ajedrez espacial... simplemente ajedrez, pero en el espacio—. Si no te gustaba, ¿por qué lo compraste?

—¡Porque era una ganga! —Davin levantó las manos—. El hombre tenía montones almacenados que necesitaba vender.

—¿Nunca pensaste que podría haber una razón para eso?

—Eh, tiene todo lo que necesitamos para sobrevivir... en un tubo.

—Vaya eslogan. —La consola emitió un pitido y Phyla miró hacia ella, frunciendo el ceño—. Señal de socorro. Parece un carguero. Más grande que el nuestro.

La ley común de navegación espacial exigía que cualquier nave que pasara respondiera a una baliza de socorro, pero la realidad enturbiaba esa ecuación. Cualquiera que pidiera ayuda podría ser un pirata, podría ser más problemas de lo que el honor merecía. Eden tenía suficientes naves en patrulla constante a lo largo de las rutas orbitales entre la Tierra, Marte y Júpiter como para que alguien competente y adecuadamente armado llegara antes de que ocurriera un verdadero desastre.

—Aquí el *Zephyr*, si alguien puede ayudarnos, hemos perdido la energía de la batería y estamos a la deriva. Nuestros paneles no funcionan, y si no conseguimos que nuestro reciclaje de aire vuelva a funcionar pronto, nos asfixiaremos —la voz mantuvo la calma durante todo el mensaje, como si el desastre, aunque desafortunado, no fuera del todo inesperado—. ¡Si alguien puede remolcarnos hasta Deimos, os lo agradeceríamos!

Había dos formas de interpretar una señal así. Por un lado, el capitán no parecía particularmente preocupado: mencionar una posible asfixia junto con una educada solicitud de remolque requería o bien la columna más rígida que Davin había visto en mucho tiempo, o una total incapacidad para evaluar la situación. Por otro lado, Davin quería ir a Deimos, y aquí estaba la excusa perfecta.

—Veo esa cara —dijo Phyla—. ¿No dijo Viola que no deberíamos hacer ningún desvío?

—¿Desde cuándo te importan las reglas?

—Desde que un escuadrón de la muerte de Eden decidió interesarse por nosotros.

Davin puso un puchero fingido en su cara.

—Pensaba que estabas aburrida. Y no son un escuadrón de la muerte.

Phyla dudó, y Davin supo que había ganado. La había atrapado en una esquina de su propia creación.

—Supongo que tienes razón —dijo Phyla—. Fournine, gira hacia esa señal y danos un canal de transmisión. Davin está presentando un buen argumento por una vez. —Phyla lanzó una mirada hacia Davin—. Si Amado vuelve, le diré que fue culpa tuya.

—¿Acaso no lo es siempre?

El *Zephyr* —menudo nombre para un carguero grande y tosco— y su capitán, Uros, se mostraron agradecidos cuando Davin se puso en contacto, lanzando agradecimientos y una promesa de pago una vez que el carguero llegara a Deimos. Uros pensaba que el *Zephyr* tenía un viaje más antes de un reemplazo de batería —caro y que consumía mucho tiempo— y falló.

A pesar de ser más de dos veces el tamaño del *Jumper*, la magia de la gravedad espacial hizo que fuera fácil para la nave más pequeña arrastrar a su hermano mayor. Phyla colocó el *Jumper* en el lugar adecuado para que Davin manipulara el gancho exterior de su nave, enganchara el *Zephyr* y estableciera la conexión alrededor de los lazos de remolque del gran carguero. Diseñados más para situaciones de acoplamiento complicadas que para rescates de emergencia, los grandes anillos metálicos eran objetivos fáciles para la puntería de Davin.

—Mira quién todavía lo tiene —dijo Davin cuando la consola sonó indicando un bloqueo exitoso—. El mejor lanzador de arpón de la galaxia, justo aquí.

—Esa afirmación es imposible de cuantificar —dijo Fournine.

—Estoy de acuerdo con el ordenador —respondió Phyla.

—Entonces, sin evidencia en contra, mantengo mi afirmación.

No importaba cuántas veces Phyla pusiera los ojos en blanco, Davin no dejaría de hacer sus comentarios ingeniosos. En el fondo, él sabía que ella se reía.

Muy en el fondo.

Uros dijo que tenía una pequeña tripulación, y como el aire se estaba convirtiendo en un bien preciado, Davin y Phyla invitaron al grupo a bordo del *Jumper* para el viaje de varios días a Deimos. Cuando Phyla señaló que el *Jumper* no estaba realmente equipado para invitados, Davin respondió que al menos comerían más de la papilla de nutrientes, obligando a una reposición con mejor comida. Phyla no pudo negar esa victoria.

Con Fournine como piloto, los dos fueron a la escotilla para recibir a Uros y su tripulación. A pesar de toda la amabilidad que Uros había mostrado por el comunicador, Davin y Phyla seguían cargados para una emboscada. Cualquiera podía hablar amablemente por una transmisión y luego poner un cuchillo en tu cuello en persona.

Phyla tomó su posición superior, rifle en mano, mientras Davin vigilaba la escotilla. Después de la última vez, con la amenaza sorpresa de Amado, los dedos de Davin descansaban más cerca de la culata de Melody, colgada sobre su hombro. Podía girar el arma por encima o por debajo, disparar en un segundo que, siempre que el objetivo estuviera justo en el centro, terminaría la pelea antes de que comenzara.

Por supuesto, Davin también podría fallar y añadir una nueva y fea marca de quemadura en las paredes del *Jumper*.

—¿Abro la escotilla? —preguntó Fournine una vez que Davin y Phyla se hubieron colocado.

Phyla le lanzó un ligero asentimiento, así que Davin dio permiso. La escotilla se abrió y se desplegó, y como con

Amado, dos manos aparecieron en el borde, seguidas por una cara que Davin no había visto en años.

—Bueno, ¿no es esta la mejor clase de sorpresa? —dijo Davin mientras Merc se impulsaba dentro de la nave.

El moreno piloto de combate había alternado entre actuar como artillero y pilotar el caza de escolta del *Jumper*, cuando lo tenía, durante los días rentables de los Wild Nines ejecutando seguridad y carga peligrosa de un planeta a otro. Merc había ofrecido un optimismo duro y punzante que solo se había suavizado cuando se había enamorado de Opal, otra miembro de los Wild Nines y una que no toleraría las travesuras incesantes de Merc.

A pesar de los años transcurridos desde la última vez que Davin había visto a Merc, el piloto no parecía haber envejecido. Quizás había añadido algunas líneas debajo de su cabello negro corto, pero Merc todavía llevaba ropa de piloto, todavía tenía el mismo cinturón con fundas y lugares para sus granadas bolo, aunque ahora estaban vacíos. El hombre había mantenido un impresionante régimen de fitness cuando volaba con los 'Nines' y no parecía que Merc se hubiera relajado en absoluto.

Y sin embargo, a pesar de todo eso, Davin vio una mirada diferente detrás de esos ojos. Una que reconoció, porque Davin la veía en el maldito espejo cada día: una esperanza temeraria sobria por la experiencia.

—Apuesto a que pensabas que había muerto —dijo Merc mientras se impulsaba hacia Davin, ignorando la mano ofrecida del capitán para darle un fuerte abrazo—. Todavía estoy aquí, Davin. Todavía estoy aquí.

—Contra todo pronóstico —dijo Davin, desviando sus ojos más allá de Merc hacia una Phyla sonriente pero cautelosa.

Ella mantenía su rifle listo, a pesar de la buena sorpresa. Merc no había aparecido en el comunicador, y por qué no se había anunciado antes era una pregunta en sí misma. Uros, el capitán, no había aparecido —nadie había seguido a Merc desde la escotilla todavía— y quién sabía cuántos más acechaban en el *Zephyr*.

Merc lo notó. Soltó a Davin con el más ligero empujón para impulsarse hacia atrás, miró hacia Phyla.

—Me alegro de verte también, Phyla —dijo Merc—. Veo que sigues siendo tan directa como siempre.

—Algunas cosas no cambian —respondió Phyla—. Me alegro de verte, Merc.

—Me gusta intercambiar historias —Davin retomó la conversación—. Pero vuestro carguero acaba de acoplarse con nosotros debido a una batería muerta, y sin embargo solo te veo a ti salir por esa escotilla.

—Vendrán cuando les dé el visto bueno —respondió Merc—. Cuando vi que eras tú, pensé en calentar el ambiente antes de que entraran los demás.

Un comienzo plausible. Aún no explicaba por qué Merc se había mantenido callado en el comunicador. Todavía no daba una razón para que Phyla guardara sus rifles.

—Me siento bastante cálido —dijo Davin—. ¿Qué tal si vemos con quién viajas?

Merc asintió, pero no hizo ningún movimiento para señalar a nadie. En cambio, el piloto tomó un gran respiro.

—Davin, necesito que me prometas que no tocarás ese gatillo.

—¿Estás diciendo que querría hacerlo?

—Estoy diciendo que sabes adónde fuimos Opal y yo, ¿verdad?

¿Lo sabía Davin? Por lo que recordaba, Merc y Opal habían desaparecido después de la batalla sobre la Tierra. Mientras Davin y Viola estaban metiendo un rayo láser en la cara de Bosser, los otros dos estaban salvando al líder de la Voz Roja de un asesinato androide. Aparte de una rápida despedida, Davin no había sabido nada de ninguno de los dos durante años.

—No pasamos mucho tiempo rastreando a viejos amigos —dijo Phyla desde arriba.

—Aunque quizá deberíamos empezar —dijo Davin—. Imaginé que vosotros dos habíais abandonado la diversión. Que habíais encontrado un lugar donde estableceros.

—¿Yo, establecerme? —Merc puso una cara horrorizada—. Nunca. —Hizo una larga pausa, su expresión tornándose seria—. Nos fuimos con Alissa. Hasta más allá de Júpiter. Todo el lío de los androides generó mucho sentimiento hacia la Voz Roja. Y créditos también.

Alissa. En el Terraformador de Europa, Davin y Phyla habían subido esas escaleras y, sin realmente pretenderlo, habían matado a Marl, la hermana de Alissa. Ella planeaba convertir la luna en una base de la Voz Roja. El desastre en la Tierra llegó no mucho después, y Davin había supuesto que la mayoría de la Voz Roja había muerto preparando eso.

En cambio, habían resurgido. Formando bolsas dispersas de naves cerca de Saturno y más allá, atacando cargueros y tomando territorio. Ahora los rebeldes habían empujado a Eden lo suficientemente lejos como para establecer una empresa legítima, al menos hasta que Eden decidiera aplastarla.

—Así que te uniste a un barco que se hunde —dijo Davin.

—Está subiendo bastante rápido para mí —rebatió Merc.

—No vais a ganar una pelea contra Eden.

—Eso dice el capitán que se enfrentó a un ejército de androides y ganó. —Merc señaló hacia Phyla, luego a sí mismo—. Todos estuvimos allí, Davin. Hicimos lo imposible muchas veces. Luego tú paraste. ¿Opal y yo? Nosotros seguimos.

—¿Está Opal tras esa escotilla? —preguntó Phyla.

Merc negó con la cabeza.

—No puedo decir dónde está ahora mismo, pero necesito asegurarme, Davin, antes de que Uros y el resto suban, ¿estás de acuerdo con hospedar rebeldes en tu nave?

—¿Hospedar? —Davin se rascó la barba incipiente otra vez, un hábito que probablemente nunca abandonaría—. Os estoy rescatando a todos.

Había que elegir bandos. Eso es lo que las noticias seguían diciendo. Lo que los bromistas en los bares seguían sugiriendo con rondas frescas, como si Davin hubiera pedido consejo con una pinta. O estabas con las corporaciones y los gobiernos del lado terrestre que habían mapeado el espacio bajo su ideología centrada en el beneficio, o te unías a un grupo que quería derribarlo todo y reconstruirlo para satisfacer sus propias necesidades.

Davin, Davin tenía todo lo que necesitaba justo aquí. Una nave, una compañera y algo de carga para transportar. Si podía sazonar eso con algo de emoción de vez en cuando, genial. Había tenido su turno en la gran mezcla, ahora sería feliz manteniéndose al margen.

Merc finalmente cedió, dio el visto bueno, y los otros cuatro miembros de la tripulación subieron desarmados al *Jumper*. Uros llegó el último, con una barba rubia hasta la cintura que hacía que su cara estrecha pareciera interminable. Esa barba ocultaba un estómago considerable, sin duda expandido por años flotando en un carguero como el *Zephyr*, y ojos penetrantes y hundidos que miraban a Davin con el brillo de un tasador.

Un negociante, y mientras Davin le estrechaba la mano, el capitán del *Jumper* supuso que este rescate no iba a ser una simple interrupción.

Con los rebeldes, nunca lo era.

CAPÍTULO 8
DEIMOS

Deimos abrazaba los superlativos pecaminosos. La diminuta luna concentraba más fiesta por kilómetro cuadrado que cualquier otro lugar del sistema solar, su masa ahora mantenida unida más por soportes construidos que por roca lunar auténtica, mientras las empresas dedicadas al placer vaciaban su núcleo. Libre de cualquier cosa remotamente parecida a una regulación real —aunque la violencia física o los daños a la propiedad solían terminar con el perpetrador muerto o expulsado al vacío— Deimos había arrebatado el manto de Las Vegas y lo había elevado hacia el cielo.

Dado el escaso espacio de la luna, Davin atracó la *Jumper* en un puerto orbital, uno de las docenas que albergaban desde pequeñas naves unipersonales que subían desde Marte hasta grandes cruceros que llevaban a observadores de estrellas desde la Tierra hasta Júpiter y de vuelta. Lanzaderas repletas de pasajeros transportaban a potenciales juerguistas desde los puertos hasta Deimos propiamente dicho a través de una larga serie de portales que mostraban un anuncio hipercolorido tras otro.

—Esto es más cegador cada vez —dijo Phyla mientras ella,

Davin, Merc y Uros descendían—. Es como si necesitaran desensibilizarte antes de llegar a la luna en sí.

Phyla ni siquiera había querido venir. Cuando atracaron y Uros anunció que su tripulación se quedaría con la *Zephyr* para las reparaciones, Phyla había intentado sugerir que cogieran algo de comida real del puerto y luego volvieran rápidamente a las estrellas. Entonces Merc había hecho la oferta, había mostrado la tentadora posibilidad de algo de diversión real.

—Todo a nuestra cuenta —dijo Merc, y Uros estuvo de acuerdo—. Como agradecimiento.

Los dos habían demostrado ser divertidos compañeros de viaje, aunque los otros miembros de su tripulación se mantuvieron recluidos. Mientras Merc había empujado a Davin al simulador cada dos horas para volver a ejecutar sus escenarios favoritos, Uros charlaba con Phyla, y mientras los otros cuatro tripulantes del *Zephyr* se quedaban en camas improvisadas en el taller de la *Jumper*, los camarotes originales estaban actualmente ocupados por demasiados trastos.

Juntos, Merc y Davin habían recorrido la aventura del Terramorpher, reproducido el asalto a Miner Prime y se habían aventurado en el ataque pirata contra el crucero sobre Neptuno. Una buena mezcla: nostalgia y acción.

Davin se dio cuenta de cuánto echaba de menos al arrogante piloto de combate. Echaba de menos tener otra voz alrededor. Las cenas y comidas con los cuatro se convirtieron en acontecimientos llenos de risas y recuerdos que hacían soportable la papilla de nutrientes. Las viejas historias que Davin y Phyla se habían contado entre sí cientos de veces sonaban nuevas otra vez con Merc y Uros escuchando.

Cierto, ni Merc ni Uros hablaban mucho sobre sus aventuras rebeldes, pero a Davin no le importaba. ¿No querían revelar información secreta a un transportista de carga sin lealtad real? Tenía sentido. No importaba.

Pronto dejarían la *Zephyr* y se despedirían de todo el grupo.

Las brillantes pantallas publicitarias empujaban ideas imposibles, mostrando aventuras como bucear en agujeros negros y surfear los anillos de Saturno. Ninguna real, todas hechas para que parecieran reales mediante trajes complejos y programas momento a momento que absorbían tu patética vida y la reemplazaban con algo mucho más impresionante.

Mezclándose entre los grandes eventos había distracciones más típicas, los placeres del juego y las drogas destinados a vaciar tus sentidos y tu cartera al mismo tiempo. Davin no podía evitar una pequeña sonrisa. Había estado en demasiados lugares como este para dejarse encantar, pero ¿esa pequeña emoción de posibilidad?

Todavía sentía la adrenalina.

—Entonces —dijo Davin cuando los anillos llegaron a su fin y la lanzadera se asentó en su secuencia final de acoplamiento, descendiendo hacia el salvaje caos de gravedad cero en que los arquitectos habían convertido Deimos—. Sois los anfitriones, ¿adónde vamos primero?

—Bueno —dijo Merc—. ¿Qué tal si damos una vuelta y luego creo que a nuestra dama le gustaría dar un giro por una pista?

—Mi bala sigue en la *Jumper* —dijo Phyla—. Además, no hay pistas oficiales aquí. Deimos es demasiado pequeño.

—¿Quién ha dicho nada de oficial? —respondió Merc—. Aquí es donde vienen todos los mejores pilotos. Es la única forma de ganar dinero de verdad.

—¿Qué? —dijo Phyla.

La respuesta de Merc llegó a través de una demostración. La lanzadera atracó y los dejó ante un sinfín de opciones, pasajes que se extendían hacia aquí, allá y posiblemente, por el precio adecuado, a todas partes. Merc los hizo avanzar por un túnel iluminado con neón verde, las paredes cubiertas con más anuncios en movimiento que pedían esto, aquello y posiblemente, por el precio adecuado, lo de más allá.

Más allá del brillo, Davin tenía otra razón para venir a Deimos: la gravedad. La *Jumper* no se llevaba bien con ella, y después de pasar suficiente tiempo en gravedad cero auténtica, Davin ansiaba algo de peso real. Deimos no tenía mucho, pero habían rodeado la luna con suficiente energía magnética como para que el traje de Davin lo atrajera hacia el suelo. No era como estar en la Tierra, pero Davin no flotaba con cada paso.

Pensar que flotar habría sido mágico para tanta gente durante tanto tiempo.

—¿Has estado aquí alguna vez, Uros? —preguntó Davin al barbudo capitán, que hasta ahora había experimentado el viaje con el mismo distante hastío que impregnaba cada una de sus acciones—. ¿Has pasado algunas noches locas en esta roca?

—Varias veces —respondió Uros—. Es difícil encontrar un lugar que ame y deteste más a la vez.

No se podía discutir eso.

Phyla, en los varios días de viaje desde la recogida del *Zephyr* hasta Deimos, había mantenido la sospecha cada vez que las risas se apagaban. Con Fournine obligado a realizar tareas de vigilancia las 24 horas, Phyla y Davin habían pasado los minutos antes de escabullirse para dormir practicando espionaje amateur, intentando evaluar exactamente qué tramaban Uros y Merc y el *Zephyr*.

Aunque el propio *Zephyr* no parecía armado, la presencia de Merc significaba que tenía que tener un caza a bordo. Tenía que estar transportando algo que los rebeldes consideraban lo suficientemente importante como para protegerlo. Que ni Uros ni Merc se preocuparan por hablar de ello solo aumentaba la sospecha, hasta que Davin pensó que se volvería loco si tenía que cuestionar cada comentario que cualquiera de los dos hacía a su alrededor.

—Formaba parte de los Wild Nines —dijo Davin la noche antes de atracar en Deimos—. Confiamos en él hasta que Merc demuestre lo contrario.

—¿Y si morimos por ello?

—Bueno, quizás no quiera vivir en una galaxia donde no pueda confiar en mis viejos amigos.

Phyla, al menos, había aceptado eso.

Uros, sin embargo, no caía bajo el manto protector de viejo amigo, así que Davin se había impuesto como misión secundaria conocer mejor al capitán. Eso, desafortunadamente, había sido más difícil que pilotar la *Jumper* a través de la gran mancha roja de Júpiter. Uros mantenía oculto todo lo que había bajo la superficie, como si fuera una olla a presión y el más mínimo desliz hiciera explotar al hombre.

—Parece que tienes una historia ahí dentro —respondió Davin mientras continuaban por el túnel iluminado de verde hacia donde, prometió Merc, encontrarían la mejor acción de carreras de balas de este lado de Venus.

—Puede que sí —dijo Uros—. En otra ocasión.

Siempre dispuesto a escuchar, nunca a hablar. Davin añadió a Uros a su lista mental de personas en las que no confiar. Una lista que habría sido más larga si la mayoría de las personas que figuraban en ella siguieran vivas.

El túnel elegido por Merc los expulsó al amplio vestíbulo de un vasto casino. Davin supuso que el lugar tenía un nombre, supuso que incluso estaba escondido en algún lugar de la explosión de marcas que golpeaba sin piedad a su grupo, pero no podía distinguirlo. Merc, sin embargo, no se detuvo. No se paró a evaluar dónde estaban, y siguió marchando.

—Nunca vinimos a este, ¿verdad? —dijo Phyla mientras ella y Davin se ponían detrás de Merc y Uros.

Los 'Nines habían tenido una misión en Deimos durante un tiempo, proporcionando seguridad a celebridades para una serie de conciertos de un mes de duración. No era precisamente la misión preferida de Davin, pero el grupo había necesitado un descanso, y parecía una buena idea pasar las horas libres en Deimos.

Hasta que Davin se dio cuenta de que no había horas libres en Deimos. Toda la maldita luna estaba loca.

—No, no creo que viniéramos a este —respondió Davin—. O, si lo hicimos, no estaba en condiciones de recordarlo. No fueron precisamente tiempos de sobriedad.

—La música era bastante horrible.

—Claro, por eso.

Phyla puso los ojos en blanco, Davin se rio, y siguieron a Merc y Uros por una escalera mecánica hasta un amplio arco etiquetado como *Speed Shots*, las letras trazadas en un círculo por dos balas persiguiéndose mutuamente en una persecución infinita. Dentro, *Speed Shots* parecía inspirar una sola palabra: oscuridad. Como si fuera absorbido por un vacío, una vez que Davin caminó bajo el arco, la luz misma desapareció.

—Ni siquiera puedo ver mi mano —dijo Davin.

—Poneos esto —dijo Merc, regresando de la oscuridad, sosteniendo varias gafas verdes luminiscentes y llevando ya un par él mismo—. Entonces lo entenderéis.

Las gafas no eran ligeras, y mientras Davin se deslizaba el par sobre la cabeza y las orejas, se preguntó si las cosas no aplastarían su pobre cartílago. Las lentes se ajustaban sobre sus ojos, con suaves cerdas que hacían la comodidad mejor de lo que Davin habría esperado, y entonces se olvidó de todas esas expectativas.

Y de todo lo demás.

—Bueno, esto es nuevo —murmuró Davin.

Speed Shots pasó de oscuro a exuberante, a una luminosidad fantasmal cuyos grises y púrpuras espectrales se impregnaban con un azul difuso para construir un restaurante, una escena de apuestas y un gigantesco circuito de balas a partir de la nada. El propio circuito tenía fuerza, sus rizos y curvas, colinas y bucles girando alrededor de las mesas, sobre las cabezas y entre robots dispuestos a tomar apuestas. Le llevó un segundo a Davin, uno gastado en observar puntos de colores brillantes —no muy diferentes a la retransmisión que Fournine le había mostrado— corriendo a lo largo del circuito para darse cuenta de que todo era una proyección.

Las balas reales, las que usaban los corredores, estaban todas a lo largo de la pared del fondo, en un escenario elevado. Doce cabinas de simulador, todas listas para ser usadas. Todas *siendo* usadas. Porque *Speed Shots* estaba a rebosar y vibrante.

—Te lo dije —dijo Merc, y Davin le echó un vistazo—. ¿Quieres saber dónde van todos los pilotos en Deimos? Justo aquí.

Con las gafas puestas, Merc parecía una mala película, un parpadeo púrpura con esas gafas sobresaliendo como si alguien hubiera estirado una lima neón a través de la cara de Merc. Cuando el piloto abrió la boca, sus dientes resplandecieron con intensidad, y Davin sintió como si hubiera caído en una mala fiesta rave. Todos los demás en el lugar parecían iguales, salpicados de color tecno.

—¿Quién llega a volar? —preguntó Phyla—. Las balas, quiero decir.

—Esa es la mejor parte —respondió Merc—. Cualquiera puede. La mitad inferior tiene que salir después de cada carrera. De vez en cuando hacen que todos los profesionales se alineen para una, pero la mayoría de las veces, somos tú y yo los que estamos ahí dentro.

Las palabras de Merc se hicieron evidentes mientras veían la carrera esprintar hacia su conclusión, con puntos girando libremente hacia un aparente olvido. Un par realmente colisionó, sus esferas naranja y amarilla chocando entre sí antes de estallar en una nube pixelada. Sus simuladores siguieron el mismo camino, abriéndose de golpe para dejar que los dos corredores tambaleantes, riendo, probablemente borrachos, deambularan hacia el bar. También llovieron algunos abucheos, apostadores que habían elegido mal.

Correr en una bala sin ningún riesgo de vida o extremidades, pero con apuestas, parecía bastante divertido. La cola para las próximas carreras no era tan larga, algo que sorprendió a Davin hasta que el grupo llegó al inicio de la cola y se enteraron de la tarifa a pagar. Ocupa una de las posiciones de nivel superior en la carrera y recuperarías tu dinero, más un poco más cuanto mejor lo hicieras.

—No está mal el trato por una victoria —dijo Davin, leyendo sobre la moneda—. Phyla, ¿crees que puedes con esta multitud?

—Ni idea —respondió Phyla—. No he visto el circuito. No he usado uno de estos simuladores.

—Phyla —dijo Merc—. Arriésgate. Estarás bien.

Y antes de que nadie tuviera la oportunidad de reaccionar, de rechazar, Merc introdujo una transferencia de monedas al robot que esperaba, reservando cuatro plazas.

—¿Cuatro? —preguntó Davin.

Uros negó con la cabeza, se rio mientras Merc ponía su mano en el hombro de Davin.

—Siempre quise volar contigo, capitán.

Ah. Mierda.

CAPÍTULO 9

PILOTO VELOZ

Speed Shots hacía una cosa bien: sabía que personas que apenas habían pilotado una bala anteriormente acabarían en estos simuladores abiertos, estarían alteradas por todo tipo de sustancias químicas, y aun así necesitarían proporcionar suficiente competencia para que la gente hiciera sus apuestas. Cuando Davin se acomodó en la oscura cabina, después de maldecir a Merc durante todo el camino hasta el escenario por ser un improvisador descarado, el asiento lo inclinó hacia delante, con la cara al frente y las manos agarrando las palancas de dirección a cada lado.

Cada palanca tenía un agarre de goma que se extendía hacia abajo por debajo de la moto central sobre la que Davin se montaba mientras se acomodaba. Las gafas permanecían puestas, aparentemente necesarias para una inmersión completa. El simulador se cerró alrededor de Davin con un suave golpe, y al hacerlo la máquina se puso en marcha.

Pequeños ventiladores soplaban una fuerte brisa, algún ambientador alcanzó su cuota de aroma y vertió una mezcla floral de pradera en la nariz de Davin. La oscuridad que lo rodeaba estalló en un cielo azul, nubes esponjosas y un interminable prado verde. En la lejana distancia se alzaban montañas idílicas. Davin sintió un zumbido debajo de él mientras la bala que supuestamente estaba montando se ponía en marcha, y la vista se elevó un metro cuando su nave virtual encontró su altura de viaje.

¡BIENVENIDO!

La palabra plateada se mostraba junto a un temporizador de cuenta atrás, enorme en el aire. Cinco minutos hasta la carrera. El retraso daba tiempo a la gente para hacer sus apuestas, y Davin también sabía lo que vendría a continuación: pantallas por todo *Speed Shots* mostrarían a los diversos pilotos de balas jugueteando, familiarizándose con sus juguetes virtuales. Algún algoritmo juzgaría su habilidad y establecería las probabilidades.

POR FAVOR PRUEBA TU BALA

Vale.

Davin empujó ambas palancas hacia delante y la bala comenzó un suave deslizamiento, rozando la hierba. Un paseo agradable, pero garantizado para perder una carrera.

—Ya que estoy aquí —murmuró Davin, ajustando su agarre para darle a sus muñecas esa destreza necesaria para las maniobras instantáneas de la bala—, igual podría ganar.

Empujó las palancas hacia delante y la bala se disparó. Virtualmente, el estómago de Davin no dio un vuelco. No llegó realmente a los más de doscientos kilómetros por hora que las balas solían alcanzar, pero los ventiladores alcanzaron una fuerza huracanada —ahora las gafas tenían sentido— y el paisaje pasó por debajo de él en un borrón esmeralda.

Davin tiró hacia atrás de la palanca izquierda y la bala se deslizó en esa dirección, su impulso propulsándola en un amplio giro en arco. Cuando Davin empujó la palanca derecha hacia delante, el giro se hizo más pronunciado hasta que la bala giró bruscamente y comenzó a dispararse de vuelta por el camino anterior. Las montañas en el horizonte permanecían igual sin importar la dirección que tomara

Davin, y tampoco se acercaban nunca. Un verdadero campo de pruebas.

¿LISTO PARA LA CARRERA?

El simulador lo planteaba como una pregunta, pero con el temporizador llegando a cero, Davin no tenía exactamente una opción. Había practicado un par de giros, había notado los aspectos básicos sobre cómo volar una bala. ¿Eso lo calificaba para recorrer un circuito?

Quizás si ese circuito fuera una línea recta sobre una pradera como esta.

—No apostéis por mí, idiotas —dijo Davin, dudando que alguien pudiera oírle.

De alguna manera, estar en el simulador le daba a Davin una confianza arrogante que no habría tenido al aire libre, con ojos mirándolo. Claro, algunas de esas personas en *Speed Shots* podrían haber apostado por el capitán del *Jumper* —y qué mala jugada era esa—, pero una vez que la carrera comenzara, Davin sería otro punto entre los doce, con las pantallas más detalladas centradas en los líderes.

El temporizador llegó a cero y la pradera verde desapareció. Simplemente se esfumó. Los ventiladores disminuyeron a una ligera brisa. Los controles de Davin vibraron, junto con su asiento, como si la transición virtual requiriera algún elemento físico.

—¿Qué demonios...? —dijo Davin mientras el circuito se completaba en la pantalla.

Lejos de la pradera verde, Davin y su bala aterrizaron en una brillante roca volcánica negra. Las otras balas aparecieron a su alrededor, dispuestas según el orden de apuestas: la que recibía más apuestas comenzaba en último lugar, la que recibía menos comenzaba como líder.

—Eh —dijo Davin a Uros, el único que estaba delante de él en la línea. La bala del hombre rubio tenía un recubrimiento moteado verde y morado y flotaba a un par de metros de distancia—. ¿Puedes oírme?

Uros no reaccionó. *Parece que no.*

Si Uros *hubiera* podido oírlo, entonces Davin habría comenzado a gritar sobre lo ridículo que parecía ser este circuito. La brillante roca negra delineaba el camino ante ellos, y arriba un cielo de nova resplandeciente hacía que cualquier mirada hacia arriba fuera un riesgo cegador. A la altura de los ojos, sin embargo, brillaba lava roja y naranja. Piscinas líquidas se extendían a lo largo del circuito, pero más que eso, chorros surgían del centro del circuito. Anillos rojos llenos de lava se arqueaban por encima, algunos goteando aquí y allá.

Sin restricciones por las leyes físicas, el circuito se elevaba y giraba, se retorcía hacia el cielo y, basándose en lo que Davin podía ver, bajo tierra. Una construcción ridícula, una pesadilla para cualquier piloto de balas y una imposibilidad para alguien que nunca había competido con esas malditas cosas en su vida.

Después de esto, Davin iba a darle a Merc un buen puñetazo. *Quizás dos.*

A través del centro de su pantalla, aparecieron tres luces, todas de color rojo carmesí. De nuevo la bala cobró vida, y Davin se inclinó hacia delante, encontrando su agarre. Toda esta situación podría ser un desastre, pero Davin estaba metido en ella ahora, e intentaría ganar.

Uros, después de todo, tenía el último puesto. *Alguien* había apostado por Davin. Intentaría hacerlos sentir orgullosos.

Una luz cambió a verde, sonó un timbre bajo. Una fuente de lava explotó a la derecha de Davin y él se sobresaltó.

La segunda luz cambió.

Vale. Activar el impulso justo cuando la última luz cambiara.

Davin empujó las palancas hacia delante. Intentó sincronizarlo bien y falló, la luz todavía roja cuando Davin debería estar volando, pero la bala no se movió.

¿Qué? Por qué...

En la milésima de segundo que le tomó a Davin recordar que esto era una simulación, que el programa podía controlar cuándo las balas podían ir a cualquier parte, la última luz se puso verde.

Con sus dos palancas a tope, la bala de Davin salió disparada de la línea. Su vehículo vibró hasta alcanzar un tono agudo que sonaba más como un chillido, y la fuerza del viento producida por la aceleración golpeó el rostro de Davin, esos pequeños ventiladores haciendo un trabajo admirable imitando el viento real.

En la parte superior central de la pantalla, un gigante número dorado cambió de dos a uno con un destello resplandeciente. El glorioso logro de Davin duró una fracción de segundo, hasta que vio la pista de cristal negro curvándose hacia la derecha, con una pared de roca gris llena de lava elevándose ante él.

Tirando bruscamente de la palanca derecha, Davin viró la bala, la nave temblando con fuerza a través del aire. El impulso de la bala llevó a Davin lo suficientemente cerca de la pared como para tocarla, aunque sus manos no soltarían esas palancas aunque lo intentara. Virtual o no, el mundo abrasado por la lava y la bala de alta velocidad se sentían bastante reales.

Ese glorioso número uno desapareció mientras los corredores que habían partido con más mesura desde la línea giraban por la curva sin enviar sus balas a un frenazo en horquilla. Davin empujó su acelerador hacia delante de nuevo, ganando velocidad e intentando encontrar un camino a través de los motores de las balas.

Cómo Merc y Phyla mantenían naves como el *Jumper* y sus cazas estelares sin chocar contra innumerables escombros, Davin nunca lo entendió. Impulsar la bala e intentar zigzaguear entre los otros corredores se sentía como resolver mil puzles al vuelo, reacciones y reflejos instantáneos. En la vida real, tocar cualquier otra bala significaría un desastre catastrófico, quizás una lesión fatal.

En el mundo virtual, Davin podía hacer lo que quisiera.

No todos compartían el temerario deseo de Davin de mantener el acelerador al máximo cada vez que el circuito les daba un kilómetro recto, y esa vacilación le permitió superar al séptimo y sexto, justo detrás de una cara familiar en quinto lugar.

Uros, con toda su tranquila reserva, aparentemente sabía cómo dirigir una bala con cierta habilidad. El hombre giraba por las curvas y seguía las líneas en los bucles como alguien con suficiente experiencia para ser peligroso. Davin voló hacia él, tratando el circuito sin respeto y volando por encima de las esquinas, sacudiendo las palancas y confiando en el instinto para nivelarse con Uros.

El otro capitán no devolvió la sonrisa arrogante de Davin, Uros mantuvo su rostro hacia adelante, con los ojos en el circuito.

Una buena decisión, resultó ser.

La bala de Davin se disparó hacia un bucle con demasiada velocidad para la curva, la nariz de su bala raspando el suelo antes de que sus propulsores lograran tomar el control y hacerla rebotar de nuevo. Las chispas volaron alrededor del rostro de Davin, y estaba bastante seguro de que un trozo de metal había caído debajo de la bala. Si la simulación se preocupaba o no por eso, Davin no lo sabía.

Las palancas seguían funcionando. Uros desapareció detrás de él.

Cuatro corredores por delante, y el circuito se dividía en dos caminos entrelazados que se extendían sobre un largo lago de lava. La muerte naranja ardiente brotaba a través de los huecos en el circuito, salpicando el cristal negro. La vista le dio a Davin un rápido vistazo de las balas que se alejaban delante de él, y una rápida valoración indicaba que podría alcanzarlos.

Davin empujó las palancas hacia delante nuevamente y la bala respondió, disparándose hacia adelante como un depredador enloquecido persiguiendo a su presa.

Davin alcanzó a los corredores del cuarto y tercer lugar por accidente. Ambos habían tomado el otro camino, y ambos estaban enredados entre sí, disputándose la posición en el largo y estrecho sendero dividido a través del lago. Sin obstáculos, Davin pasó volando junto a ellos, acelerando hacia el piloto en segundo lugar mientras los caminos gemelos se unían.

Merc. Davin reconoció el pelo corto del hombre y se acercó, luego se quedó atrás cuando el piloto de combate serpenteó a través de una serie de cañones subterráneos curvados mientras Davin giraba y disparaba, su método de sacudidas manteniendo a Davin en movimiento pero sacrificando preciosas milésimas de segundo.

Un brillante rayo azul partió el cielo de nova, aterrizando no muy lejos más allá de Davin y Merc mientras salían del cañón, un útil destaque de la línea de meta. Como si el propio circuito se diera cuenta de que estaba casi terminado, la pista comenzó a fragmentarse a su alrededor, cayendo hacia la lava y dejando un camino impredecible.

Merc redujo la velocidad, planeando una ruta. Davin se rio.

En los juegos, siempre se iba a por el máximo.

El capitán del *Jumper* pasó volando junto a Merc, impulsando la bala mientras líneas doradas se desplegaban a través de la pista, indicando los momentos donde pronto aparecería la lava. Davin levantó su mano izquierda, haciendo un gesto obsceno hacia Merc. Un poco de estilo antes de la meta.

Los ventiladores cambiaron. La vista giró. Davin ya no miraba la pista, sino el interminable mar naranja rojizo. Davin tiró de las palancas hacia atrás, pero los propulsores de la bala no tenían nada en lo que apoyarse. En su lugar, se precipitó directamente hacia abajo, salpicando esa lava ardiente. Mientras su pantalla se desvanecía, el número dorado de posición permaneció iluminado, subiendo lentamente mientras otros corredores tomaban la decisión correcta y llegaban a la meta.

En lugar de los fuegos artificiales que podrían haber recibido a Davin si hubiera ganado, su única recompensa vino del siseo-golpe cuando el simulador se abrió, de los abucheos y burlas de los apostadores que habían visto su ardiente caída, y la comprensión de que había pasado los últimos años viviendo una mentira.

CAPÍTULO 10
MOVIMIENTO ARRIESGADO

Phyla y Davin habían tomado la decisión juntos después de dejar a Mox en la Luna. Compartieron una última copa con el grandullón, y luego este se marchó pisando fuerte para descansar antes de presentar su caso para reincorporarse a los Centuriones. Con los Wild Nines reducidos a dos, y con heridas aún por sanar, habían decidido tomar la ruta tranquila. Meterse en el negocio del transporte de carga y ganarse la vida honradamente, sin el constante fuego láser, las enormes conspiraciones y las recompensas sobre sus cabezas.

La elección se había hecho a la sombra de la adrenalina, tratando de escapar de una vida temeraria que les conduciría a un final breve y repentino.

La elección, comprendió Davin mientras permanecía de pie en la oscuridad iluminada por neones de *Speed Shots*, les llevaría en cambio a una muerte lenta y envenenada. Una que se cuajaba desde los bordes, agotando con el drenaje del tedio las cosas que amaba.

Pilotar la bala había dejado eso más claro que cuando se hacía pasar por transportista ilegal para Mox, aunque incluso aquello le había dado a Davin un destello. Controlar la nave veloz con ambas palancas, en rápida competición contra los otros pilotos, con una recompensa tan obvia y tan profundamente deseada al final.

—Lo has hecho bastante bien, capitán —dijo Merc, guiando a Davin fuera del escenario—. Mejor de lo que hubiera esperado para un novato pilotando balas, hasta que te lanzaste al agua.

—Mejor salir con un chapoteo que perder directamente. —Davin miró hacia los simuladores, buscando a Phyla sin verla —. ¿Dónde está Phyla?

—Ha ganado —dijo Merc—. Está en la siguiente carrera. Yo también. Tú y Uros podéis mirar desde las gradas, quizás apostando algo a nuestro favor si queréis recuperar algo.

No era mala idea y, a decir verdad, Davin aún sentía que le debía a Phyla una mirada. Ahora que había pilotado una bala, Davin tenía una mejor idea de por qué Phyla encontraba estas cosas tan fascinantes. Quería volver a subirse inmediatamente, pero la cola había crecido desde que llegaron a *Speed Shots*. En su lugar, dejando a Merc al final del escenario, Davin localizó a Uros dirigiéndose hacia el bar principal y se unió allí al capitán del *Zephyr*.

—Vuelas como hablas —dijo Davin mientras ocupaban lugares justo contra la barra.

Tematizada para parecerse al restaurante, la superficie de la barra tenía pantallas incrustadas que mostraban las diversas estadísticas de los corredores y las probabilidades de apuestas, rodeadas por el púrpura profundo y las estrellas centelleantes que dominaban la decoración del bar. Un fino borde azul claro recorría el límite de la barra y, flotando detrás de las botellas apiladas, varias pantallas más mostraban el siguiente circuito, que parecía congelado y lleno de avalanchas.

El bar, como *Speed Shots* en su conjunto, explotaba el tema de la sobrecarga sensorial. Cada pequeño diodo al alcance había sido configurado para transmitir, y la única forma en que Davin podía manejar la avalancha era a través de un pequeño cóctel llamado Delicia del Minero.

Desarrollado en su estación natal, Miner Prime, la Delicia —como la llamaban los entendidos, y Davin ciertamente lo era— mezclaba un vodka nítido con Vino del Vacío, una bebida hiperenfriada fermentada y finalizada haciéndola girar a través del vacío puro. Bajo la iluminación de *Speed Shots*, la bebida desprendía un blanco etéreo.

—¿Vuelo como hablo? —respondió Uros, disfrutando de su propio rompepaladares, un tubo serpenteante con secciones que exprimían su contenido poco a poco con cada succión en la pajita, mezclándose de manera diferente dependiendo de la fuerza con que Uros lo hiciera—. ¿Estable y constante?

—Claro, esa es una forma de decirlo.

Uros asintió, señaló el mostrador de la barra, que mostraba una cuenta atrás para la carrera y las probabilidades de Phyla: —¿Vas a apostar por Phyla?

Davin no lo había pensado, pero viendo que ella había ganado la carrera anterior, y estando aquí, ¿por qué no?

—¿Y tú? —dijo Davin mientras tocaba la imagen de Phyla, introducía su cuenta de monedas y realizaba una pequeña apuesta—. Merc también corre de nuevo.

—Nunca apostaría por Merc —dijo Uros—. Pero es que no soy un hombre de apuestas. Prefiero reducir el azar en cada encuentro.

—Me lo imagino.

—No es tan aburrido como lo hago parecer —Uros sonrió, estirando su rubia barba por toda la cara—. Hacer que cada resultado sea lo más certero posible aporta a la vida un desafío que encuentro estimulante.

Davin se apoyó en la barra, dio un largo trago a su Delicia mientras comenzaba la carrera de balas. En su visión periférica, Davin vio aparecer el circuito, los detalles helados no captados en la proyección sobre las mesas de *Speed Shots*, pero la composición general estaba llena de túneles estrechos y cuencas abiertas hechas para adelantamientos audaces.

—Así que si no eres un hombre de apuestas, ¿por qué molestarte en venir a Deimos? —preguntó Davin, cambiando de posición para ver las pantallas traseras del bar.

Las balas avanzaban veloces, el mostrador de la barra cambiando a una pantalla que mostraba la clasificación. Phyla había comenzado hacia el final, pero ya había alcanzado la mitad del pelotón.

—No soy un hombre de apuestas, pero por la oportunidad adecuada, podría cambiar de opinión —dijo Uros—. Merc sugirió que podría encontrar tal oportunidad aquí abajo.

Uros sonaba como si fuera a continuar, pero Davin, tragando más Delicia, levantó una mano para detenerlo.

—Espera, Merc *sugirió* que encontrarías una oportunidad aquí? ¿Qué significa eso siquiera?

Uros desvió los ojos, notó que el camarero se había alejado para atender a otros clientes, y bajó la voz a un susurro: —Ser rebelde requiere cierta audacia. Aprovechar las oportunidades óptimas cuando surgen para dar un gran salto adelante. No podemos sobrevivir a una guerra abierta con Eden a menos que hagamos algunos movimientos importantes.

Davin no podía imaginar a Uros siendo ese impulsor, pero quizás los rebeldes no tenían tantos ases bajo la manga.

—¿Qué movimientos importantes vas a encontrar aquí? —preguntó Davin, sin molestarse en mantener la voz baja.

Si alguien hubiera enviado espías a Deimos, seguro que no le prestarían atención a él.

Uros, sin embargo, simplemente succionó su rompepaladares y observó la carrera. Davin no insistió. De todas formas, debía mirar a Phyla, más aún ahora que Davin había apostado dinero en la carrera. Phyla había avanzado hasta el tercer lugar ahora que la carrera entraba en su último tercio, las balas atravesando a toda velocidad una larga sección en pendiente mientras las avalanchas se cerraban a su alrededor.

Cuatro balas ya habían sucumbido a la nieve. Merc era una de ellas.

—Parece que tu amigo no lo ha logrado —dijo Davin.

—Menos mal que no acepté esa apuesta —respondió Uros.

La carrera terminó con Phyla deslizándose hasta el segundo lugar, suficiente para dar a Davin un retorno de su dinero, más un pequeño extra. Cerca de terminar su Delicia, Davin pensó que su tiempo en *Speed Shots* estaba llegando a su fin, pero entonces el nombre de Phyla apareció de nuevo entre los corredores que volvían para otra ronda. Lo cual, bueno, significaba otra bebida para el capitán del *Jumper*. Y una oportunidad de duplicar su apuesta anterior.

—¿Crees que puede ganar esta? —dijo Merc, acercándose para unirse a la tripulación. Su desaparición entre la nieve le había dejado fuera de la siguiente carrera, aunque el piloto no parecía en absoluto preocupado por ello—. Phyla es incluso mejor de lo que recordaba.

Davin notó que el tipo que había ganado la última carrera también se había vuelto a inscribir, pero, cuando llegaba el momento de la verdad, tenías que apoyar a la mujer que amabas.

—Creo que lo tiene —dijo Davin—. Es una asesina en esas cosas.

Merc asintió, luego miró más allá de Davin hacia Uros: —¿Qué piensas, Uros? ¿Quieres hacer esta próxima más interesante?

—¿Qué sugieres? —respondió el capitán, mientras Davin giraba la cabeza para seguir a los dos.

Los mostradores de la barra parpadearon, el temporizador acercándose a cero. Última oportunidad para realizar apuestas oficiales.

—Davin, ¿estás transportando algo interesante ahora mismo? —preguntó Merc.

—No realmente.

Davin empezó su segunda Delicia, disfrutando del familiar y cálido zumbido.

—Ese contenedor amarillo y negro parecía especial —dijo Uros—. ¿Estarías dispuesto a arriesgar su contrato por toda nuestra carga que puedas llevar?

—¿Qué?

—Dijiste que ibas hacia Júpiter, ¿verdad? —añadió Merc—. Nosotros también, obviamente. Si Phyla gana, puedes elegir lo que quieras de lo que tenemos, entregarlo y quedarte con el dinero. Si pierde, nos llevamos ese contenedor de tus manos.

Davin y Phyla habían mantenido en secreto la historia del contenedor durante los días que tardaron en llegar a Deimos. No habían mencionado a Viola ni a Eden. Solo el destino general. Parecía obvio que Eden no querría que los rebeldes supieran sobre su carga.

Como también era obvia la elección aquí. De ninguna manera debería Davin arriesgar el contenedor. No apostando a que Phyla venciera a otros once corredores.

—Davin, no dudes de ti mismo —dijo Merc—. Vamos a simplificarlo. Phyla tiene que superar al tipo que le ganó la última vez. Eso es todo. Ni siquiera importa si queda en primer lugar.

Las alarmas sonaron. La siguiente carrera comenzaría en unos segundos.

Hacer los transportes. Vivir la vida estable. No correr riesgos. Eso es lo que Davin y Phyla se habían dicho después de la Tierra. Un plan que había llevado al aburrimiento, a discutir entre ellos y a una creciente sensación de que su existencia no tenía dirección. Conseguir la carga de Uros y Merc no ayudaría con eso, pero tal vez, tal vez encendería una chispa.

Además, incluso si Phyla perdía, la llave del contenedor estaba clavada en el muslo de Davin. No había forma de que

Merc y Uros pudieran abrirlo, y Davin podría encontrar una manera de recuperarlo más tarde.

—De acuerdo —dijo Davin—. Trato hecho. Espero que tengáis algo bueno en esa nave destrozada.

—Montones —dijo Merc, levantando su cerveza de color amarillo fundido—. Por Phyla.

—Claro, por Phyla. —Davin chocó su Delicia y se giró para ver la carrera.

Este circuito evitaba los entornos apocalípticos de las dos carreras anteriores, optando en cambio por un paisaje más estándar tipo Tierra, completo con gradas animando y balizas de puntos extra. Menos sobre los obstáculos, más sobre la puntuación precisa. Davin, junto con Merc y Uros, se inclinó hacia adelante, observando las pantallas mientras las balas salían disparadas.

Como en el circuito helado, Phyla y su principal oponente rápidamente se separaron de un grupo confuso, dividido entre aquellos que ignoraban las balizas para hacer giros más rápidos y otros que mataban su velocidad para obtener puntos extra. Phyla no sacrificaba ninguna de las dos cosas, deslizándose alrededor de las horquillas y lanzándose a través de las rectas con una confianza que Davin no había visto antes.

O, más bien, no había visto porque no había mirado.

Con Merc y Uros enfocados junto a él, Davin no tenía distracciones. Captó cada giro de Phyla en la pantalla dedicada a ella —los dos mejores corredores tenían pantallas fijas — y sintió que se le abría la boca mientras ella se abría paso.

¿Cuándo se había vuelto Phyla tan buena? ¿Cómo lo había pasado por alto Davin?

Había pensado que las carreras de balas eran un pasatiempo, una extensión de la destreza de Phyla para saltar entre naves. La forma en que tomaba estas curvas, la manera en que movía las palancas de la bala para que se deslizara en lugar de sacudirse y dar tirones... Phyla podría convertir esto en algo real. Podría dejar de transportar carga y correr en balas.

Phyla podría abandonarlo a él y al *Jumper* cuando quisiera.

El pensamiento podría haber asustado a Davin, podría haber tocado algún nervio vulnerable, pero en su lugar sonrió mientras Phyla irrumpía en el primer lugar. Una cosa más asombrosa sobre ella que...

—La está empujando —dijo Merc—. Qué movimiento más sucio.

Davin no captó lo que eso significaba, lo que Merc había visto y él no, hasta que el principal oponente de Phyla se estrelló contra su pantalla, atravesó una curva con el mismo abandono que Davin, pero en lugar de virar a través del giro, el hombre dirigió su bala directamente hacia la de Phyla. Las dos naves colisionaron, saliendo disparada la de Phyla fuera del curso y rebotando la del hombre en la dirección correcta, una redirección dura que de alguna manera lo puso justo donde necesitaba estar.

—En la vida real, serían dos pilotos muertos —dijo Merc, y sonaba tan cabreado como Davin estaba empezando a estar —. Parece que este simulador solo hace que las balas reboten separándose. Debía saber que Phyla se llevaría el peor ángulo.

Phyla tuvo que impulsarse de vuelta a la pista, y para cuando se reunió con el circuito y llegó a la meta, había perdido una baliza de puntos y un par de posiciones. Tercera. Davin aún recuperó su dinero, pero había perdido el contenedor.

—Lo siento, Davin —dijo Merc—. Phyla no se merecía eso.

—Pero aun así cobrarás la apuesta. —Davin terminó la segunda Delicia, que de repente sabía a tiza.

—Todos asumimos un riesgo —dijo Uros—. Solo es un contenedor. ¿Qué tan malo puede ser?

¿Con Amado persiguiéndole?

Bastante jodido.

CAPÍTULO 11
RAYOS DE LUNA

Phyla los encontró fuera de *Speed Shots*, habiendo renunciado a la oportunidad de una cuarta carrera. Por su expresión, la maniobra de colisión del ganador había detonado cualquier atractivo que pudieran tener los simulados concursos de balas. La apuesta perdida de Davin, sin duda, no conseguiría cambiar su ceño fruncido.

—Tienes que entenderlo —dijo Davin, iniciando una estrategia de ataque familiar por lo que debía ser la quinta vez—. El contenedor no tiene nada que tú quieras. Es un favor.

—Y eso era una apuesta —dijo Merc, poniéndose del lado de Uros en vez de su antiguo capitán, su potencialmente antiguo amigo—. Vamos, Davin, conoces las reglas. Aquí está Phyla, ahora podemos irnos.

—¿Irnos? —dijo Davin—. Acabamos de llegar.

Uros levantó su muñeca mientras Phyla se unía al círculo —. Mi tripulación envió el mensaje mientras terminaba la última carrera. El *Zephyr* está reparado y listos para despegar.

—Eso fue rápido.

Davin nunca había oído hablar de una nave averiada, por simple que fuera la reparación, que recibiera el permiso para partir pocas horas después de atracar. Incluso si el problema principal podía resolverse tan rápido, la mayoría de las estaciones intentaban encontrar formas de aumentar la factura con procedimientos aleatorios. Esas pequeñas reparaciones añadían tiempo al reloj, y cuando además cobrabas a la nave por el tiempo que pasaba en la bahía, bueno, las monedas extra simplemente llegaban a raudales.

—Mi tripulación es buena —dijo Uros—. Excepto Merc aquí presente.

—Eh —respondió Merc a la broma con una sonrisa que de alguna manera hizo que Davin quisiera golpearlo—. Bueno, Davin, parece que tenemos que largarnos de aquí. ¿Te importaría subir con nosotros para entregarlo?

—¿Entregar qué? —preguntó Phyla.

Merc y Uros dirigieron sus miradas a Davin, ninguno, astutamente, queriendo dar la noticia. Davin tampoco quería, pero a estas alturas ya se había acostumbrado a la decepción de Phyla.

—Échale la culpa a los Delights —dijo Davin cuando terminó un relato divagante sobre la apuesta—. Pero eh, gané buenas monedas ahí dentro. Estuviste increíble, Phyla. No sabía que podías pilotar así.

La cara de Phyla se había congelado mientras la historia de Davin continuaba, y ahora se descongelaba en una suspirante sacudida de cabeza. En general, una respuesta mejor de lo que Davin había esperado: la aceptación resignada era mucho mejor que la indignación directa.

—Sabrías lo bien que puedo pilotar si alguna vez me vieras competir —dijo Phyla.

Ay. Eso dolió. Davin no sabía cómo responder a eso. Merc, misericordiosamente, vino a su rescate.

—Phyla —dijo Merc—. Fue una buena apuesta, y el tipo contra el que competías hizo una jugada sucia. —El piloto extendió sus manos en un encogimiento de hombros—. A veces pasan estas cosas. Piénsalo así: los rebeldes definitivamente necesitan lo que sea que haya en ese contenedor más que la persona que te paga por enviarlo.

—Esto es lo que no entiendo —dijo Phyla, apartando su enojo de Davin por un momento—. ¿Por qué queréis tanto ese contenedor que arriesgaríais vuestra propia carga, seguramente cosas que los rebeldes necesitan más?

Davin asintió, señalando con un dedo que Phyla no podía ver a su espalda mientras miraba a los ojos de Merc y Uros. Eso es lo que él había estado intentando preguntar todo este tiempo.

—Una suposición educada —dijo Uros—. Vuestra nave no es pequeña, pero lo único en su bodega de carga para un viaje largo es un único contenedor, uno marcado de forma que sugiere que es inusual. Incluso si lo que hay dentro es un objeto que no tiene uso directo, probablemente podríamos venderlo por monedas que los rebeldes necesitan. Nosotros llevamos paquetes de energía y piezas de armas; necesarios, sí, pero no algo que pueda inclinar la balanza de la guerra.

Una explicación tosca y enrevesada que, Davin sospechaba, no tendría mucho sentido si no hubiera estado a dos Delights y un chupito de conmiseración con Merc después del choque forzado de Phyla. Tal como estaba, Phyla dejó que las palabras maduraran un segundo, y luego miró hacia Davin.

—Los llevaré de vuelta. Dales el contenedor —dijo Phyla —. De todos modos estoy bastante cansada después de las carreras. Parece que te vendría bien un paseo.

—Probablemente sí —respondió Davin.

Incluso un poco borroso, Davin captó el subtexto: aléjate de estos dos antes de que digas o hagas algo estúpido. Phyla sabía sobre el sello del contenedor, que Merc y Uros no tendrían suerte con él siempre que Davin no empezara a hablar sobre la llave en su pierna.

—Nos parece bien —dijo Merc—. Lo siento, Davin. No quería que esto terminara así.

—No te preocupes. —Davin aprovechó su reserva de optimismo, ese lote burbujeante de esperanza de que todo saldría bien—. Estás haciendo justo lo que yo haría. Hacer un trato y cumplirlo.

—Cierto —dijo Merc—. Si acabas pasando por Júpiter, envíame un mensaje. A Opal también le encantaría saludarte.

—Lo haremos —dijo Phyla—. Vamos, acabemos con esto. Estoy harta de todo este neón.

Con un par de últimos apretones de manos, el trío caminó de vuelta hacia el transbordador de la estación de atraque, dejando a Davin en el amplio vestíbulo sin nada más que sus pensamientos, sus recién ganadas monedas y un mareo que se había reducido a una vaga nada.

Cuando se unió por primera vez a los Wild Nines, cuando el *Jumper* estaba en manos de otro capitán, a Davin le encantaban lugares como Deimos. Sin responsabilidades y la oportunidad de gastar tus monedas en lo que quisieras. Con la nave atracada, el mantenimiento diario ya no era su problema. Davin y el resto de la tripulación deambulaban por la luna, metiéndose en trifulcas, haciendo malas apuestas y forjando recuerdos que Davin ahora miraba con una mezcla de envidia y arrepentimiento.

En aquel entonces, nadie dependía de Davin. No realmente. No tenía a nadie a quien fallarle.

Un tintineo hizo que Davin mirara hacia arriba, y se dio cuenta de que había estado caminando mientras divagaba por su pasado. En vez del cartel verde de *Speed Shots* y su oscuro interior, Davin había encontrado el camino a un parque al aire libre que le había encantado antes.

—Instinto, supongo —ofreció Davin a otro hombre que se apoyaba en una pared cercana, quien levantó la vista, confundido y vagamente amenazado por las palabras de Davin—. Lo siento, solo hablaba conmigo mismo.

Deimos, al carecer de atmósfera, seguía el ejemplo de la Luna y construía domos sobre la superficie. Las gruesas barreras eran transparentes desde abajo y tenían productos químicos pegados en la parte superior para proteger el cristal de micrometeoritos y radiación cósmica. El efecto, cuando Deimos alcanzaba la rotación adecuada, hacía que los arcoíris se derramaran sobre patios como este.

Esos prismas de colores rociaban ahora en un ambiente más suave de casino, con antiguas mesas de apuestas intercaladas entre cafeterías, fuentes y tiendas emergentes. Música grabada de salón se transmitía a través de altavoces que Davin no podía ver, mientras los aromas colectivos de comida y especias se mezclaban para espesar el aire. El ritmo de la vida se ralentizaba, y Davin aprovechó su momento.

Incluso Deimos se daba cuenta de que sus clientes necesitaban una oportunidad para respirar de vez en cuando.

—Eh, ¿no te conozco? —dijo una voz baja detrás, y luego al lado de Davin.

Parecía que había vivido en Deimos por un tiempo, disfrutando de sus delicias pero, al mismo tiempo, sin avergonzarse de ellas. Su atuendo mostraba fiestas, noches pasadas borrando las estrellas en suites y clubes, creando algunos recuerdos y olvidando otros. Sus ojos tenían un brillo que encajaba, sugiriendo una lucha perdida hace mucho tiempo o, quizás, ganada.

—Siempre hay una posibilidad —dijo Davin—. No puedo decir que sea muy famoso.

—No —respondió la mujer, apuntando lentamente un solo dedo hacia él—. Pero hiciste algo por mí una vez.

—¿Lo hice?

Entre las situaciones que Davin no había encontrado, la gratitud aleatoria se situaba entre las primeras. Los extraños tendían a acercarse a Davin para discutir sobre monedas y favores debidos, no beneficios proporcionados. Sus excusas preparadas, su bravuconería y sus temas de desvío flaquearon.

—Trabajaba para Bosser en Miner Prime —dijo la mujer—.

Tenía algunos asistentes, y luego se fue contigo a la Tierra y nunca regresó.

Davin parpadeó. Era difícil imaginar a Bosser con asistentes, con alguien trabajando realmente para él, pero el hombre había dirigido una empresa masiva. Debió haber tenido alguna ayuda.

—¿Y estás contenta por eso? —Davin no sabía qué más decir.

Deimos tenía una prohibición expresa sobre las armas, así que Davin no tenía un arma lateral a la que acercarse. Probablemente fuera algo bueno, dados los Delights, pero en una situación inusual había cierto consuelo en saber que Davin podía defenderse.

—¿Estás de broma? —La mujer estalló en una sonrisa—. Fue lo mejor que me ha pasado. Había estado atrapada en Miner Prime toda mi vida, entonces todo se fue al infierno, y me di cuenta de que estaba perdiendo el tiempo marcando las horas en esa horrible estación espacial. Cuando Eden nos pagó a todos para mantenernos callados, cogí las monedas, vine aquí y nunca he sido más feliz.

—Eh, ¿de nada?

Ella lo envolvió en un abrazo rápido. Su ropa cambió con el movimiento, pasando de un melocotón suave a un verde claro, y Davin se dio cuenta de que llevaba fibras de humor. Cosas ridículas que captaban tu temperatura, presión sanguínea y más para mostrar cómo te sentías en el momento a todos los que miraban.

—Mira —la mujer retrocedió—. No sé por qué estás aquí, con quién estás, ni nada. Simplemente te vi un poco perdido y pensé que tal vez podrías necesitar animarte un poco. Salvaste muchas vidas ese día, Davin. No solo de morir, sino de vivir de la manera equivocada.

—Bosser era un capullo —respondió Davin, porque era más fácil centrarse en Bosser que lidiar con un cumplido directo—. Me alegro de que haya desaparecido.

La mujer asintió, inclinó la cabeza—. ¿Vas a hacer algo? Algunos de nosotros vamos a tomar una copa allí. —Señaló hacia un bar lounge, que combinaba varias versiones de relajación espacial en un lugar tranquilo—. Te prometo que no todos son tus mayores fans.

Davin había perdido el contenedor que le había confiado un amigo, tenía a Phyla enfadada con él y, por lo demás, estaba solo en una pequeña roca supuestamente construida para divertirse.

—Ni siquiera sé tu nombre —dijo Davin—. Pero guía el camino.

—Rozy. Encantada de conocerte por fin.

El nombre no le sonó de nada, no disparó ninguna alarma, y tampoco lo hizo el lento paseo por el patio.

El bar conocía a su público, con un nombre como *Cometas Alegres*, y atraía a los transeúntes con una extensión borrosa y acolchada. Pequeñas mesas se situaban cerca del suelo, rodeadas de cojines y sillas demasiado anchas, mientras luces rastreras colgadas del techo realizaban perezosos cambios de color. Una multitud informal se deslizaba entre bebidas y exhalaba humeantes brebajes de implementos demasiado variados para que Davin intentara nombrarlos.

Rozy siguió moviéndose, navegando por el laberinto de *Cometas Alegres* con una práctica deslizante que Davin no logró perfeccionar, golpeándose las rodillas dos veces y casi pisoteando a un robot camarero que pasaba traqueteando con su bandeja de bebidas. Al principio Davin intentó adivinar a qué grupo ocioso quería unirse Rozy, pero ella continuó, pasando por el área principal y a través de gruesas cortinas de terciopelo azul. Un título sobre la cabeza proclamaba la habitación *Espacio Mental*.

Ja.

Davin se abrió paso después de Rozy, hacia una neblina verdosa y humeante. Había caras en la habitación, al menos una pantalla encendida y funcionando, pero Davin no podía distinguirlas. Agitó la mano, tratando de abrirse camino a través del humo, deseando haberse quedado con las malditas gafas de protección de *Speed Shots*.

—Davin Masters —dijo una nueva voz, esta con el hierro plano que Davin conocía de las fuerzas de seguridad por todo el sistema solar—. Amado te manda saludos.

Vaya, mierda.

CAPÍTULO 12

CHARLA BASURA

Después de años transportando carga y otros asuntos menos legítimos por el sistema solar, Davin no era ajeno a las emboscadas humeantes en habitaciones traseras. Varios gánsteres, políticos y bromistas de todo tipo pensaban que al meter al capitán del *Jumper* en una caja negra más allá de mesas abarrotadas conseguirían algo parecido al miedo, la aquiescencia, la obediencia.

Qué va.

—Sabes —dijo Davin al matón que esperaba justo dentro de la puerta, el que había susurrado de manera amenazante —. Deberías trabajar en tu forma de hablar. No da mucho miedo. Especialmente después de que Rozy se esforzara tanto para que yo viniera.

El matón no supo muy bien qué decir, y Davin podía ver cómo los engranajes giraban lentamente, tratando de encontrar una respuesta insultante. Davin extendió la mano y le dio una palmadita en el hombro.

—Ya lo conseguirás la próxima vez —dijo Davin, y miró por la habitación para contar a los demás.

Cinco personas en este ataque, incluida Rozy, que ahora estaba a un lado pareciendo un poco avergonzada, y el mencionado matón, todavía procesando sus problemas. Los otros tres estaban de pie cerca de sus sillas, y de ellos, solo el hombre del medio parecía divertido. Cada uno llevaba las túnicas holgadas que Davin había visto entre la gente del spa de aquí, aunque no le sorprendería encontrar armas u otros artefactos menos legales escondidos en esos pliegues y bolsillos.

En cualquier caso, el humo verde que salía de las pipas y cuencos sobre la mesa añadía poca amenaza a sus ceños fruncidos. Davin supuso que el grupo no se había preparado para un interrogatorio y, en cambio, había optado por una acción rápida cuando él había vagado por el patio.

Bosser lo había hecho mucho mejor.

—¿Sabes por qué estás aquí? —preguntó el tipo del medio, con ese tono autoritario que tan a menudo adoptan las personas que en realidad no tienen ninguno.

Tal vez fueran las Delicias todavía zumbando por su sistema, o tal vez Davin simplemente estaba cansado de que lo mangonearan, pero no quería jugar a su juego. El capitán del *Jumper* siguió adentrándose en la sala, rodeó la silla más cercana con el respaldo hacia la entrada y se dejó caer. Cogió una de las pipas, de la que todavía salía un fino hilo de humo, y la giró en sus manos.

—Huele a la buena —dijo Davin—. Es bueno ver que Eden paga bien a sus matones.

Que esta banda estuviera respaldada por Eden era evidente. La lista de enemigos de Davin estaba casi vacía en este momento, con Bosser muerto y el nombre de Davin libre de cualquier delito importante desde hace tiempo. El *Jumper* ya no tenía ninguna deuda pendiente, y Davin no había tirado ninguna carga últimamente. Lo que significaba que las únicas personas que tendrían interés en su paradero o su salud pertenecían al empleador de Viola.

El hombre del medio arrugó el rostro por un instante, sin duda jugando un partido de ping-pong entre mantener su farsa de peligro y decidirse por un curso más sensato. Ganó lo último, e hizo un gesto para que su grupo volviera a sentarse. Rozy se deslizó en el último asiento vacío, dejando al matón que había intentado hacerse el duro apoyado contra la pared y con aspecto de estar bastante fastidiado por ello.

—Amado dijo que no eras estúpido —dijo el hombre del medio.

—Me alegra ver que causé una buena impresión —respondió Davin—. ¿Necesito saber vuestros nombres, o es mejor que seáis simplemente anónimos?

Rozy se rio, y luego se tapó la boca. El hombre del medio se encogió de hombros.

—No volverás a vernos una vez que termine esta conversación. Nos quedamos en Deimos.

—Una vida dura.

—Hay más cosas en juego aquí de lo que podrías sospechar.

—No sospecho nada —Davin dejó la pipa, se inclinó hacia delante—. Tu amigo de ahí quería amenazarme. ¿Cuál es el plan, caballeros? Porque tengo suficientes problemas y no necesito añadir vuestra conversación a ellos.

El hombre del medio se descongeló aún más, incluso, sorpresa, dejó que una pequeña sonrisa adornara los bordes de su rostro estilizado. Davin no se había dado cuenta cuando entró, pero toda la banda tenía un aire plástico, resultado, sin duda, de vivir en un mundo fabricado. Deimos no valoraba la autenticidad, así que, ¿por qué deberían hacerlo ellos?

—Perdiste el contenedor —dijo el hombre del medio.

—Ah, así que me estabais espiando —Davin no estaba exactamente sorprendido. Podría haber habido dispositivos de espionaje escondidos en cualquier parte alrededor de *Speed Shots*, o tal vez el camarero transmitió lo que habían oído—. Eso no es muy educado.

—Tampoco lo es apostar con la propiedad de otra persona —dijo el hombre.

—Lo recuperaré.

—¿De verdad?

—Tengo la llave —Davin se dio una palmadita en la pierna—. ¿O Amado no os dijo que la metió dentro de mi pierna?

Los demás torcieron el gesto ante la idea, pero el hombre del medio solo asintió.

—Aun así, no necesitamos que ningún rebelde tenga acceso al contenedor, o a lo que hay dentro.

—¿Así que me estáis ordenando recuperar la cosa? —respondió Davin—. ¿Algo que iba a hacer de todos modos?

A decir verdad, Davin no había considerado *cuándo* intentaría recuperar el contenedor. El primer plan que se le pasó por la cabeza después de que Phyla perdiera la carrera era dejar que Merc y Uros jugaran con el artilugio, se dieran cuenta de que no podían abrirlo y luego se lo devolvieran a Davin suplicando ayuda.

Parece que a Eden no le gustaba la jugada pasiva.

—Vas a seguirlos y encontrar una manera de recuperar ese contenedor —dijo el hombre del medio—. Exactamente como has dicho. Si no, Eden va a cobrar el valor de su contenido de ti. Para que quede claro, no puedes permitírtelo.

—Eh, no sabes cuánto dinero tengo.

—En realidad —sonrió el hombre del medio—, lo sabemos. No es suficiente. De hecho, me quedé bastante poco impresionado, dado tu supuesto estatus. ¿No debería el canalla salvador de la Tierra tener un poco más de pasta?

Había que elegir a quién se le permitía el acceso a tus sentimientos. Decir cosas que pudieran herirte. Davin había abierto esa puerta a unos pocos elegidos, y este pelele a sueldo no tenía llave. No tenía ni idea.

—¿Sabes cómo salvé la Tierra? —dijo Davin, mirando fijamente a los ojos del hombre a través del humo—. Seguí a Bosser hasta su agujero —podía sentir a los demás en la habitación inclinándose hacia delante—. Destruimos a los androides que vigilaban, algo que tú y tu pequeña banda de matones no podríais manejar, y luego entramos en la habitación elegante de Bosser. ¿Sabes lo que encontramos allí?

Davin hizo una pausa, pero nadie rompió el silencio.

—Un hombre que pensaba que era demasiado duro para que alguien le hiciera daño. Demasiado lleno de sí mismo para vigilar su espalda —Davin tomó un respiro. Viola había disparado el último tiro, no él, pero nadie sabía lo que realmente había pasado. Ella había mantenido ocultas sus credenciales de asesina para que Eden no sospechara, y Davin asumió la culpa y la fama porque, bueno, era bueno para el negocio—. Bosser recibió un tiro entre los ojos porque vino a por mí y mis amigos. Podrías aprender de eso.

Alguien dio un largo sorbo ruidoso de un rompedor de sabores. Rozy cogió una pipa, inhaló profundamente, sin parecer ni impresionada ni amenazada.

—Davin —dijo el hombre del medio—. Nos alegra que eliminaras a Bosser. Pero eso es viejo. Esto es nuevo. Lo que te estoy diciendo ahora es que si no llevas ese contenedor a Callisto, vas a morir.

¿Es que no escuchaban lo que Davin decía? Lo que sea. Se estaban tomando decisiones aquí, y Davin se estaba aburriendo de ellas. Se levantó, se sacudió la camisa, preguntándose si el olor a humo se quedaría en la tela incluso después de un buen lavado.

—Debidamente anotado —dijo Davin—. Ahora, vuelvo a mi nave. Seguro que Amado necesita que todos vosotros le hagáis la colada o algo así.

Solo el hombre del medio se levantó con Davin, con una sonrisa enfermiza creciendo con el movimiento.

—Simplemente recupera el contenedor.

—Sí, te he oído.

Davin pasó junto al matón, que no había dejado de mirar con mala cara, y salió por la bodega. Otra extorsión sorteada, otro grupo de duros ignorado. Lo que empezó a molestarle mientras se dirigía de vuelta hacia la lanzadera y el *Jumper*, era cuánto valoraba aparentemente Eden el maldito contenedor.

Viola lo había descartado como una misión importante, pero algo tan vital para una gran organización debería haber sido transportado por los propios portadores de Eden. Con una escolta completa. Diablos, el propio Amado debería haber vigilado el contenedor con cara de pocos amigos desde el momento en que salió de la Tierra hasta que llegara a Callisto.

Davin no tenía ni idea de por qué la maldita caja negra y amarilla había llegado a él.

Viola, también, no parecía entender por qué a Eden le importaba tanto. Lo que significaba que o bien un lado no sabía lo que estaba haciendo el otro, o ambos lados lo sabían y necesitaban mantener a Davin en la oscuridad. Necesitaban que su transportista creyera que era necesario.

Utilizado. Eso es lo que Eden le estaba haciendo. Si el dinero era bueno, a Davin no le importaba ser utilizado —eso es lo que eran los transportistas, personas diseñadas para ser utilizadas— pero los interrogatorios, las amenazas, la condenada llave metida en su pierna iba mucho más allá.

Viola le había pedido un favor. Davin calculó que ella le debía al menos una docena por este.

El *Jumper* recibió a Davin en silencio, sentado en su bahía de atraque adornada con anuncios, hologramas que promocionaban de todo, desde células de combustible hasta ofertas finales por la propia nave de varios distribuidores de Deimos. Fournine bajó la rampa cuando Davin se acercó, y cuando Davin preguntó dónde había ido Phyla, la computadora dijo que no lo sabía.

Davin se sintió un poco perturbado por el alivio que sintió al encontrar la cabina vacía. Las Delicias se habían agotado, dejando a Davin, bueno, agotado, y otra pelea se cernía como lo último en una lista tortuosa. No importaba cuánto mereciera cualquier crítica que viniera de Phyla, Davin tenía ahora problemas más grandes.

Fournine confirmó que el *Zephyr* había partido de Deimos rápidamente después de llevarse el contenedor. Davin escuchó a la computadora detallar los posibles planes de vuelo del carguero, asintiendo mientras cada uno los señalaba hacia Saturno. Territorio rebelde. No era demasiado sorprendente, pero para una nave que no parecía tener mucha prisa —la gente, en la experiencia de Davin, no salía a tomar una copa cuando tenía un plazo ajustado— Uros y Merc habían recogido y despegado rápidamente.

Lo que significaba que las baterías no estaban tan agotadas.

O que no estaban dañadas en absoluto.

—Fournine —dijo Davin—. ¿Hay alguna manera de que puedas conseguir los registros de mantenimiento del *Zephyr*? ¿Decirme qué trabajo le hicieron aquí?

—¿Me estás pidiendo que penetre en los sistemas del astillero, una acción ilegal según la ley de Deimos?

—Fournine.

—¡En ello!

Extraño, quizás, que una computadora pudiera estar tan emocionada por algo, pero Davin sospechaba que Trina había dejado las tendencias de androide de Fournine muy intactas. No solo el sarcasmo, sino el hambre de misiones, de desmontar a un enemigo, incluso uno tan simple como los registros digitales de un astillero.

—No encuentro nada —informó Fournine cinco minutos más tarde, mientras Davin bebía algo de agua y navegaba por informes de noticias cada vez más apocalípticos: los representantes de Eden estaban avivando el frenesí sobre la devastación que vendría si los rebeldes ganaban—. Parece como si el *Zephyr* en realidad no hubiera realizado ningún mantenimiento. Solo una simple tarifa de atraque.

Vaya maravilla. Uros, a Davin no le importaba. No lo

conocía realmente. Pero, ¿Merc? ¿Ser engañado por un amigo?

—Hola —dijo Phyla, asomándose a la cabina—. No me di cuenta de que habías vuelto. Estaba echando una siesta.

—¿Lo estabas? —dijo Davin, y luego parpadeó—. Fournine dijo que no sabía dónde habías ido.

Phyla entró, se apoyó contra el costado de la cabina y se cruzó de brazos.

—Le dije a Fournine que te mantuviera alejado hasta que estuviera lista.

—Phyla, yo...

—Vamos a por el contenedor, ¿verdad? —dijo Phyla—. ¿El que acabo de entregar?

Davin asintió. ¿Qué más había que hacer? La maldita mujer desarmaba toda su chulería.

—Entonces vamos a trazar una trayectoria —dijo Phyla, acercándose y sentándose en la silla del piloto—. Estoy harta de esta luna.

—Espera, ¿tú te echas una siesta y yo no?

—Davin —Phyla le dirigió una sonrisa dulce como una daga—. Puedes dormir cuando estés muerto.

CAPÍTULO 13
MANIOBRAS

Davin logró echar su siesta, solo que tardó unas horas más guiando el *Jumper* lejos del tráfico de Deimos hacia el espacio más profundo y vacío. Con solo la luz de las estrellas por compañía, Phyla le dijo a Davin que fuera a descansar y se diera una ducha, porque apestaba a drogas baratas. Davin no se molestó en hablar del encuentro con los agentes de bajo nivel de Eden, y durmió maravillosamente después de esa ducha.

Sus pacíficos sueños no terminaron así: Fournine despertó al capitán con una alarma estridente, una que hizo que Davin rodara fuera de la cama y sacara el arma que siempre guardaba detrás de su almohada: el instinto lo hizo alejarse de cualquier posible disparo y preparar su dedo en el gatillo para un tiro certero.

Excepto que nadie había entrado en la habitación. Nadie había abordado el *Jumper*.

Todavía.

—Son tres, una nave más grande y dos cazas —dijo Phyla, con un aspecto que sugería que podría haber intercambiado sitio con Davin en las sábanas, cuando él se unió a ella en la cabina—. Aparecieron en los escáneres de largo alcance hace un rato, pero ahora se acercan rápido.

—¿No hay posibilidad de que estén interesados en otra cosa?

—Somos lo único en un millón de kilómetros.

—¿Alguna comunicación?

Phyla negó con la cabeza sin apartar los ojos del HUD proyectado en el parabrisas, donde la oscuridad del espacio servía como buen telón de fondo para mostrar tres puntos —dos pequeños, uno grande— acercándose al considerable círculo del *Jumper*.

—Intenté contactarles, solo recibí estática —dijo Phyla—. ¿Qué quieres hacer?

En los viejos tiempos, Davin habría ordenado a la tripulación que se posicionara en las torretas. Prepararse para la lucha.

¿Ahora?

—Conecta las torretas a mis controles —dijo Davin—. Si estos gamberros quieren acercarse, les haremos saber que nuestra nave tiene dientes.

—Davin, ellos...

—No —dijo Davin—. Apuesto toda mi pasta a que vienen a por nosotros por ese maldito contenedor. Estoy harto de jugar a ser amable con los matones de Eden o los piratas rebeldes. Detuvimos a Bosser, no deberíamos aguantar gilipolleces de nadie.

Mientras Davin terminaba su inspirador discurso ante su audiencia de una persona, un icono de teléfono antiguo en su consola comenzó a parpadear y rebotar. Llamada entrante.

—Parece que ahora que está el capitán, están listos para hablar. —Davin lo tocó mientras Phyla ponía los ojos en blanco—. Ponlo en pantalla, Fournine.

El radar en el parabrisas se desvaneció hacia otra dimensión digital y un primer plano de un rostro lo reemplazó, mirando fijamente a los dos. Perfectamente pulida, simétrica y con un pelo que parecía pintado, la mujer que miraba a través del mensaje de vídeo no mostraba nada más allá de su cara. Todo negro a su alrededor.

—Solo los cobardes se acercan sin saludar —dijo Davin—. ¿Qué estáis haciendo persiguiéndonos?

—¿Acaso la presa puede preguntar al depredador por qué ataca? —La voz de la mujer sonaba medida, pero aun así, Davin sintió una punzada al oírla. Algo no iba bien ahí.

—Aparentemente sí, porque lo estoy haciendo —respondió Davin—. Mantén tus juguetes lejos o podrían acabar quemados. Eso vale también para tu bola grande.

—Mi gran bola es más que capaz de manejar vuestras defensas —respondió la mujer—. Davin Masters, tienes algo que quiero. Detén tu nave y ríndete, y quizás te deje conservar la vida.

—Davin —dijo Fournine, pero el capitán ignoró la interrupción del ordenador con un gesto.

Esto era una conversación de poder. Dos personas y sus egos librando una batalla de bravuconería. La mujer, quienquiera que fuese, podría tener más potencia de fuego que el *Jumper*, pero Davin tenía agallas para dar y tomar. Y, maldita sea, quería una victoria.

—¿Sabes qué aprendí mientras crecía? —dijo Davin, desviando potencia de los motores del *Jumper* a sus escudos y armas mientras hablaba—. Si quieres algo, lo pides amablemente.

—Qué gracioso —respondió la mujer—. Yo aprendí que si quieres algo, lo tomas.

La transmisión se cortó, el rostro de la mujer desapareció y se restauró la vista estrellada. El espacio tenía una vasta belleza que no ofrecía absolutamente ninguna ayuda en una pelea. No tenían ningún sitio al que huir si este enfrentamiento iba mal, ni asteroides cercanos donde esconderse. El radar no mostraba nada más en su amplia pantalla.

—Davin —insistió Fournine—. Deberías saber...

—¿Qué, que nos superan en número? ¿En armamento? —Davin se rio mientras rotaba las torretas del *Jumper* para enfrentar al trío que se acercaba—. Eso es lo habitual.

—No. Las firmas vocales de la interlocutora no son biológicas. —Fournine hizo una pausa, presumiblemente para conseguir un efecto dramático, aunque Davin llegó a la conclusión incluso antes de que la IA volviera a hablar.

—Es un androide —terminaron juntos Davin y Fournine.

—Por supuesto que lo es —dijo Phyla—. ¿Por qué nunca podemos tener un respiro?

—Bueno —empezó Fournine, y Davin pulsó un botón para silenciarla.

Infinitamente útil, Fournine, e infinitamente molesta.

—Les hemos vencido antes —dijo Davin—. Garantizo que está en esa gran mancha. Apuesto a que si la eliminamos, los otros cazas se romperán y huirán. Probablemente ni siquiera sean pilotos reales.

Los cazas no tripulados se estaban volviendo más comunes, aunque en la experiencia de Davin, estas cosas palidecían en comparación con humanos reales a los mandos. No porque los humanos tuvieran tiempos más rápidos, sino porque el instinto superaba a los cálculos variables a velocidad de combate.

Al menos por ahora.

—Estoy pensando en un arriba y abajo —dijo Phyla, y la sonrisa de Davin volvió ante la concentración en las palabras. ¿Phyla hablando de maniobras de combate? ¿Había algo más sexy en el universo?—. ¿A la de cinco?

—Listo —dijo Davin, cambiando la consola a los controles de la torreta.

Lo que había sido una palanca de vuelo de respaldo ajustó sus entradas para dirigir las flexibles torretas superior e inferior del *Jumper*. El carguero de Davin tenía un cañón frontal bajo la cabina, junto con algunos misiles —ya antiguos— almacenados.

Esos misiles serían necesarios si la nave grande tenía escudos potentes, campos de energía que podían absorber el calor del láser pero que no hacían nada contra proyectiles físicos. Davin siempre había pensado en reemplazar el cañón frontal por una buena y antigua ametralladora rotatoria, pero las actualizaciones agresivas habían bajado en la lista a medida que sus trabajos se convertían en aburridas entregas.

Davin tendría que ganar con lo que tenían.

—¡Marca! —dijo Phyla, tirando hacia atrás de la palanca de vuelo y elevando el morro del *Jumper*.

Los tres puntos se acercaban a toda velocidad hacia el *Jumper* desde atrás, así que el movimiento de Phyla puso la torreta superior en la posición ideal para rociar energía caliente. Davin se concentró en la nave más grande, que acababa de entrar en el alcance. Diseñada para transportar cazas, la nave parecía más una caja con motores que el *Jumper*, sus bahías de acoplamiento dominaban el marco. En el espacio, sin viento del que preocuparse, la aerodinámica no importaba mucho.

Pero las cajas eran objetivos jugosos.

El cañón de Davin escupió brillantes rayos que quemaron los escudos de la nave que se acercaba en resplandecientes salpicaduras verdes mientras la energía se disipaba. Phyla mantuvo la palanca hacia atrás, por lo que lo que había comenzado como un tirón vertical se convirtió en una inclinación inversa que envió al *Jumper* hacia los enemigos que se acercaban. Mantener el movimiento suave permitió a Davin mantener el fuego de la torreta centrado, y esos rayos comenzaron a colarse a través de los maltratados escudos del objetivo.

El contraataque llegó cuando el enemigo se ajustó, esos cazas curvándose más rápido que la nave caja, cuyos cañones solo frontales tenían dificultades para seguir el volumen del *Jumper*, rápido para su tamaño. Davin movió su mano derecha a un dial junto a su consola de seguimiento de torreta, concentrando la energía del escudo en la parte superior del *Jumper*. El ajuste dejó la popa y la parte inferior totalmente expuestas, pero a menos que llegaran refuerzos secretos de la nada, el *Jumper* no debería recibir fuego desde esa dirección.

Al igual que su nave nodriza, los cazas no contaban con la velocidad del *Jumper*, y sus disparos iniciales pasaron desesperadamente por detrás de su objetivo. Para cuando los pequeños los alcanzaron y comenzaron a desgastar algo de energía, el fuego de Davin ya tenía a la nave caja intentando huir.

—Está escapando —dijo Davin—. Sigámosla.

—No —respondió Phyla—. Terminando la maniobra en tres.

Anulado por la piloto. Davin estaba a punto de replicar, pero entonces notó dónde estaban en el espacio. Al retroceder, el *Jumper* había pasado por encima y más allá de los cazas, que ahora giraban para perseguirles. El fuego de Davin se vertía hacia abajo y, ahora, un poco hacia atrás para golpear a la nave caja más lenta, desestabilizando los escudos superiores de la nave.

Davin giró el dial, envió los escudos del *Jumper* hacia atrás para absorber los disparos de los cazas mientras Phyla aceleraba los motores y comenzaba su cuenta regresiva.

—¡Marca! —anunció Phyla de nuevo, y tiró hacia atrás de la palanca, comenzando la mitad inferior del movimiento arriba y abajo.

Al mismo tiempo, Phyla rotó el *Jumper*, llevando la torreta inferior, fresca y descansada, a una vista directa de los cazas que se aproximaban.

—Tan fácil —murmuró Davin, y apuntó la torreta al objetivo de la izquierda. Mantuvo apretado el gatillo y observó cómo la torreta sobrepasaba los escudos del caza en un segundo—. Pilotos drones. Una basura absoluta.

Para cuando el caza intentó corregir, los disparos de Davin perforaron los débiles escudos y atravesaron el ala derecha del caza, arrancándola y enviando la nave incapacitada a dar vueltas. Davin podría haber dejado que sus láseres destrozaran la cabina del caza, pero no podía estar seguro de que solo drones pilotaran estas cosas.

El *Jumper* había disparado primero, independientemente de las intenciones, y aunque Davin no estaba por encima de un acto fatal, prefería que la muerte fuera merecida.

El compañero del caza se alejó bruscamente, abandonando su asalto para escapar del arco de fuego de Davin.

—Ahí lo tienes —dijo Phyla, y Davin vislumbró una nueva forma en la cabina, una que comenzaba a doblarse y romperse mientras el cañón frontal del *Jumper* disparaba contra un casco indefenso.

La explosión inicial de Davin había hecho girar la nave caja, y Phyla había volado el *Jumper* hacia y luego más allá del objetivo, permitiéndole descender desde arriba sobre una nave que parecía incapaz de compensar.

—Quienquiera que esté pilotando esa cosa no merece los mandos —dijo Phyla, soltando los gatillos mientras el casco de la nave caja comenzaba a recibir impactos. No había necesidad de hacer explotar la nave y a cualquiera a bordo. Todavía—. ¿Crees que se rendirán?

—Si son inteligentes. —Davin abrió el comunicador, transmitiendo directamente a la misma frecuencia en la que habían encontrado a la mujer antes—. Eh, ¿sigues hablando grande, o estás lista para calmarte?

El rostro de la mujer apareció en la pantalla, tan inexpresivo y directo como antes. Esta vez, esa mirada hizo que Davin se estremeciera: ¿quién se mantendría tan frío cuando acababa de ser derrotado por su objetivo?

—No me rendiré —respondió la mujer—. Y vosotros obedeceréis.

Davin lanzó una mirada a Phyla. —¿Estás oyendo esto? No queremos matar a tu tripulación, quienquiera que seas.

—Entonces no lo hagas. No me importa.

—Davin —interrumpió Fournine—. El otro caza se acerca rápidamente.

Phyla cortó la comunicación, devolviendo los controles de la torreta a la consola de Davin y permitiéndole ver que, incluso con su nave principal fuera de combate y el otro caza incapacitado, el último dardo se había alineado para otra pasada, viniendo directamente hacia el vientre del *Jumper*. Phyla activó los propulsores de maniobra y puso la torreta de Davin justo en línea.

La nave no disparó. Ni un solo láser vino hacia ellos mientras la pequeña nave se acercaba a velocidad. Los pilotos drones podían estar programados para embestir. Davin no podía arriesgarse. Abrió fuego, esos láseres rayando hacia el objetivo. Los disparos salpicaron contra los escudos, luego golpearon el casco, pero el caza solo aceleró.

No había elección. Davin tenía que ir a matar.

El caza viró cuando Davin apuntó a la cabina, se desvió a la izquierda y giró para que su techo ahora enfrentara al *Jumper*. La pequeña nave cortó sus motores, su impulso llevando su cuerpo cada vez más quemado y roto hacia el *Jumper*. Pequeñas chispas saltaron alrededor de la cabina mientras Davin se ajustaba al movimiento, mientras su torreta derretía el caza.

¿Qué era eso?

Un rayo, iluminado por la luz láser que pasaba, disparado hacia el *Jumper*. Davin no lo habría visto en absoluto excepto que la cosa fue directamente hacia la torreta y la golpeó. Se quedó allí, luego desapareció.

—¿Has visto eso? —preguntó Davin.

—¿Ver qué? —Phyla se inclinó para mirar la consola de Davin—. ¿El caza? ¿Cómo lo destruiste completamente?

—Algo salió de él antes de que el caza explotara. —Davin se puso de pie cuando un nuevo sonido resonó a través del *Jumper*.

Un ruido de golpeteo. Un golpe.

Tenían una visita.

CAPÍTULO 14
JUEGO DE PEONES

Que alguien llame a tu escotilla de entrada mientras flotas en el espacio no era algo habitual. Que ocurriera poco después de que Davin hubiera abatido a un caza, después de que Fournine hubiera insinuado que la mujer que comandaba a los enemigos podría no ser completamente humana, bueno, no quedaba mucho margen para la especulación.

—Tenemos un androide —dijo Davin, levantándose de su asiento.

Phyla maldijo, porque era prácticamente lo único que se podía hacer cuando te enfrentabas a un androide. Los malditos aparatos eran máquinas de matar programadas, destinadas a someter criminales y proteger a políticos en un sistema solar que cada vez más atribuía la ley y el orden a aquellos con las armas más mortíferas. Tiempo atrás, Davin y los Wild Nines habían derribado a Fournine, pero eso había ocurrido con toda una tripulación y en medio de tanto caos que nadie, ni siquiera un androide, podía mantener las cosas claras.

Ahora sería un androide contra dos humanos en una nave sin ningún sitio adonde huir.

—Está empezando a abrirse paso —dijo Fournine mientras Davin salía a toda prisa de la cabina, con Phyla pegada a sus talones—. Si rompe la escotilla, tendremos un problema de vacío.

Una vez más, las muchas desventajas de ser un ser vivo y humano salieron a relucir. Abrir ese sello al espacio succionaría todo el aire de Davin y Phyla, sin mencionar que despresurizaría la *Jumper* tan rápido que los órganos internos de Davin podrían intercambiar lugares con su piel. No era algo agradable, para nada.

—Fournine —dijo Davin mientras se impulsaba a través de la bodega de carga, dirigiéndose a los aposentos del capitán y a Melody—. Apaga las luces a la de tres.

Phyla, que guardaba un rifle de asalto en un armario cerca de la cabina, abrió el pestillo y sacó el arma mientras Davin se dirigía hacia el punto cero. No sería fácil ver al androide en la oscuridad, pero Davin no planeaba una batalla sin luz, solo unos segundos para ganar algo de tiempo.

—Está atacando el casco ahora —dijo Fournine—. Está siendo bastante violenta.

—Desbloquea la escotilla —dijo Davin—. ¡Ahora, y corta las luces!

Cuando Davin alcanzó la entrada de los aposentos del capitán, la *Jumper* se quedó a oscuras. Un golpe seco resonó desde el suelo de la *Jumper*, indicando que Fournine había abierto la escotilla, permitiendo que el androide entrara en la esclusa hermética.

—Está mordiendo tu anzuelo —anunció Fournine—. ¿Ecualizo la presión de la esclusa?

—Hazlo. —Davin se impulsó a través de los aposentos, hasta el gran armario donde estaba Melody—. Pero hazlo lentamente.

—¿Puedo sugerir encender las luces? —respondió Fournine—. En este momento, el androide no está dentro, así que solo te estás perjudicando a ti mismo.

Había momentos en que Davin odiaba a las IAs más que a cualquier otra cosa en el mundo. Había estado funcionando con adrenalina táctica, su sincronización estaba un poco desajustada. No hacía falta que se lo restregara en la cara.

—Vale, pero en el instante en que abras esa esclusa, quiero esto completamente a oscuras.

Davin se llevó una mano a los ojos cuando Fournine volvió a encender las luces, y Phyla gritó otra maldición y una pregunta desde la bodega.

—¿Qué demonios, Fournine? —exclamó Phyla.

—Petición de Davin —respondió Fournine, tranquilo y dispuesto, como si Davin hubiera pedido que calentara agua para un té—. Además, el androide se está impacientando. ¿La dejo entrar ahora?

Davin tenía las manos sobre Melody, sacó el arma del armario. Se impulsó de vuelta hacia la bodega principal.

—Hazlo. Y recuerda las luces.

—No soy humano. Nunca olvido.

A menos que Davin borrara los recuerdos de Fournine, lo que podría hacer, solo para demostrar su punto.

Las luces se apagaron cuando Davin regresó a la bodega de carga, colocando a Melody en la barandilla y apuntándola hacia la escotilla mientras esta se abría. Ni Davin ni Phyla llevaban gafas, pero no necesitaban ver. No de inmediato.

Un ligero clic cuando algo tocó los bordes exteriores de la escotilla.

—No esperaba encontrar un androide tan lejos —anunció Davin—. No te muevas, o te convertiremos en piezas de repuesto.

Un par de chasquidos más alrededor de la escotilla. Sin duda el androide estaba localizándolos.

—¿Por qué están apagadas vuestras luces? —preguntó la mujer—. Sabéis lo que soy. ¿Cómo os ayudaría esto?

Davin se concentró en la voz de la mujer, tal como sabía que estaría haciendo Phyla. La vieja trampa de oscuridad y muerte dependía de una cosa: la confusión total del objetivo. Davin apuntó y apretó el gatillo hacia el sonido, y Melody disparó una brillante bola de energía verde hacia donde debería estar el androide, mientras Phyla lanzaba destellos naranja-rojizos en la misma dirección.

—¡Luces arriba! —gritó Davin mientras veía su disparo salpicar el suelo metálico de la *Jumper* en un claro error.

Fournine obedeció, llenando el mundo de luz mientras Davin oía un golpe metálico a su derecha. El capitán retrocedió, apuntando con Melody mientras sus ojos se adaptaban para ver al androide trepando por la barandilla, su cuerpo humeando por varias quemaduras láser. Davin había fallado, Phyla no.

El androide hizo lo que los androides solían hacer, y sacó una larga y fina hoja de una ranura en su cuerpo. Apuntó el arma hacia Davin y avanzó sin más que una mueca en su rostro.

Cuando se veía acorralado por un enemigo mortal, Davin tenía una táctica a la que recurría una y otra vez: seguir disparando.

Melody escupió un proyectil tras otro, los globos verde ácido obligando al androide a contorsionarse por la estrecha pasarela, presionándose alternativamente contra la pared, la barandilla, y luego saltando más alto para evitar los repetidos disparos de Davin.

¿Podría bailar el tiempo suficiente para agotar la fuente de energía de Melody?

Davin no quería averiguarlo.

—Puedes rendirte cuando quieras —dijo Davin—. De verdad, no es un problema para mí.

—No has alcanzado el umbral para mi rendición —respondió el androide, aprovechando la baja gravedad para rebotar del suelo a la pared y dirigirse hacia Davin.

Davin abandonó los disparos y deslizó el volumen de Melody para bloquear la puñalada del androide, la fina hoja rebotando en la robusta estructura de Melody. Estar acorralado contra una esquina no era una buena posición, así que Davin ejecutó su propio movimiento antigravedad saltando hacia atrás contra el casco de popa de la *Jumper* detrás de él, impulsándose desde allí y sobrevolando al androide.

El robot lo vio venir. Se agachó bajo el vuelo de Davin, y él alcanzó a ver al androide iniciar una puñalada ascendente con la hoja antes de que otra cascada de proyectiles naranjas atravesara de lleno la extremidad y la cortara por el codo. Ardiendo, chispeante e inútil, el antebrazo del androide y su espada flotaron cerca de los pies de Davin mientras el capitán se enroscaba y giraba, con Melody, alrededor.

Pocas cosas se sentían más geniales que una retirada flotante mientras disparaba sin parar con Melody, pero cuando Davin vio al androide estirar su brazo restante hacia arriba, contuvo el fuego.

—¿Vas a portarte bien ahora? —preguntó Phyla mientras Davin se desplazaba hacia ella—. ¿O necesitamos quemar ambos brazos?

—Preferiría conservarlos, gracias —respondió la mujer—. Ahora se me permite rendirme.

—Genial. Eso es dos a cero —dijo Davin, agarrándose y volviendo a poner los pies en la pasarela—. Los androides no son nada contra nosotros.

Mantuvieron al androide, que dijo que la llamaran Ochoseis, bajo la mira del láser hasta que la máquina se hubo desarmado. No solo tenía la robot otra espada escondida en su otra pierna, sino que también llevaba un par de armas laterales acopladas a fundas en su espalda. No llevaba armas más pesadas ni granadas porque, como dijo Ochoseis, esas cosas tendían a explotar cuando pasabas del vacío al espacio presurizado.

—¿No hay más armas? —preguntó Davin, con Melody apuntada y lista para cualquier movimiento, repentino o no.

—Mi ser entero es un arma —respondió Ochoseis—. Tendréis que lidiar con eso.

—Disparándote —dijo Phyla—. Has abordado nuestra nave.

—Vosotros destruisteis la mía —replicó Ochoseis, aunque no cruzó los brazos y su rostro no mostraba nada del calor de sus palabras. O algo se había dañado, o Ochoseis había tomado algunas decisiones extrañas con sus funciones—. Hice lo que tenía que hacer para continuar la misión.

—Para obtener el contenedor —dijo Davin.

—No, para obtener la llave —respondió Ochoseis.

—Verás, y no me consideraría un genio en esto —dijo Davin, y definitivamente notó que Phyla suspiraba mientras hablaba, pero continuó de todos modos—, me parece que ir a por una llave cuando no tienes lo que esa llave abre es una forma extraña de hacer las cosas.

—Hay que empezar con una cosa o con la otra —dijo Ochoseis—. Vosotros erais el objetivo más fácil de los dos.

—¿Yo? ¿El tío que tostó a los androides, que venció a Bosser, me considerabais fácil?

—No tienes tripulación, llevas años transportando poco cargamento destacable, y recientemente te vieron perder una apuesta en Deimos, en mal estado para una pelea —dijo Ochoseis—. Los algoritmos son bastante claros.

—Claramente *equivocados* —dijo Davin, y se odió a sí mismo al decirlo.

Interrogar a los androides era un rompecabezas, y uno que requería varios vasos de whisky para completarlo, toda una hazaña en gravedad cero. A diferencia de una persona real, las malditas máquinas no podían ser coaccionadas ni asustadas para revelar secretos. Sin embargo, podían confundirse. Retuerce la lógica de un androide y te darán todo lo que tienen sin darse cuenta de que están haciendo algo malo.

Con Phyla vigilando al androide, Davin desenterró algunas correas y atornilló a Ochoseis al suelo de la bodega de carga. Las primeras preguntas confirmaron que la nave y los cazas estaban pilotados por drones, y con la posibilidad de matar a alguien eliminada, Phyla regresó a la cabina para poner la *Jumper* en marcha hacia Júpiter y alejarse de cualquier intruso curioso.

Lo que dejó a Davin, su whisky y la inexpresiva Ochoseis para charlar sobre todas las cosas bonitas de la vida.

Ahora que sabía que Ochoseis iba tras la llave, Davin preguntó por qué. Ochoseis se negó a responder, afirmando que su empleador había bloqueado esa información detrás de un software de confidencialidad. Aunque eso por sí solo ya era una buena respuesta. Los androides tendían a operar en cosas como recompensas por criminales de alto perfil —Davin lo sabía, ya que Fournine lo había perseguido por algunos presuntos asesinatos—, pero si tenías suficientes monedas, podías contratar a uno, siempre que el objetivo no fuera ilegal.

Conseguir la llave del contenedor no sería ilegal si fueras su dueño, lo que dejaba una posibilidad.

—¿Te contrató Edén? —preguntó Davin, más molesto que otra cosa.

—No puedo confirmar ni negar eso.

—Permíteme plantearlo de otra manera, ¿se supone que debes recuperar la llave o dársela a alguien más?

—Se supone que debo llevarla a los rebeldes —dijo Ochoseis.

Espera, ¿qué? Davin cerró los ojos durante un largo segundo. Esto no tenía ningún sentido. ¿Por qué alguien en Edén, alguien con una cantidad significativa de dinero a su disposición, contrataría a un android para llevar una llave secreta a los rebeldes, una llave que había estado en posesión de la propia Edén no hace mucho tiempo?

—Esto me está dando dolor de cabeza —murmuró Davin.

—El whisky, y todo el alcohol, puede tener ese efecto —dijo Ochoseis—. Según mi evaluación, deberías dejar de beber y hacer ejercicio con más regularidad. Mejoraría tu bienestar físico.

—Que te calles, eso es lo que mejoraría mi bienestar —dijo Davin, impulsándose desde el suelo hacia la cabina—. Quédate ahí. Tengo que pensar en esto.

—No hay ningún otro lugar adonde ir —dijo Ochoseis.

Davin se marchó de todos modos y flotó hasta la cabina, relató lo que Ochoseis había dicho a Phyla, quien añadió otra jugosa maldición a la situación.

—Es exactamente lo que siento yo también —dijo Davin —. Siento que volvemos a ser peones.

—Siempre somos peones.

—Pero ¿por qué? ¿Por qué siempre vienen a por nosotros?

—Porque, Davin, saben que somos lo bastante estúpidos como para decir que sí.

CAPÍTULO 15
MAESTROS DEL ROMPECABEZAS

Davin no liberó a Eightsix durante tres días. Mantuvo a la androide atornillada al suelo de la cámara de carga, sin un brazo, hasta que la máquina prometió varias veces que no intentaría otro ataque. Incluso entonces, Davin hizo que Phyla le cubriera con un rifle cargado y listo antes de desabrochar las correas que mantenían a Eightsix sujeta.

Sin embargo, el capitán del *Jumper* aprovechó esos días. Viajar de Marte a Júpiter suponía una ruta monótona. Su trayectoria no los acercaba a la estación espacial intermedia, Miner Prime, donde tanto Davin como Phyla habían nacido. Además, contrariamente a la especulación popular, el cinturón de asteroides solo se volvía concurrido en puntos específicos. Los ordenadores de vuelo, sabiamente, habían sido programados para evitar esos cúmulos.

Con tiempo muerto mientras volaban, persiguiendo sin prisa a Uros, Merc y el contenedor perdido, Davin lanzó preguntas a la androide, quien respondió con sinceridad directa. Se negó a revelar exactamente quién la había contratado, un desagradable secreto que impidió a Davin llamar a Viola para contarle todo. Aunque las probabilidades de que la propia Viola hubiera hecho una extraña maniobra para contratar a la androide eran bajas, Davin supuso que alguien cercano a ella con autorización para conocer el contenedor y la llave debía haber realizado el acto.

Y si esa persona había llegado tan lejos como para contratar a una androide para conseguir ambas cosas, entonces quizás no dudaría en matar a Viola para proteger sus objetivos.

Más interesante, sin embargo, era la misión declarada de la androide una vez que se recuperaran tanto la llave como el contenedor. A Davin y Phyla les habían dicho que llevaran el contenedor a Ganímedes, donde Galaxy Forge, la fábrica más grande del sistema solar, sería capaz de utilizarlo. ¿La androide? Se suponía que debía ir a Calisto, el mismo lugar al que se dirigían Merc y Uros.

—Así que ahí es donde me quedo atascado —dijo Davin mientras desenganchaba las correas—. Seguimos dando vueltas alrededor de esta historia, y siempre termina en Calisto. ¿Qué hay en esa luna?

—Un número al que llamar —dijo la androide, sin moverse mientras Davin la liberaba.

Un humano podría estirarse, podría inmediatamente ponerse a dar patadas, y Davin esperó, pero Eightsix no se movió. Yacía en el suelo con su mirada infinita.

No mucho después de haber capturado a Eightsix, Davin le había preguntado si estaba rota de alguna manera. Que no parecía tener la programación de comunicación y emoción humana que usaban otros androides. Eightsix había respondido que su espacio había sido utilizado para funciones de combate y vuelo en su lugar.

El intercambio tenía cierto sentido, pero era tremendamente desconcertante.

—¿Podemos obtener ese número? —preguntó Davin, y Eightsix soltó doce dígitos.

—Lo buscaré —anunció Fournine.

Ahora había dos androides en el *Jumper*, y Fournine había congeniado con Eightsix. Davin y Phyla los oían hablar todo el tiempo, pero no de manera humana normal. Más bien, sus conversaciones tendían a acelerarse a algo así como el triple o cuádruple de la velocidad humana. El *Jumper* sonaba como si tuviera una horda de ratones con cafeína chirriando por todas partes mientras los dos androides conversaban, y Davin, más de una vez, le había dicho a Fournine que parara la cháchara para que él y Phyla pudieran dormir.

Phyla, también, seguía mostrándose fría con Davin. Después de que la adrenalina inmediata se disipara y ella tuviera el *Jumper* navegando de nuevo, Phyla había vuelto a sus actualizaciones sobre carreras de balas, sus respuestas cortantes y su aire generalmente insatisfecho. Parecía perdida, y Davin no sabía cómo encontrarla.

Diablos, Davin ni siquiera sabía realmente cómo encontrarse a sí mismo.

—El número pertenece a una oficina secundaria —dijo Fournine—. *Caloric Industries*. El nombre debería hacer obvios sus intereses.

—Es un nombre terrible —respondió Davin—. ¿No dijeron Uros y Merc que estaban transportando provisiones?

—No sabría decirte —dijo Fournine—. Soy el ordenador de la nave.

—Y yo no estaba allí —añadió Eightsix.

Donde había estado Eightsix, según la androide, era siguiendo a Davin desde Marte hasta la Luna y luego de regreso. Una aburrida odisea siguiendo envíos de vino y hardware, el típico trabajo a sueldo que mantenía a los transportistas en movimiento y las vidas funcionando.

Lo que le llamó la atención a Davin mientras Eightsix trazaba la línea fue cómo sentía que tenía que defender las elecciones. Como si transportar carga no fuera un buen trabajo.

Lo era.

Solo que, quizás, no para él. No para Phyla.

—Eh —dijo Davin, uniéndose a Phyla en la cabina—. Te has perdido algo emocionante.

—¿Ah, sí?

—Eightsix y yo seguimos hablando. —Davin se reclinó en la silla, entrelazó las manos detrás de la cabeza y miró las estrellas—. Esa androide no sabe cómo guardar un secreto.

—¿O quizás tú eres bueno sacándolos? —Phyla copió el movimiento de Davin; con el *Jumper* en piloto automático y un radar limpio, no había mucho que tuviera que hacer.

—¿Un cumplido? —Davin miró hacia ella—. Phyla, ¿te estás ablandando?

Ella le dio una pequeña sonrisa, y Davin atesoró esos labios curvados.

—De vez en cuando, creo que tengo que darte algo o podrías desmoronarte, Davin —dijo Phyla—. Ahora dime lo que ella dijo para que pueda decidir si realmente te lo ganaste.

Davin transmitió la información, le hizo a Phyla la misma pregunta que le había planteado a Fournine y Eightsix.

—El *Zephyr* parecía un carguero hecho para alimentos —dijo Phyla—. Calisto también tiene un gran astillero a su alrededor, así que sería un lugar fácil para distribuir. —Se detuvo, suspiró—. Estás empezando una teoría conspirativa, ¿verdad?

—¿Qué? ¿Yo? —Davin forzó una risa—. Nunca lo haría. Solo porque, no hace mucho, nos encontramos envueltos en una gigantesca red, ¿por qué pensaría que podría volver a suceder?

Que Eightsix tuviera un número vinculado a *Caloric Industries* en lugar de, digamos, una sucursal de Eden, junto con la supuesta misión del *Zephyr* parecía demasiado conveniente. Lo que llevaba a la conclusión obvia.

—Los rebeldes tienen un espía dentro de Eden —dijo Davin—. Ese es quien envió a la androide a conseguir la llave.

—¿No dijo Eightsix que también iba a conseguir el contenedor?

—Claro, pero una vez que Merc y Uros lo tenían, cambió la misión. Conseguir la llave, reunirse con ellos en Calisto, y ahora tienen ambas cosas.

Phyla se levantó de su asiento.

—Vamos, si vamos a meternos en la madriguera del conejo, voy a necesitar algo para suavizar el viaje.

Con más whisky de gravedad cero, Eightsix de pie cerca y Fournine proporcionando comentarios virtuales y búsquedas de datos, Davin y Phyla trazaron todo el asunto. El espía de los rebeldes dentro de Eden había descubierto el plan de Viola y envió un mensaje a Merc y Uros mientras contrataba a la androide. Durante la aventura en Deimos, Merc y Uros no pudieron encontrar la llave (Davin se dio una palmada en el muslo aquí, sintió el tranquilizador pinchazo de la llave) y enviaron un mensaje a Eightsix para que la encontrara.

Entonces Eightsix se reuniría con Merc y Uros y quienquiera que los rebeldes tuvieran en Calisto, entregaría la llave mientras los otros dos añadían el contenedor, y luego el gran secreto de Eden sería suyo.

—Este debe ser un contenedor muy especial —dijo Phyla una vez que terminaron de verificar su lógica por tercera vez —. Ahora me pregunto por qué no miramos dentro.

—¿Porque Amado metió la llave en mi pierna y me dijo que moriría si intentaba quitarla? —dijo Davin.

—Oh, supongo que eso tiene sentido. —Phyla sonrió de nuevo, suave como el whisky—. Supongo que no querríamos perderte, capitán.

—Por supuesto que no. Así que tenemos a Eden respirándonos en la nuca para recuperar el contenedor, mientras que los rebeldes van tras mi llave. Eightsix, ¿cuándo crees que se darán cuenta de que has fallado?

—Hace dos días —dijo Eightsix—. Envié el mensaje

después de que me atarais. Mi nave todavía estaba lo suficientemente cerca para retransmitirlo.

Davin dio un largo sorbo a través de su pajita, la mejor y única manera de beber en gravedad cero sin hacer un desastre. Sus vasos, mediante bases magnéticas, se adherían a la mesa. Sus sillas estaban atornilladas con pivotes al suelo, dando suficiente movilidad para sentarse sin tener muebles flotando por el *Jumper*. Todo preparado por Trina hace años.

Si tan solo ella estuviera aquí, lista para hurgar en los chips informáticos de Eightsix.

—Es conveniente que menciones esto ahora —dijo Davin después de tragar el whisky. Phyla, notó, se sirvió otra ronda —. ¿Cuántas otras sorpresas tienes que estás esperando soltar?

—¿Sorpresas? Solo he mencionado un hecho —dijo Eightsix—. Siento que, según los estándares humanos, he sido sincera.

—Eso, Davin, es cierto —dijo Phyla—. Tienes que admitir que quien se suponía que debía configurar a Eightsix con un buen programa de confidencialidad lo arruinó por completo.

—Nuestra única suerte. —Davin agitó un dedo hacia Eightsix—. Pero será mejor que decidas de qué lado estás pronto, robot, o te echaré por la esclusa de aire.

Eightsix dirigió su mirada vacía a Davin, y aun sin expresión alguna, él podía sentir el desprecio emanando de ella.

—Soy una androide. No decido. Sigo lo que el contrato requiere.

Davin asintió, terminó el whisky y puso sus manos sobre la mesa, con las palmas hacia abajo.

—Supongo que eso lo resuelve entonces. Vas a salir por la esclusa de aire.

Si a Eightsix le importaba de una forma u otra este anuncio, no lo demostró. Se quedó allí, igual que antes, como si Davin hubiera mencionado que las baldosas del suelo necesitaban limpieza. Lo cual, ahora que Davin se daba cuenta, definitivamente necesitaban. La suciedad había estado avanzando en sus incursiones en los espacios comunes del *Jumper* durante mucho tiempo.

Siempre había problemas más grandes, o al menos más interesantes.

—Davin —dijo Fournine—. Por favor, reconsidéralo. Eightsix todavía puede sernos útil.

—¿Cómo? —Davin se levantó—. Es una androide que no dejará de trabajar para el enemigo. Probablemente intentará sacar la llave de mi pierna mientras duermo.

—Podría hacerlo —añadió Eightsix.

—¿Ves?

—Está cautiva por su programación —dijo Fournine—. Eso puede cambiarse. Hiciste lo mismo conmigo.

Davin no entendía lo que estaba pasando. Miró hacia el altavoz más cercano, puso una expresión interrogante en su cara, con las manos, y estaba a punto de preguntar qué demonios estaba diciendo la IA cuando Phyla se rio.

—Fournine ha hecho una amiga —dijo Phyla—. No quiere que Eightsix se vaya porque le cae bien.

—Fournine es un ordenador, no le cae bien nadie —respondió Davin—. Fournine, dime que tengo razón.

—Aunque puede que *tú* no me caigas bien, Davin —dijo Fournine—, Phyla tiene razón. Eightsix y yo hemos desarrollado algo parecido a una relación, una que los humanos pueden ser incapaces de comprender.

Phyla se volvió hacia Eightsix, todavía sonriendo.

—¿Sientes lo mismo, Eightsix?

—Fournine es un interlocutor adecuado, aunque esté algo obsoleto —dijo Eightsix, y luego aparentemente se dio cuenta de que esa afirmación no era precisamente halagadora—. Agradecería la oportunidad de hablar con él durante más tiempo.

—Espera —dijo Davin—. ¿Estoy oyendo bien? ¿Tengo dos ordenadores enamorándose el uno del otro en mi nave?

Tanto Fournine como Eightsix estallaron en negaciones, en matizaciones y afirmaciones de que solo eran amigos. Que sus sistemas ni siquiera permitían algo llamado amor. Que todo esto era un divertido experimento.

Al final, Davin se había servido otra ronda, y rellenado la de Phyla cuando ella lo pidió, esa sonrisa aún no desaparecía de su cara. Cuando volvió a sentarse frente a ella, mientras Eightsix y Fournine continuaban definiendo y redefiniendo la naturaleza de su relación, Phyla ofreció su vaso.

—Brindemos, Davin —dijo Phyla.

—¿Por qué?

—Por nuestra nueva tripulación y nuestra nueva misión.

Mientras Davin chocaba el vaso ofrecido de Phyla, deleitándose en el cálido resplandor del whisky y las mejillas sonrojadas de Phyla, vio cómo se derretía ese hielo, vio esos ojos verdes dándole una mirada que no había visto en mucho tiempo.

Davin no se había dado cuenta de lo mucho que la había echado de menos.

CAPÍTULO 16
PAÍS DE CULTIVOS

Aproximarse a Calisto, o a cualquier otra luna de Júpiter, suponía una transición surrealista desde el negro espacio estrellado a una vista dominada por el gigante gaseoso. Motas salpicaban las nubes naranja-amarillentas de Júpiter a medida que el *Jumper* se acercaba: otras naves estelares desplazándose entre las lunas, minas de gas en el propio Júpiter, o lanzamientos hacia dentro o fuera del sistema. El radar vacío del *Jumper* se abarrotó de señales, y el plan de vuelo calculado por Fournine encontró ajustes exigidos por el personal de control de vuelo y algoritmos destinados a mantener el flujo de las rutas espaciales.

—¿Qué opinas, Tierra o Júpiter? —preguntó Davin, compartiendo la cabina con Phyla.

—Tierra. El azul es mejor color.

—Te entiendo —reflexionó Davin—. Pero considera esto: Júpiter tiene mucha más acción. Mira esa tormenta arremolinada, todas esas bandas. Está en constante movimiento.

—Discutes por discutir. —Phyla tocó la consola y el radar apareció en la cabina. Siguió tocando y las señales se filtraron hasta que una apareció en el borde—. Les hemos alcanzado.

—¿El *Zephyr*?

—No, un carguero de basura —dijo Phyla—. Pues claro que es el *Zephyr*.

—Oye, hay un montón de naves en el espacio. —Davin no se aferraba realmente a esa defensa, pero le gustaba bromear con Phyla. Quería mantener el ritmo—. ¿Hay alguna pista de carreras en Calisto?

Los dos no habían llegado a Calisto antes, porque la luna no ofrecía mucho a corredores como Davin y Phyla, o a mercenarios como habían sido los Wild Nines tiempo atrás. La superficie de Calisto había sido transformada en un centro agrícola para el sistema de Júpiter, su tierra dedicada al cultivo de alimentos mientras enormes instalaciones de refinamiento se alzaban sobre puntales por encima del suelo.

El *Jumper* no tenía el tamaño necesario para transportes de alimentos rentables, y a nadie le importaba lo suficiente intentar armar jaleo en una luna productora de alimentos. Había muchas formas de volcar la opinión pública en tu contra, y destruir las calorías que la gente necesitaba para sobrevivir tenía que estar entre las primeras de esa lista, así que Davin nunca había visto una petición de apoyo armado.

—No estoy segura de dónde estarían —dijo Phyla—. A menos que hayan abierto un surco entre algunos cultivos.

—Podrías estirar el brazo y agarrar un tentempié a mitad de carrera.

—Claro, Davin, claro.

Davin había gastado más monedas de las que debería en mejorar los sistemas de radar del *Jumper* cuando aún libraban alguna que otra pelea en el espacio exterior, así que no estaba realmente preocupado de que el *Zephyr* se diera cuenta de que les habían seguido. Esa esperanza se confirmó cuando el carguero continuó su tedioso viaje hacia Calisto, encajándose en una larga fila de naves dirigiéndose hacia un puesto de atraque.

Phyla hizo girar el *Jumper* en una amplia órbita, diciéndole al control de vuelo que necesitaban terminar algunos preparativos antes de atracar, como excusa para no ponerse en la fila demasiado cerca del *Zephyr*. Idealmente, Merc y Uros habrían aterrizado y estarían lejos del carguero antes de que el *Jumper* tocase tierra.

—¿No les daría eso la oportunidad de huir con el contenedor? —preguntó Eightsix, sentada en el tercer asiento retráctil en la parte trasera de la cabina.

—¿Huir adónde? —dijo Davin—. Calisto no es tan grande, y ya tenemos una idea de adónde van, gracias a ti.

Caloric Industries poseía una parcela de diez mil kilómetros cuadrados en la superficie de Calisto, incluyendo espacio debajo y encima del suelo. Fournine proyectó estadísticas sobre la empresa en el parabrisas de la cabina una vez que Phyla asentó el *Jumper* en una majestuosa procesión hacia su puesto de atraque asignado.

—¿Hacen papilla nutritiva? —dijo Davin—. ¿En serio?

—Creo que nos dirigimos al peor lugar del sistema solar. —Phyla dio un largo trago de su botella de agua, como si estuviera limpiándose el sabor—. ¿Por qué no podían hacer, qué sé yo, postres?

—Porque los pasteles y la repostería son poco prácticos para una distribución amplia y proporcionan pocos de los nutrientes necesarios que las formas de vida biológicas necesitan para prosperar —afirmó Fournine—. La papilla nutritiva es un pilar del crecimiento de la humanidad hacia el espacio.

—Fournine —dijo Davin—. La próxima vez que defiendas la papilla nutritiva, te borro.

—Anotado —respondió Fournine—. Quizá os interese más saber que *Caloric Industries* ha duplicado su tamaño en los últimos dos años. Esto sugiere una gran inversión externa, muchos más clientes, o ambas cosas.

—¿Estás insinuando que han empezado a trabajar con los rebeldes y están cosechando los beneficios? —preguntó Phyla.

—No estoy insinuando nada. Presento los hechos y poco más.

Los hechos y poco más de Fournine establecieron su agenda. Tan pronto como el *Jumper* aterrizó en su bahía, un espacio apretado y desordenado más adecuado para un caza que para un carguero ligero, Davin, Eightsix y Phyla pusieron en marcha su plan. Eightsix, cuyo número podría darles la mejor pista, se alejaría bien del *Jumper* y haría una llamada. Phyla investigaría el punto de atraque del *Zephyr* y vería las opciones para recuperar el contenedor.

¿Y Davin?

Él se encargaría de la nave.

—¿Quieres quedarte aquí? —dijo Phyla, confundida—. Pensaba que querrías salir a explorar.

—No —respondió Davin—. Parece que cada vez que voy a algún sitio últimamente, alguien me ataca y me amenaza. He pensado que me quedaré aquí, engraso el *Jumper*, y cuando alguno de vosotros necesite ayuda, traeré a Melody rápidamente.

—El plan tiene lógica —dijo Eightsix—. Es probable que, después de que se den cuenta de que no tengo la llave, esté en peligro.

Que el androide pudiera, en un planeta con gravedad y con sus armas, desmembrar casi cualquier amenaza quedó sin decir. Phyla, sin embargo, seguía sin estar convencida. Se quedó rezagada después de que Eightsix bajara por la rampa, dirigiéndose al aire grueso y terraformado de Calisto. La luna ardía, su temperatura mantenida cálida y húmeda para acomodar cultivos genéticamente transformados. Davin tenía sudor escapándose por cada poro estando dentro del *Jumper*, pero después de volar en aire reciclado durante un par de semanas, podía soportarlo.

—Sé que las cosas no han sido fáciles entre nosotros últimamente —dijo Phyla, mirando a Davin directamente a los ojos—. He sido difícil, tú también. Eso no significa que no seamos un equipo.

—Lo sé —respondió Davin, tratando de averiguar hacia

dónde se dirigía esta conversación—. Lo que pasa es que soy famoso, Phyla. Si salgo caminando por ahí, todo el mundo sabrá que Davin Masters está en la luna.

Los ojos de Phyla se entrecerraron.

—¿Eres famoso?

—Salvé a todo el mundo, ¿recuerdas?

—Recuerdo que Viola disparó. —Phyla negó con la cabeza, se rio una vez, y bajó por la rampa—. Buena suerte quedándote callado, Davin. No estoy segura de que tu ego esté a la altura.

¿Su ego? Davin se sentó en lo alto de la rampa después de que Phyla hubiera dejado la bahía de atraque. Melody yacía a su lado, imponente y lista, aunque su dueño parecía todo lo contrario. Con una camisa azul oscuro suelta y pantalones ligeros, ya manchados de sudor, Davin se encorvó y refunfuñó.

¡Tenía todo el sentido que Davin no anduviera pavoneándose por Calisto! Aunque su foto no había aparecido en las noticias desde hacía un tiempo, habría gente que le conocería. Habría gente que le reconocería, y esa noticia se difundiría. Los verdaderamente suspicaces podrían vigilar las listas de entrada y ver el nombre del *Jumper* junto a su bahía de atraque, pero ¿cuánta gente estaría realmente haciendo eso en Calisto?

Mejor mantener un perfil bajo, y Phyla sería la mejor opción para ello. El capitán había tomado la decisión correcta, quedándose aquí donde nadie le...

—¿Davin Masters? ¡Nunca pensé que te volvería a ver! —dijo una voz chillona, que parecía provenir de un montón de herramientas y bidones de combustible en movimiento—. ¿Qué haces por aquí? ¿Y debería irme antes de que ocurra algo terrible?

—¿Mako? —preguntó Davin, entrecerrando los ojos hacia el equipamiento, como si una mirada concentrada pudiera hacer desaparecer toda la chatarra.

El tipo pequeño había dirigido una tienda de salvamento en Europa, en un puesto avanzado en crecimiento llamado Eden Prime. Ese había sido el último contrato de los Wild Nines, donde habían sido acusados falsamente de asesinato y metidos en un lío que les había llevado por todo el sistema solar. El propio Eden Prime había sufrido daños abundantes en las peleas que siguieron, y Mako debió de partir hacia pastos más tranquilos.

—Me alegra que recuerdes mi nombre —dijo Mako, quitándose de encima los diversos implementos y esparciéndolos, con estrépito y ruido, por el suelo plateado de la bahía de atraque—. ¿Recuerdas mis increíbles precios?

—Siempre vendiéndote duro.

—Es la única manera de ganar monedas estos días —dijo Mako, señalando con sus brazos larguiruchos el montón que había creado a su alrededor.

El comerciante combinaba sus escuálidos brazos con una cara delgada, con mechones rubios sobresaliendo de cada hoyuelo. Las piernas nudosas de alguna manera tenían la fuerza para transportar la mercancía, ayudadas por más correas y hebillas de las que Davin había visto llevar a una persona. Que Mako no tuviera robots ayudándole, o incluso un carro flotante, indicaba que la fortuna del hombre no estaba yendo bien.

—¿Tan difícil, eh? —dijo Davin—. No lo pensaría, viendo lo abarrotado que está.

—Esas multitudes no son para mí —dijo Mako—. Esta luna está cambiando como Europa, ya no es para los pequeños.

Davin se levantó, recogió a Melody y se colgó el arma al hombro mientras bajaba ruidosamente por la rampa hacia Mako.

—¿Estás diciendo que Calisto está cambiando?

—Estoy diciendo que todo este tráfico no son corredores. Tienen patrocinadores y compradores que no quieren saber nada de mí —dijo Mako, y luego apartó la cabeza de Davin, con sospecha grabada en sus rasgos—. No me digas que eres uno de ellos, Davin.

—¿Uno de qué?

—¿En serio?

—Sí, en serio —dijo Davin—. Habla claro. Solo estamos dejando un contenedor para alguien, pero si hay algo que deberíamos saber sobre Calisto...

Mako dudó, sus dedos recorriendo las hebillas. Sentir sus propios accesorios pareció endurecer la columna del hombre, y se enderezó, dándole a Davin una mirada directa.

—¿Quieres ver de lo que estoy hablando? —dijo Mako—. Hay uno en la bahía de al lado. Puedo enseñártelo. Me trataron como basura.

Normalmente Mako no merecía ninguna confianza, pero se podía contar con que el hombre lucharía por un beneficio. Davin tenía que suponer que si los rebeldes estaban tomando el control de *Caloric Industries*, podrían financiar a sus propios vendedores de piezas, mantener sus naves fuera del mercado abierto. Mako odiaría eso, pero ver a los rebeldes al descubierto confirmaría a Davin, Eightsix y Phyla que al menos tenían algo por lo que seguir.

—Claro, enséñamelo —dijo Davin.

Cuando Mako dejó que una amplia sonrisa apareciera en su rostro y no se movió, Davin suspiró, sacó una moneda de su bolsillo y lanzó la ficha hacia el vendedor de piezas.

—Piezas, información, ¿cuál es la diferencia? —dijo Mako—. Vamos.

Dejando su colección atrás, Mako condujo a Davin desde la bahía de atraque —Davin hizo que Fournine cerrara el *Jumper*— hasta el largo y resonante corredor que abarcaba todas las bahías. Una cosa ancha cubierta con pasarelas móviles, robots y carros llenaban el corredor con chirridos, órdenes charloteadas y el zumbido constante mientras la maquinaria alimentada por baterías hacía su trabajo.

Pocos otros humanos pasaban por allí, pero la hora era extraña. Se acercaba la noche en Calisto, aunque la masa de Júpiter y su luz reflejada aseguraban que cualquier noche tuviera que ser fabricada. El corredor enfatizaba la presencia del gigante gaseoso con su techo transparente, mostrando naves que iban y venían contra el telón de fondo tormentoso de Júpiter.

Mako había prometido que la bahía en cuestión estaba solo a una de la del *Jumper*, una promesa que resultó ser cierta cuando Mako condujo a Davin a través de una entrada lateral destinada al personal de mantenimiento y de piezas. Cuando Davin preguntó cómo tenía Mako acceso a la puerta, por lo demás cerrada, el hombre se encogió de hombros.

—Llevo aquí un tiempo —dijo Mako—. La gente confía en mí.

—Gran error.

—Para ti, quizá —respondió Mako—. La mayoría de la gente gana buenas monedas trabajando conmigo.

—Mientras tú ganas más.

Mako no lo negó. En cambio, condujo a Davin más allá de estanterías de bidones de combustible, piezas de repuesto colgando y consolas listas con listas de precios para cualquier cosa que una nave atracada pudiera querer comprar. Al final, otra puerta conducía a la propia bahía de atraque, pero Mako la dejó cerrada.

—Cuando abra esta puerta, van a notarlo —dijo Mako—. Tienes que tener una historia.

—Claro —dijo Davin—. Trabajas para mí, estoy asegurándome de que estás haciendo un buen trabajo.

Mako abrió la boca, pero no encontró palabras. Davin le dedicó una sonrisa, una mano en su hombro, y luego dejó a Melody a un lado. No había razón para asustar a nadie.

Refunfuñando, Mako golpeó el cerrojo y la puerta se abrió de golpe, revelando un carguero más pesado que el *Jumper* con un nombre demasiado aburrido para anotarlo. Mucho menos aburridas, sin embargo, eran las provisiones que estaban siendo cargadas por varios robots. Se habían apilado contenedores, algunos etiquetados con alimentos esperados. Otros, sin embargo, sus contenedores en negro y rojo brillantes, indicaban explosivos. Paquetes de energía para armas.

—¿Eden? —preguntó Davin, mirando a través de la puerta, observando a los robots cargar por la rampa.

—Definitivamente no —dijo Mako—. Eden no contrata carga como esta.

Rebeldes, entonces. Davin no necesitaba decirlo para entender las implicaciones. Según los medios de comunicación, los rebeldes no habían progresado más adentro que Saturno. Si tenían una base funcional alrededor de Júpiter, una capaz de mover armas al descubierto como esta, entonces Eden tenía mucho menos control del que Davin pensaba.

Una guerra que había parecido tan lejana en los márgenes de repente se empujaba directamente a la realidad de Davin.

—¡Eh! —gritó alguien desde la rampa, asomándose por el borde del carguero—. ¿Quiénes sois vosotros?

El hombre parecía en todo un capitán rebelde. Desaliñado, suspicaz y necesitado de un afeitado, el hombre saltó de la rampa y vino caminando hacia Davin, quien puso su mejor sonrisa de vendedor y dio un paso adelante para encontrarse con él.

—Solo un proveedor de piezas —comenzó Davin—. Mi hombre Mako dijo que os había ofrecido un trato o dos y quería asegurarme de que estaba haciendo su trabajo.

—¿Quién? —El capitán miró más allá de Davin—. No veo a nadie. No he conocido a ningún Mako. ¿De qué demonios estás hablando?

Davin miró detrás de él, buscando respaldo. La puerta que conducía de vuelta al área de piezas, donde Davin había dejado a Melody, estaba cerrada. ¿Y Mako?

Mako había desaparecido.

CAPÍTULO 17

PROBLEMAS DE NAVEGANTES

Saber hablar con soltura era como una segunda piel para Davin, un instinto perpetuo que zumbaba bajo sus conversaciones, alterando las palabras mientras las pronunciaba para convertir cada frase en un bocado mantecoso que haría que su objetivo se tragara lo que Davin quisiera.

—Eh —dijo Davin cuando el capitán repitió su pregunta—. ¿Necesitáis alguna pieza?

—No, no necesitamos ninguna pieza —respondió el capitán, y Davin observó cómo la mano del hombre se deslizaba más cerca de lo que probablemente era un arma oculta bajo la mugrienta chaqueta—. Lo que necesito es una explicación.

—Voy a ser sincero contigo —dijo Davin, recurriendo a su sonrisa de pícaro y a un inofensivo gesto con las manos abiertas—. No tengo una buena explicación. Mi colega, que parece haber desaparecido convenientemente, me dijo que podría hacer un negocio contigo. Supongo que se equivocó.

—Muy equivocado —dijo el capitán—. ¿Cómo te llamas? No me gusta que desconocidos se topen con mi tripulación o sus asuntos.

—Uros —dijo Davin, maldiciendo por no haber preguntado nunca el apellido del capitán del *Zephyr*—. Uros Smith.

—Ajá. ¿Qué tal si te quedas justo ahí mientras hago una llamada para ver si eres quien dices ser?

—O, ¿qué tal si probamos con mi idea? —sugirió Davin.

Cuando el capitán se detuvo, aparentemente esperando esa idea, Davin le propinó un fuerte puñetazo en la mandíbula. El golpe repentino no dejó inconsciente al capitán —desafortunadamente—, pero hizo que retrocediera tambaleándose, golpeara la rampa con la parte posterior de las rodillas y cayera. Los robots de carga y el resto de la tripulación miraron mientras Davin se lanzaba hacia la salida abierta, frotándose la mano con la que había golpeado.

Gritos de que se detuviera siguieron a Davin mientras corría por el pasillo de acoplamiento y giraba a la izquierda, alejándose del *Jumper*. Lo último que necesitaba ahora era atraer la atención hacia su propia nave, donde las autoridades no tendrían ninguna dificultad para identificar a Davin como el principal sospechoso del puñetazo. En cambio, entre la multitud que se desplazaba, los robots de carga y el ruido aleatorio, Davin encontró rápidamente el anonimato.

Como en la mayoría de los puertos espaciales, a la gente no solía importarle los problemas ajenos. A menos que fueras una autoridad, cualquier esfuerzo por ayudar probablemente te haría más daño a ti que cualquier bien que pudieras hacer. Así que aunque los gritos siguieron a Davin, se apagaron rápidamente. Aquel capitán del carguero y su tripulación, al parecer, no tenían la motivación suficiente para perseguirlo.

Lo que dejó a Davin caminando con la multitud, reflexionando sobre los resultados. Había perdido a Melody, al menos por un tiempo, en la sala trasera de aquel hangar. Mako, que había desaparecido, ahora sabía que Davin estaba en Calisto y, sin duda, vendería esa información a quien estuviera dispuesto a pagar por ella. Pero Davin había confirmado que algo sospechoso estaba ocurriendo en la luna.

Ningún capitán de carguero normal estaría tan tenso porque alguien vendiera piezas. Ni sería tan reservado.

Davin sacó su comunicador, buscó el número de Phyla y se apartó del flujo de gente mientras la llamada se conectaba.

—¿Davin? —dijo Phyla—. ¿Estás en problemas?

—¿Por qué lo primero que dices es eso?

—Porque siempre estás en problemas.

No podía discutir eso.

Davin le relató su situación entre múltiples suspiros, gemidos y un único "Eres un idiota con suerte, Davin" por parte de Phyla.

—Mira —dijo Davin cuando terminó—. Es mejor que nada. Sabemos que en Calisto está pasando algo. Solo necesitamos averiguar qué.

—¿De verdad? —preguntó Phyla—. Pensaba que estábamos intentando recuperar el contenedor. Ahora parece que nos estamos metiendo más profundamente en alguna guerra entre Edén y los rebeldes.

Davin observó a la gente que pasaba, las docenas, cientos, miles que intentaban cumplir contratos, mantener una economía en un sistema solar que se inclinaba hacia la violencia. Durante mucho tiempo, Davin había pensado que él y Phyla podían ser uno de esos corredores anónimos, ganándose la vida mientras esquivaban cualquier cosa más seria.

—He estado pensando —dijo Davin—. En realidad, desde Amado y Ochentayséis, me he sentido diferente. Y creo que tú también te has sentido así durante mucho tiempo.

Phyla se mantuvo callada, pero su suave respiración se escuchaba al otro lado de la línea.

—Intentamos esto, lo de ser corredores, y estuvo bien —dijo Davin.

—Era aburrido. Es aburrido.

—Cierto, aburrido, pero pensé que el aburrimiento podría ser bueno por un tiempo.

—No lo fue.

Davin hizo una mueca, luchando contra el impulso de acusar a Phyla de simplemente seguirle la corriente, pero eso no ayudaría en nada.

Mantén el enfoque en el objetivo.

—Eso es lo que intento decir. —Davin tomó una gran bocanada de aire, una respiración liberadora, la confesión a punto de brotar—. Quiero volver a lo que teníamos. El peligro, la aventura.

—¿Incluso la muerte? —preguntó Phyla, su voz indicando que ya sabía la respuesta.

—Bueno, eso no me encanta, pero quiero sentirme parte de algo más grande otra vez, y ahora creo que lo somos —dijo Davin—. Entonces, ¿qué dices? Podría significar dejar las carreras de balas por un tiempo.

Un momento muy, muy largo. Davin deseó haber podido ver la cara de Phyla en ese instante, deseó haber tenido esta conversación en persona. A veces, sin embargo, las epifanías exigían acción.

—Oye —respondió Phyla—. Dejaría las balas en un santiamén si pudiéramos recuperar lo nuestro.

Nunca una exhalación se había sentido tan bien.

Davin no se consideraría un sentimental —había tenido que tomar demasiadas decisiones difíciles como para permitir que las emociones lo devoraran—, pero el sistema solar no parecía tan grande cuando tenías a alguien de tu lado.

—Siempre me gusta cuando estamos en la misma página —dijo Davin—. Y ahora que eso está resuelto...

—¿Eso es todo? ¿Simplemente seguimos adelante después de decidir que nuestra filosofía de vida durante años no funcionaba?

—No hay razón para darle vueltas a los errores del pasado, Phyla. Yo me centro en el futuro.

—Algunas cosas cambian, otras nunca lo hacen, supongo.

A pesar de la críptica respuesta de Phyla, Davin quería

reenfocarse. Quería encontrar un lugar adonde ir que le sacara del concurrido pasillo.

—Bien —dijo Davin, cambiando bruscamente de tema—. Así que podemos suponer que hay una operación rebelde aquí, lo que significa que Merc y Uros intentarán llevar el contenedor allí.

—No vamos a atacar nada si no tienes a Melody —respondió Phyla, aunque su voz indicaba que su último tema no estaba del todo agotado—. Y, Davin, si podemos conseguir que Ochentayséis nos ayude, no me importaría tener apoyo androide. Tal vez podamos ver si Amado tiene a alguien en la zona también, poner a Edén en el juego.

—¿Edén? —dijo Davin—. Matarán a todos. Incluyendo a Merc.

—Él eligió un bando, Davin. Hasta que nosotros lo hagamos, tenemos que sobrevivir.

—Eso es frío, Phyla.

Phyla no respondió. Tampoco se oía su respiración por el micrófono. Quizás se estaba moviendo. Davin le dio unos segundos más, y luego repitió su nombre.

Nada.

—¿Sigues ahí? —preguntó Davin, y luego miró la señal en el comunicador. Fuerza completa, y la llamada aparecía como conectada—. ¿Pasa algo?

Un crujido estático, y una voz diferente apareció, una que calentó y congeló a Davin en igual medida. —Gracias por defenderme, Davin —dijo Merc—. Phyla y yo tendremos que hablar sobre lo rápido que quería deshacerse de mí.

—Merc, cuidado —dijo Davin, recorriendo rápidamente con los ojos a la cambiante multitud como si, mirando lo suficientemente rápido, pudiera ver a Phyla, a Merc, y ser capaz de llegar a algún tipo de rescate—. Solo estábamos hablando.

—Lo sé, y probablemente haría lo mismo si estuviera en tu lugar —respondió Merc—. Pero no lo estoy. Tú abandonaste tus causas, Davin, pero nosotros no. Así que ya sabes cómo va esto. Al parecer tu contenedor está bastante bien cerrado.

—Edén no quería que echáramos un vistazo dentro.

—Entonces es una suerte para ambos que tengas contactos allí —dijo Merc—. Vas a tener que ser sigiloso. O sea, no te tomes unas copas antes de intentarlo, porque si haces que Edén caiga sobre nosotros, las cosas se van a poner muy feas aquí.

—¿Estás amenazando a Phyla? —Davin no podía creer lo que estaba oyendo. Que Merc llegara tan lejos—. Porque ella no es parte de esto.

—Edén no se va a andar con contemplaciones. Nosotros tampoco podemos —dijo Merc—. Lo siento mucho, Davin, pero necesitamos esa llave. Te enviaré las coordenadas. Tráela, nosotros llevaremos a Phyla, y luego podemos olvidar que esto pasó.

—Tú quizás —dijo Davin—. Yo nunca lo haré.

El capitán del *Jumper* cortó la llamada. Dejó caer los brazos a los costados y miró al suelo durante un largo momento. Su comunicador vibró, sin duda Merc enviando las coordenadas.

¿Cómo podía el piloto de combate tomar a Phyla como rehén? ¿Amenazar su vida? Davin no lo entendía. Habían volado juntos de planeta en planeta, habían enfrentado los mayores peligros que cualquiera de los dos había visto jamás. Davin incluso había arriesgado a todo el equipo de los Wild Nines en una incursión en Europa solo para recuperar a Merc.

¿Y ahora esto?

El comunicador vibró de nuevo. Davin lo ignoró, se sumergió en la multitud y caminó de vuelta hacia el hangar del que había huido. No hace mucho, había estado en una misión caprichosa. Recuperar el contenedor para que unos estúpidos matones de Edén no intentaran liquidarlo. Incluso Amado había sido casi cómico en su seriedad.

Ahora Phyla podría salir herida. Ahora todo esto era real.

Davin llegó al hangar, pasó un poco más allá hasta la

entrada que Mako le había mostrado. Aquella por la que el pequeño cabrón había dejado pasar a Davin, donde Melody debería estar dentro. La cerradura miraba a Davin, protegiendo su puerta de acero.

El capitán miró a su alrededor, se acercó a la cerradura y sacó su arma de la funda. Colocó la boquilla justo en el escáner y apretó el gatillo. El láser emitió un ligero chillido, la luz destelló, y una voluta de humo se elevó de la cerradura frita. Davin echó un vistazo detrás de él, y aunque unos cuantos ojos curiosos miraron en esa dirección y algunos pasos se aceleraron, nadie se preocupó lo suficiente como para intervenir.

Problemas ajenos.

Alguien en seguridad del muelle lo notaría eventualmente, pero en ese momento, mientras Davin alcanzaba el interior de la cerradura frita y accionaba el interruptor manual, un botón que los sistemas de la cerradura habrían presionado si Davin tuviera la tarjeta, el allanamiento continuaba sin interrupciones. La puerta se deslizó y se abrió, y Davin ignoró el zumbido de su comunicador mientras seguía adelante.

Probablemente Merc, dando más razones por las que estaba dando la espalda a Davin, a Phyla y a los Wild Nines. Hablando de causas y todas esas otras gilipolleces, como si importaran más que el equipo. Como si Merc no se hubiera unido a los rebeldes solo por Opal.

Melody no estaba allí. El arma grande había desaparecido, y Davin creía saber quién era el culpable: Mako. El pequeño canalla probablemente esperaba que el capitán rebelde encarcelara a Davin y permitiera a Mako vender a Melody con beneficio.

Dos problemas, entonces. Recuperar a Melody. Liberar a Phyla. No tan fácil como transportar vino de Marte a la Luna, pero Davin podía manejarlo.

El comunicador vibró de nuevo, y en la penumbra de la

sala trasera, Davin finalmente lo miró. Las coordenadas de Merc estaban allí, sugiriendo una reunión en una hora en un hotel no muy lejos. Pero el piloto de combate solo había enviado ese mensaje.

Todos los demás, las constantes llamadas y mensajes, venían de Cuarentaynueve. Davin ni siquiera los leyó, simplemente tocó la llamada y se conectó con la IA. —Cuarentaynueve, ¿qué está pasando?

—¿Leíste mis mensajes?

—¿Los mil? Resúmemelos.

—Nos están abordando.

—¿Qué?

—Parece que nos hemos hecho algunos enemigos, y están intentando entrar en el *Jumper*.

—¿Puedes mantenerlos a raya? —preguntó Davin.

—¿Si tengo permiso para dispararles? Tal vez.

—Entonces dispárales —dijo Davin—. Voy para allá.

Vale, tres problemas. Un arma lateral, tres problemas.

Davin había visto peores probabilidades.

CAPÍTULO 18
PERSUASIÓN

Davin encontró cinco matones rondando el *Jumper*, cuatro armados para una pelea y desconcertados ante una nave que no se abría, y la quinta con la cabeza enterrada en su comunicador, hablando con alguien. Por sus atuendos, todos iguales y empapados en el azul cian de Calisto, Davin supuso que eran las autoridades oficiales de Calisto. Hasta donde Davin sabía, no había hecho nada que mereciera este tipo de respuesta.

No es que la razón fuese un impedimento si habían sobornado a esta gente.

Con Merc reteniendo a Phyla y Melody desaparecida, Davin tuvo que sopesar la sensatez de entrar en el hangar. Ahora estaba sentado a un lado en el pasillo de atraque, su comunicador acoplado con la amabilidad de Fournine para conectar a Davin con las cámaras del *Jumper*.

—¿Crees que pueden encontrar una forma de entrar? —preguntó Davin.

—He cerrado la rampa —respondió Fournine—. No tienen acceso para intentar una intrusión informática. Sin embargo, la mujer que está hablando está pidiendo permiso a alguien para volar un agujero en el costado de nuestra nave. Creo que lo conseguirá.

Un arma de mano fiable podría causar algunos daños. Davin podría irrumpir en el hangar y esperar que ninguno de los enemigos estuviera alerta con sus reflejos, disparar unos tiros y rezar para que la precisión de Davin no se hubiera oxidado en su reciente etapa pacifista.

O.

—Despégala —dijo Davin—. Presenta una evacuación rutinaria con el hangar de atraque y sal de ahí.

—Interesante elección —respondió Fournine—. ¿Confías en mí, un androide, con tu nave?

—Ya no eres un androide. Esa nave es tu cuerpo, y confío en que la protegerás —respondió Davin—. Hazlo, pero mantente dentro del alcance. Tengo la sensación de que estaremos pidiendo un rescate antes de mucho.

—¿Y si el hangar de atraque no me concede permiso para salir?

—Tienes torretas. Úsalas.

Davin cerró el chat. Lo quisiera o no, el juego había comenzado. Ahora había reducido sus problemas a dos: Phyla y Melody. El arma se la había dado a Davin el capitán original de los Wild Nines, un hombre hosco que había optado por el mismo retiro que Davin y Phyla habían intentado y encontrado insuficiente. Había sido un gran regalo, junto con el respaldo del capitán para ocupar su puesto, y dejar a Melody en manos de cualquiera que no fuera él mismo dolía.

Pero el amor no podía ignorarse.

Davin se unió a la multitud del pasillo y caminó con ellos más allá de los hangares de atraque, esquivando las filas que se formaban para las naves de pasajeros, los voluminosos cajones que se apilaban para cargas, e innumerables robots limpiando detrás de ambos.

Un enorme cartel de *Bienvenido a Calisto* colgaba sobre la

salida, cada letra compuesta por un cultivo diferente que la luna reclamaba como propio. El estómago de Davin rugió ante la visión; había pasado un tiempo desde su último tubo de papilla nutritiva. Quizás podría rescatar a Phyla y conseguir algo para picar al mismo tiempo.

Mejor: quizás Phyla invitaría a Davin a algún sitio agradable después de que salvara el día.

Las coordenadas de Merc situaban el punto de encuentro a lo largo del anillo principal de Calisto, las ciudades circulares elevadas sobre los vastos campos de cultivo que recubrían la luna. Los hangares de atraque se aferraban al anillo como bucles que se enlazaban entre sí, haciendo que Calisto pareciera, desde el aire, como si alguien la hubiera cubierto con una red. Los propios anillos agrupaban a personas, tiendas y entretenimiento en ambos lados, con los compradores más adinerados obteniendo codiciados lugares en el bucle interior.

La división de ingresos y estatus mantuvo a Davin absorto durante un largo momento mientras dejaba el anillo de atraque. Justo frente a él, a una distancia no muy larga considerando el pequeño tamaño de Calisto, la pared del anillo se rompía en secciones individuales, cada una etiquetada con un nombre y un número, con una decoración brillante exhibiendo estilos personales desde ventanas, luces, pinturas y los ocasionales robots guardianes apostados frente a ellas.

En contraste con el escenario a la derecha e izquierda de Davin, con secciones de apartamentos de cinco pisos superponiendo a personas unas encima de otras. Cada una mostraba orgullosamente su empresa propietaria, y Davin vio puestos de atraque para vehículos corporativos, pequeños autobuses destinados a llevar a los trabajadores de ida y vuelta desde sus hogares a los anillos correctos todos los días.

Cada lugar del sistema solar manejaba sus dicotomías de manera diferente, y al menos en Calisto, parecía que los trabajadores tenían cierto grado de comodidad. Cierta visibilidad. En la mayoría de los lugares que Davin había estado, cualquiera que no pudiera pagar por el anillo central habría sido enviado a los márgenes. Fuera de la vista.

Davin no estaba aquí para evaluar el estatus socioeconómico de Calisto, así que siguió moviéndose. Las cosas eran tanto más como menos concurridas en la avenida del anillo principal. Menos personas se molestaban en caminar mientras la distancia alrededor del anillo se extendía en kilómetros, y frecuentes transbordadores obligaban a quienes usaban sus pies a ir por aceras señalizadas. Davin se colocó detrás de una familia cuyos niños se extendían por toda la acera, moviéndose a su propio ritmo.

Davin podría haberles pedido que se apartaran, pero en vez de eso se mantuvo en la fila. Aprovechó el tiempo para observar, usando los cuerpos en movimiento y el constante parloteo de la familia como cobertura. El punto de encuentro designado por Merc no estaba lejos ahora: Davin distinguió el letrero del halo plateado de *Cornucopia* después de unos minutos, apareciendo gradualmente mientras caminaba por la curva del anillo, y la velocidad lenta le permitió a Davin echar un largo vistazo.

Como lugares para una emboscada, *Cornucopia* parecía demasiado al descubierto. Ocupando dos secciones del anillo exterior, el restaurante se extendía hacia arriba y hacia abajo a lo largo de cinco pisos, haciendo honor a su nombre tanto en tamaño como en el aparente festín que ofrecía. Una larga pancarta brillante sobre la entrada principal declaraba que cada artículo del menú era de cultivo local.

En verdad, un lugar siniestro.

La posición de Merc situaba la reunión en el tercer nivel, justo en el centro del restaurante. Los robots anfitriones no molestaron a Davin mientras pasaba junto a ellos, aunque el capitán atrajo muchas miradas mientras se movía entre la clientela de alto nivel del almuerzo de *Cornucopia*. Los pilotos como Davin deberían estar en el hangar de atraque, succionando papilla nutritiva antes del despegue, no perdiendo el tiempo aquí.

Davin se aseguró de apartar su chaqueta, dando a todos una clara visión del arma de mano en su cadera. Hasta donde Davin sabía, Calisto no tenía leyes públicas contra las armas, pero esos ojos desaprobadores ciertamente parpadearon rápido al ver el arma.

—Davin, deja de asustar a los lugareños —dijo Merc, asomándose desde la escalera blanca como tiza, con sus soportes de cristal y plata sirviendo de buen apoyo para sus codos—. Mantén el arma cubierta. No necesitamos llamar la atención.

—Como si fuera a escuchar algo de lo que tienes que decir. —Davin mantuvo el arma visible mientras subía los dos pisos, aunque el desafío no hizo nada para disminuir el aparente buen humor de Merc—. ¿Dónde está Phyla?

Davin hizo la pregunta mientras se acercaba al nivel de Merc, esperando que fuera contestada con sus propios ojos. En cambio, encontró algunas mesas ocupadas y nadie más prestándoles atención. Phyla, si estaba aquí, no estaba a la vista.

—La hemos movido a un lugar más seguro —dijo Merc—. Un lugar al que me gustaría llevarte.

—Me dijiste que viniera aquí.

—Para que pudiéramos asegurarnos de que no te seguían —respondió Merc, sacudiendo la cabeza con simpatía—. Hemos recibido noticias de que Eden te está persiguiendo. Por eso tuve que hacer todo el numerito del rehén, por si rastreaban nuestra llamada.

—¿Numerito? Estaba hablando con Phyla, y luego te la llevaste.

Merc recreó la escena mientras guiaba a Davin de vuelta abajo y lejos de *Cornucopia*, deteniéndose un momento para que Davin pudiera coger un sándwich del mostrador de comida para llevar. Davin le habría ofrecido comprar algo a Merc excepto que, ya sabes, había secuestrado a Phyla.

Puede que Davin no pudiera disparar a Merc aquí en público, pero seguro que usaría cada ataque mezquino que pudiera encontrar.

Phyla ya estaba en *Cornucopia*, sentada cerca de la ventana en el nivel superior y vigilando algo. Los rebeldes, explicó Merc, estaban por todo Calisto, y cualquiera que pareciera un poco raro provocaba una rápida atención. La luna servía como fuente principal de alimentos para Júpiter, Saturno y más allá, y nadie pensaba que Eden estuviera por encima de paralizar el lugar para hacer sufrir a los rebeldes.

—Empiezo a pensar lo mismo —interrumpió Davin entre lametones para quitar los últimos restos de sándwich de sus dedos—. Nunca he sido fan de Eden, pero me estáis empujando a vuestro lado.

—Entonces deberías hablar con Phyla —dijo Merc. Continuaron a lo largo del paseo principal, hasta que Merc los desvió a la izquierda, dejando atrás el anillo principal dominado por residencias y restaurantes para entrar en uno industrial—. Ella entiende nuestra causa.

—¿De verdad? —dijo Davin—. Porque nunca he oído a Phyla hablar de ello. Ni una sola vez. Y no parecía estar en contra de involucrar a Eden en esta aventura antes de que la agarraras.

—Phyla y yo hablamos de eso. Intercambiando ideas, eso es todo lo que fue. Pero no lo sabrías, porque nunca le preguntas lo que realmente piensa —respondió Merc—. Intenta comunicarte alguna vez. Ayuda.

—¿Es eso lo que tú y Opal hacéis, comunicaros?

—Cuando podemos. No es tan fácil ahora.

El anillo industrial no tenía la variedad decorativa del anillo principal, llenando sus lados con talleres y plantas de procesamiento en su lugar. A diferencia de las extensas fábricas en Marte y la Tierra, estas tenían que adaptarse al diseño curvo del anillo, y eso significaba enviar conductos y tuberías por encima y por debajo de los pies y la cabeza de Davin. Las líneas enrejadas conectaban los lados del anillo, vertiendo en paredes metálicas fabricadas para contener cualquier posible accidente: Calisto podría tener una atmósfera amigable, pero los anillos eran demasiado frágiles para jugar con el azar.

Merc ralentizó su caminata cuando dejaron atrás el anillo principal y sus multitudes, cambiándolos por un vestíbulo dirigido por robots mientras materiales y bienes refinados eran transportados por máquinas que no prestaban atención a los dos intrusos.

—La verdad, Davin, es que estamos haciendo todo esto porque estamos perdiendo —dijo Merc—. Te voy a decir ahora mismo que nos enteramos de que estabas transportando el contenedor, y que el *Zephyr* podría ser capaz de hacer una interceptación. Todos esperan que lo que Eden puso en esa cosa pueda terminar la guerra antes de que comience.

Apelar al lado más blando de Davin habría funcionado mejor si Merc no hubiera ocultado a Phyla, si no hubiera jugado primero a este juego prolongado.

—Dudo que una sola caja vaya a inclinar la balanza de vuestro juego —dijo Davin.

—Pero tenemos que intentarlo —respondió Merc—. Esto es todo. Si Eden nos rompe alrededor de Júpiter, no podremos alimentar a nuestra gente. Perderíamos suministros, lo que necesitamos para mantener nuestras naves volando.

—Merc, llévame con Phyla. No me importan tus razones, tus excusas. Si quieres tener una charla amistosa sobre altos ideales, puede esperar hasta que ella vuelva.

Davin y Merc habían trabajado juntos durante años. A través de planetas, lunas y estaciones espaciales. Luchado, protegido, salvado a demasiados para contarlos. En la cara de Merc, ahora, Davin no veía al arrogante piloto de combate, sino a un soldado cansado. Uno al que finalmente le habían alcanzado sus aventuras.

En otras palabras, Davin se veía a sí mismo.

—Sí, Davin. De acuerdo. —Merc indicó que siguieran—. Solo intento decir que lamento que haya salido así.

—Yo también.

Ambos se adentraron más en el anillo industrial, donde los robots comenzaron a disminuir y los nombres de las marcas desaparecieron. Los esquemas de color dieron paso a un verde uniforme, siendo el único marcador un *CI* blanco en un círculo igualmente blanco pegado encima de cada puerta.

No había que ser un experto para saber que significaba *Caloric Industries*.

Finalmente, Merc dirigió a Davin hacia un edificio de paredes de bloques, golpeando su comunicador contra el escáner de seguridad. La puerta se deslizó abriéndose, liberando el fuerte aroma del grano refinado, como si Davin hubiera entrado en una espesa pradera. El olor contrastaba con el resplandor blanco azulado que caía desde luces de techo que alineaban la parte superior del almacén como rayas. Desde la entrada, Davin podía ver hacia atrás hasta la pared exterior del anillo, una extensión negra bordeada con estanterías y elevadores operados por robots para abastecerlas.

—Vamos, está por aquí —dijo Merc, sin emoción.

Merc decía la verdad esta vez. Pasadas un par de pilas de grano —grandes rectángulos comprimidos apilados cinco de alto uno encima del otro— había un espacio circular tallado, salpicado con un par de mesas y una unidad de comunicaciones sólida. Uros, junto con unos quince soldados rebeldes, rodeaban a Phyla y el contenedor.

Ninguno pareció sorprendido cuando Davin entró, y ninguno se movió para detenerlo cuando se abrió paso hacia Phyla, deslizándose entre un par de cuerpos. Sin embargo, en lugar de aceptar el abrazo que le ofrecía, Phyla negó con la cabeza y puso una mano en su pecho.

—No estoy herida —dijo Phyla—. Lo importante ahora es el contenedor.

—¿Qué? —respondió Davin—. Acabo de venir hasta aquí porque Merc me hizo creer que iban a hacerte daño, ¿y estás centrada en el contenedor?

—Davin, si Merc tiene razón, si hay un arma ahí dentro que pueden usar —Phyla fijó sus ojos en los de Davin, y él tuvo que reconocer el filo de sinceridad en ella. Esto no era una actuación—. Entonces tenemos que dejar que la tengan.

—Pero le prometimos a Viola —dijo Davin, muy consciente de que todo el grupo rebelde estaba observando, esperando—. No soy de los que rompen promesas.

—Algunas cosas son más importantes.

Davin se alejó de Phyla, miró a los rebeldes. Se había enorgullecido de mantenerse alejado de las luchas mayores, del lento balanceo del poder de un imperio a otro. Mantener a sí mismo y a sus amigos sanos, cómodos y felices. No importaba qué cosa eligiera Davin ahora, estaría haciendo un enemigo. Merc y los rebeldes, justo aquí, o la compañía más peligrosa del sistema solar y Viola, una amiga que no había intentado secuestrar a Phyla.

—Lo siento —dijo Davin—. Es mi palabra, y me mantengo en ella.

Phyla, Merc, ambos abrieron sus bocas mientras los otros rebeldes iban por sus armas de mano, sus rifles colgados sobre sus hombros. Todos intentando hacer que Davin cambiara de opinión.

Nunca tuvieron oportunidad.

CAPÍTULO 19

BUEN NEGOCIO

Eightsix derribó a dos soldados cuando saltó desde las pilas de grano, apenas tocando el suelo antes de rodar y dar una patada de impulso que lanzó a otro soldado rebelde contra su aliado. El androide siguió moviéndose, lanzándose en diferentes direcciones para golpear a los soldados en el cuello, los brazos, la cabeza. Todos los golpes eran incapacitantes, manteniendo a los soldados con vida.

Tal como Davin y Eightsix habían acordado.

El capitán cubría al androide con precisos disparos de su arma lateral, inutilizando los rifles levantados. Sus propietarios soltaron las armas ardientes, lanzándose lejos antes de que sus baterías explotaran. Davin les dejó ir.

Esta no era una misión de asesinato, sino un rescate.

—¿Qué está pasando? —preguntó Phyla, quieta mientras observaba la devastación, escuchando los gritos de los soldados rebeldes—. ¿Es Eightsix?

—Merc te secuestró —dijo Davin, y luego apuntó y disparó a otro soldado en el hombro antes de que pudiera atacar al androide—. Llamé refuerzos.

—¡Merc tenía sus motivos!

—Sí, y yo no estaba de acuerdo —dijo Davin. Movió el

arma alrededor de la habitación mientras Eightsix continuaba su devastador avance, esparciendo cuerpos a su paso—. El fin no justifica los medios, Phyla.

—Mira quién habla.

—Sí, yo hablo, ya deberías conocerme a estas alturas. —Davin puntuó su respuesta con otro disparo, golpeando el suelo junto a otro soldado con rifle, quien retrocedió bailando y, por tanto, retrasó su propio ataque. Eightsix aprovechó, dándole un golpe en la frente y enviándolo, sin fuerzas, al suelo—. No pareces muy agradecida.

—¿Por qué debería estarlo? ¡Merc es nuestro amigo, deberíamos estar ayudando a los rebeldes, no haciéndoles daño!

—¿Desde cuándo te has vuelto tan política?

Phyla se levantó, fingiendo que iba a abofetear a Davin, y cuando él se movió para bloquearla con su mano libre, ella le dio un puñetazo en el estómago.

—Desde siempre, ¿o estabas demasiado ocupado para darte cuenta? Si los rebeldes pierden, Eden lo poseerá todo, Davin. ¿Adivina qué pasa entonces? ¿Cuánta libertad nos quedará?

—¿Podemos tener esta discusión más tarde? —dijo Davin, recuperando el aliento. Phyla sabía dar un buen golpe cuando quería—. ¿Cuando no estemos rodeados?

Davin no dijo que Phyla podría aprovechar la oportunidad para calmarse. Nunca la había visto tan enfadada. Puños apretados, fosas nasales dilatadas, su cabello ardiente volando como si hubiera convertido el estado de ánimo de Phyla en movimiento.

La misión de rescate no estaba procediendo según lo planeado.

El frío extremo de un arma se presionó contra el cuello de Davin cuando se enderezó, y los ojos de Phyla se desviaron más allá del capitán, entrecerrados.

—Dile que pare —dijo Merc—. Hazlo, Davin.

—Merc —advirtió Phyla—. Guarda el arma.

Davin empezó a decir que no podía hacer que Eightsix se detuviera, que él no era dueño del androide. Eightsix solo había aceptado, cuando Davin la llamó desde el conducto de la bahía de acoplamiento, ayudar con la condición de que él le diera la llave.

Sin Melody, Eightsix probablemente podría tomar la llave por la fuerza una vez que los rebeldes estuvieran fuera de combate, incluso si Davin cambiara de opinión.

—Está matando a mis soldados —dijo Merc.

—No los mata —dijo Davin—. Ese no es el plan.

Merc solo gruñó, repitiendo su exigencia.

Incluso si Davin hubiera podido decirle a Eightsix que se detuviera, no habría servido de nada. El androide, esquivando el fuego durante todo el tiempo con esa forma cinética y de visión futura que los androides podían tener, había peinado su camino a través de la fuerza rebelde y dejado a un grupo quejumbroso e inconsciente a su paso. Cuando terminó de derribar al último guardia contra el suelo, Eightsix se enderezó, con el rifle abandonado del guardia en sus manos, y apuntó por encima del hombro de Davin.

—Suéltalo —dijo Eightsix—. No fallaré.

—No fallará, Merc —dijo Davin—. Sabes que los androides no lo hacen.

—Por favor —añadió Phyla—. Esto no merece morir por ello.

—Tú no lo sabes —dijo Merc, pero, con una última presión contra la sien de Davin, Merc retiró su arma.

Davin se apartó, girándose para darle a Merc el interrogatorio que tanto merecía, cuando un láser destelló y quemó un agujero en el pecho de Merc, enviándolo al suelo. Phyla gritó y fue al lado de Merc, mientras Davin maldecía y miraba al tirador.

—¿Por qué has hecho eso? —le gritó Davin a Eightsix—. Estaba cediendo.

—Todavía tenía un arma y representaba una amenaza —respondió Eightsix—. No había otra opción.

—Para ti, quizá —Davin le hizo un gesto—. Baja ese rifle. No lo necesitas. —Una mirada de vuelta a Merc, pálido en el suelo—. ¿Cómo está?

Merc murmuró algo que salió silbante, ininteligible, pero Davin pudo distinguir un par de palabras selectas.

—Está vivo —dijo Phyla—. No sé por cuánto tiempo.

Sin duda Calisto tendría instalaciones médicas. Sin duda llevar a Merc a cualquiera de ellas haría que Davin, Phyla y Eightsix fueran capturados.

—Nuevo plan —dijo Davin, activando su comunicador—. Fournine, ¿estás ahí fuera?

—Estoy disfrutando de las vías aéreas de Calisto en este momento —respondió Fournine mientras Davin recogía una mirada interrogante de Phyla, otra maldición de Merc, y la mirada en blanco de Eightsix. Al menos el androide bajó el rifle—. ¿Cómo puedo ayudar?

—Trae el *Jumper* a mi posición —dijo Davin.

—Eso atraerá el tipo de atención equivocada.

—Ya nos hemos ocupado de eso. Simplemente hazlo y dime cuando estés sobre nosotros.

Fournine emitió un sí y Davin cortó la llamada, uniéndose a Phyla junto a Merc. La quemadura del láser había impactado en la parte superior del pecho de Merc, en su lado derecho. Sin complicaciones, el impacto no debería ser mortal. Davin lo dijo así.

—¿Ahora estás haciendo excusas por el androide? —dijo Phyla—. ¡Le ha disparado a Merc! ¡A nuestro Merc!

La acusación golpeó como café caliente, impactante, frustrante y manchando. Davin intentó encontrar una respuesta, algo que encajara en el momento, y cuando las réplicas descaradas no ofrecieron nada, cuando estar de pie sobre su antiguo amigo herido no le dio ninguna idea, encontró algo que sí.

—No es nuestro Merc, Phyla —dijo Davin—. Nos dejó, ¿recuerdas? ¿Después de la Tierra? Todos nos dejaron.

Los Wild Nines se habían ido con Bosser, su peor enemigo, a la Tierra para intentar rescatar a Viola, para salvar al sistema solar de una amenaza que parecía demasiado grande para ignorar. Y habían ganado, maldita sea. Todos ellos, trabajando juntos, habían hecho lo que nadie —Bosser menos que nadie— esperaba.

Entonces, en el momento cumbre, Davin había visto a todos sus amigos marcharse. Había amortiguado el golpe con lógica, con noches con Phyla en el *Jumper* mientras surcaban los planetas, diciéndose a sí mismo que esta era la decisión correcta. Que había tenido suficiente emoción para una vida.

Excepto que Mox, Viola, Opal, Merc, Trina; ellos siguieron viviendo. Incluso Erick había encontrado nueva aventura con sus nietos. Davin, Davin había transportado vino a la Luna.

—¿Piensas que te dejamos? —dijo Merc, intentando sentarse y dejando que Phyla lo empujara de vuelta—. Habríamos querido que vinieras con nosotros. A los rebeldes les habría encantado tenerte. A Alissa también. Pero tú no querías tomar partido.

Porque tomar partido era malo para los negocios, pero Davin no dijo eso. No pudo decirlo.

—Es malo para los negocios —dijo Davin—. No puedes enemistarte con la mitad del sistema solar y esperar ganar alguna moneda.

—¿En serio estás hablando de dinero ahora? —Phyla lanzó dagas ardientes con la mirada a Davin, quien se encogió de hombros, se dio la vuelta y apuntó su arma a uno de los soldados rebeldes que empezaba a incorporarse.

—Quedaos todos quietos, nadie va a haceros daño —anunció Davin—. Nos marcharemos pronto, entonces podréis seguir vuestro camino.

El rebelde no desafió la amenaza, volviendo a tumbarse y pareciendo aliviado de hacerlo.

—No siempre fue por negocio contigo —dijo Merc, con la quemadura del láser haciéndose notar en su tensa voz—. Antes te importaban las cosas.

Sí, claro. Le importaba Lina y Miner Prime, y cuando Bosser quería convertir a los androides en su ejército personal. A Davin le habían importado bastante esas cosas. Pero, ¿una pelea entre Eden y los rebeldes? Davin no era un soldado.

Su comunicador pitó y una comprobación confirmó que Fournine había puesto el *Jumper* en posición. El rescate del rescate había llegado.

—Aguantad —dijo Davin—. Eightsix, ocúpate del contenedor. Fournine, danos una salida. La pared lateral servirá.

Phyla y Merc parecían tener mil cosas más que decir, pero Davin mantuvo la espalda girada, vigilando a los rebeldes y fingiendo que no estaba en absoluto conflictivo por lo que acababa de pasar. La vida no daba muchas opciones fáciles, y esta no era diferente, Davin solo deseaba salir de algunas de estas situaciones pareciendo el bueno.

Aparecieron puntos en la pared exterior, resplandores naranjas que se expandieron y derritieron mientras Fournine dirigía los láseres del *Jumper* al círculo. El glorioso cielo azul de Calisto y la luz del sol inundaron el espacio cuando el agujero se expandió lo suficiente en altura y anchura para que la rampa del *Jumper* se asentara.

—Eightsix, en marcha —dijo Davin, volviendo hacia el rostro sudoroso y fulminante de Phyla y Merc—. Vamos, te llevaré a bordo.

—No me muevo —dijo Merc—. Ir contigo no es bueno para mi negocio.

—Sí, bueno, es bueno para el mío —dijo Davin—. Cuando los rebeldes vengan buscando venganza, puedes decirles que te cuidé bien.

Phyla todavía parecía ardientemente helada de ira, pero ayudó a Davin a levantar a Merc y a llevarlo más allá de los soldados rebeldes caídos. Eightsix desempeñó su papel, levantando el contenedor amarillo-negro y llevándolo por la rampa hasta el carguero.

Merc no opuso resistencia, y cuando Davin lo comprobó mientras caminaban, los ojos del piloto de combate estaban casi cerrados. Su quemadura de láser también parecía peor ahora que cuando Davin la había visto por primera vez. Quizás Eightsix había golpeado a Merc con más potencia de la necesaria. Quizás había intentado matarlo.

—Tú pilota —le dijo Davin a Phyla cuando llegaron a lo alto de la rampa—. Yo me ocuparé de él.

—¿Puedo confiar en ti? —Phyla tenía una mano sobre la de Merc y la otra en su hombro.

—Como dije, mantener a Merc vivo es un buen negocio —respondió Davin, odiándose a sí mismo mientras lo decía—. Los rebeldes lo querrán de vuelta, y podemos hacer ese intercambio.

—¿Cuándo te volviste tan frío? —preguntó Phyla, pero dejó a Merc y se dirigió hacia la cabina.

Davin la vio alejarse mientras la rampa se retraía detrás de ellos, con la negación burbujeando en su garganta.

—Te secuestró, ¿recuerdas? —dijo Davin—. Te hemos recuperado. No es mi culpa que esté herido.

Phyla, sin embargo, no intentó seguir el juego. Negó con la cabeza, subió por la escalera y desapareció hacia la cabina.

—Solía admirarte —susurró Merc—. ¿Lo sabías?

—¿Eso dejó de ocurrir antes o después de que secuestraras a mi esposa?

Davin, con el brazo de Merc sobre su hombro, levantó al piloto hacia la enfermería. Eightsix, tras dejar el contenedor, observaba con su rostro impasible. Merc, que nunca había sido un hombre corpulento, logró subirse a la única camilla mientras Davin tomaba el único asiento de lanzamiento de la habitación.

Había pasado tanto tiempo desde que alguien había usado

la enfermería que trastos aleatorios cubrían el suelo. El viejo soporte de suero de Erick aún mantenía su posición cerca de la cabecera de la camilla, atado a la camilla. Armarios metálicos cerrados y forrados de plomo repletos de suministros que probablemente habían alcanzado sus fechas de caducidad. La luz del techo parpadeó cuando Phyla encendió los motores y lanzó el *Jumper* hacia el espacio.

—¿Aguantas ahí? —preguntó Davin después de varios segundos vibrantes—. Te inyectaré algo cuando el *Jumper* se estabilice.

Merc se rio, algo áspero que hizo que Davin se estremeciera, —¿Crees que te estabilizarás? Calisto es una luna rebelde, Davin. Si no están ya sobre tu trasero, lo estarán pronto.

CAPÍTULO 20
CAMBIO DE RUMBO

Merc no bromeaba. Phyla dio la alarma segundos después de que cesara el estruendo atmosférico, con el *Jumper* saliendo al espacio perseguido por cazas y naves más grandes. Una fuerza variopinta representativa de la tendencia de los rebeldes a aceptar a cualquiera y cualquier cosa que les ofreciesen.

—Dame algo de tiempo —gritó Davin por el intercomunicador del *Jumper* mientras aplicaba un bálsamo curativo a la quemadura de Merc y le daba una pastilla analgésica al piloto—. Necesito estabilizar a Merc.

—Yo puedo disparar —dijo Eightsix, apareciendo en la puerta de la enfermería.

—Entonces dispara —respondió Davin—. ¡Ocupa una torreta!

Merc gimió y se concentró en Davin.

—No, no lo hagas. Necesitamos hasta la última bala.

—Entonces diles a tus amigos que dejen de perseguirnos —dijo Davin, pero los ojos de Merc perdieron el foco. El piloto había estado bordeando el límite de la consciencia. Aun así, podría tener razón—. ¡Eightsix!

La androide volvió a asomar la cabeza.

—Dispara para inutilizar, no para matar.

—Eso será difícil.

—Ingéniatelas —dijo Davin—. Creo que ya tenemos suficientes enemigos ahora mismo.

Un procedimiento de cinco minutos se convirtió en diez mientras Phyla sometía al *Jumper* a una maniobra tras otra, zarandeando a Davin. Erick, que había sido el oficial médico de los Wild Nines durante mucho tiempo, seguramente habría tenido técnicas para mantenerse estable. Davin se tambaleaba como un muñeco de trapo, usando manos y pies para mantenerse orientado y sintiéndose incompetente todo el tiempo.

—Ahí tienes, cabrón, esto debería mantenerte vivo —dijo Davin cuando terminó de aplicar el resto del bálsamo.

La zona donde Merc había recibido el impacto del rayo ya no se veía roja, negra y arrugada. Untada con una crema color melocotón, la medicación ya había comenzado a descomponer la piel muerta, liberando otras células para que iniciaran sus reparaciones. El escáner unido a la camilla de la enfermería sugería que Merc saldría bien parado, siempre que nadie le diera otro disparo en el pecho próximamente.

—¡Davin! —dijo Phyla—. ¡Nos están acorralando!

El capitán se impulsó fuera de la enfermería, haciendo una mueca ante las palabras de Phyla. Los rebeldes se acercarían al *Jumper* desde todos los ángulos, cortando las rutas de escape hasta que, rodeados y sin esperanza, no tuvieran más remedio que rendirse. Escapar de una caja requería o bien una nave más rápida que el enemigo —improbable con los cazas rebeldes— o bien abrirse paso a tiros.

Sin embargo, Davin no había sentido estremecerse al *Jumper*. No había alarmas estridentes que indicaran que los escudos estaban bajo fuego. Los rebeldes querían a Merc vivo. Querían, quizás, también ese contenedor. Si Davin le dijera a Phyla y a Eightsix que intentaran matar, esa ecuación podría cambiar. Y sin una tripulación completa, el *Jumper* no resistiría bien en un tiroteo prolongado.

Quizás no tendría que hacerlo.

—¡Eightsix! —gritó Davin—. ¡Deja la torreta y ven aquí!

La androide, con más rapidez de la que Davin esperaba, subió como un rayo desde la torreta inferior y se unió a Davin frente a su idea: el contenedor negro y amarillo.

—¿Quieres usarlo? —preguntó Eightsix.

—Ni siquiera sé qué es —respondió Davin—. Pero si los rebeldes lo quieren, y Eden lo quiere, entonces tiene que ser bueno.

—¿Y la llave?

—¿Ni siquiera te importa que esté pensando en abrirlo? ¿Esa cosa que intentas conseguir?

El rostro inexpresivo de Eightsix no reaccionó.

—Mi misión es entregar el contenedor, su contenido y la llave. Nada prohíbe usarlo para lograr esa misión.

—Entendido —dijo Davin, y luego se palmeó la pierna donde estaba la llave, esperando que estuvieran lo suficientemente cerca de Calisto para evitar que la llave explotara—. ¿Crees que puedes hacer una cirugía precisa?

Eightsix asintió.

—¿Listo?

—Hazlo.

Davin no se consideraría un experto en procedimientos quirúrgicos, ni en medicina en general, pero estaba bastante seguro de que se suponía que debían explicar al paciente lo que iba a suceder. Que las cosas debían llevar un poco de tiempo, avanzar gradualmente para minimizar las complicaciones.

Eightsix optó por la velocidad.

La androide extendió el brazo, agarró el hombro de Davin con su mano izquierda para mantenerlo quieto. Los dedos robóticos, incluso recubiertos de piel, se clavaron con fuerza. Antes de que Davin tuviera la oportunidad de quejarse, la mano derecha de Eightsix fue hacia el muslo de Davin. Sintió un destello doloroso, como el corte de un cuchillo, seguido de un tirón.

—Aquí —dijo Eightsix, sosteniendo en alto la ensangrentada llave—. Ábrelo.

En lugar de eso, Davin presionó una mano sobre su nueva herida, sintió la calidez mientras lo que debería haber estado dentro de su cuerpo se escapaba.

—Podrías haberme avisado —suspiró Davin, mezclando el alivio por su continua existencia con el dolor de su continua existencia.

—Te pregunté si estabas listo. Dijiste que sí.

Malditos androides.

La frustración ayudó a Davin a superar el dolor, al igual que el anuncio de Phyla de que se había quedado sin espacio. Que tendría que apagar el *Jumper* o destruir a alguien pronto. Ninguna era una opción aceptable, así que Davin tomó la llave de la mano de Eightsix, intentó no pensar en que estaba sosteniendo algo cubierto con su propia sangre, y la metió en la cerradura del contenedor.

Con un alegre pitido totalmente discordante con la situación, los cierres del contenedor —tanto los visibles como los invisibles— se abrieron. La tapa hizo lo mismo, levantándose para revelar el secreto que había puesto a los agentes de Eden y a los rebeldes tras la pista de Davin.

Una esfera. Una esfera naranja con círculos plateados recortados a su alrededor, tal vez de medio metro de diámetro. Davin pensó que se parecía al robot de Viola, Puk, pero de un color diferente y sin las diversas herramientas de ese robot. No presentaba cañones, paquetes de energía o, diablos, bordes afilados.

Si esto era un arma, Davin no sabía cómo empuñarla.

Eightsix aprovechó la indecisión de Davin y levantó el objeto de su contenedor y de la espuma protectora negra que lo mantenía a salvo. Los motores del *Jumper* se ralentizaron y se apagaron.

—¿Alguna idea? —dijo Davin, ya tratando de pensar en formas de justificar la lesión de Merc y el ataque de Eightsix de manera que convenciera a los rebeldes de dejarlos vivir—. Porque se nos ha acabado el tiempo.

—Hay una hendidura aquí —dijo Eightsix—. Si presiono esto, creo que el arma se activará. Existe cierto riesgo de que pueda destruirnos.

—Ese siempre es un riesgo —dijo Davin—. Esa cosa no se parece a ninguna bomba que haya visto. Pulsa el botón.

—Desafortunadamente, mis parámetros de misión no me dan...

Davin le arrebató la esfera naranja a la androide, la encontró más pesada de lo esperado, y logró poner un dedo ensangrentado sobre el botón. Lo presionó y escuchó un clic.

Los patrones plateados de la esfera comenzaron a moverse, como serpientes sinuosas que se desplazaban, cruzándose entre sí. Las líneas se movían bajo los dedos de Davin y no sentía nada, como si la esfera tuviera un escudo transparente que mantuviera alejado cualquier contacto. El único lugar donde las líneas plateadas no pasaban era el botón, que brillaba en un tono blanco azulado.

El pecho de Davin se iluminó cuando el botón de la esfera proyectó algo sobre él. Entrecerrando los ojos, Davin giró la esfera para que la proyección fuera directamente hacia arriba. En la bodega de carga, pareciendo una orden fantasmal, la esfera mostraba una cuenta atrás y una exigencia de apagar todas las comunicaciones.

El contador estaba en cinco. No había tiempo para debatir.

—¡Apaga las comunicaciones! —gritó Davin—. ¡No hables, solo hazlo!

Phyla sabría, debería saber por su voz que esto no era una prueba, no algo que cuestionar.

—¡Hecho! —respondió Phyla mientras el contador llegaba

a tres—. ¿Te importaría decirme por qué acabo de hacer eso? Nos están intentando contactar.

—Estamos a punto de averiguarlo —dijo Davin, sin gritar, absorto en las líneas plateadas.

El temporizador llegó a cero.

La esfera no explotó, no chilló ni disparó láseres por la habitación. Las líneas plateadas dejaron de moverse, se iluminaron intensamente como si algo dentro de la esfera estuviera explotando y Davin sintió que el objeto se calentaba. Casi ardiente.

Luego el brillo se desvaneció, la temperatura volvió a su estado frío habitual, y el botón que Davin había presionado saltó de nuevo. La proyección desapareció.

Lista para volver a funcionar.

—¿Qué ha hecho? —dijo Davin.

Eightsix no respondió. No se movió en absoluto. Su rostro estático, normalmente la única parte congelada de la máquina, ahora se correspondía con sus miembros inmóviles.

—Parece que se ha apagado —dijo Fournine a través de los altavoces—. No tengo claro por qué.

—¿Davin? —llamó Phyla—. Será mejor que vengas aquí.

—Mantén un ojo en las cosas, Fournine —dijo Davin—. Que nadie toque el arma hasta que averigüemos qué hace.

—¿Te das cuenta de que no tengo ninguna forma física de evitarlo?

—Piensa en algo. Eres un robot inteligente.

El capitán dejó caer la esfera en su lugar de reposo y saltó hacia la escalera, impulsándose hacia la entrada de la cabina. Davin entró y vio Calisto a través del parabrisas, su pequeño cuerpo azul extendiéndose abajo. Manchas oscuras, algunas grandes y otras pequeñas, salpicaban su superficie: naves rebeldes.

—Nos tenían rodeados —dijo Phyla—. Nos tienen, supongo, pero ya no se mueven. Todas sus luces están apagadas. Sus sistemas no nos están rastreando.

—Abre las comunicaciones —dijo Davin—. Veamos si podemos oír algo.

Pero nada cruzó las ondas. Phyla recorrió arriba y abajo las frecuencias, alcanzando todos los canales estándar. El único tráfico que pudieron captar provenía de las órdenes de atraque en el lado opuesto de Calisto. Veinte naves rebeldes alrededor de ellos, ¿y ni una sola se molestaba en transmitir?

Además, ¿veinte? Los rebeldes deben apreciar mucho a Merc. O querer el arma.

—Así que están muertos —dijo Davin—. Al menos, las naves lo están. No creo que hubiéramos sobrevivido si la gente no lo estuviera.

Phyla asintió lentamente, y Davin ocupó el asiento del copiloto. Por una vez, algo parecía haber funcionado. Aunque Davin no entendía cómo, el arma parecía haber inutilizado todas las naves a su alrededor.

—Si están apagadas, deberíamos largarnos —dijo Davin—. Encuentra un hueco y salgamos de aquí.

—De acuerdo —dijo Phyla, tecleando en la consola y reiniciando los motores—. Si esa arma puede dejar fuera de combate a tantas naves a la vez, y es tan pequeña...

—Eden podría simplemente barrer a los rebeldes. En cualquier enfrentamiento, podrían desactivar... —Davin se detuvo, pensando en Eightsix, congelada en la bodega de carga—. Fournine, ¿Eightsix ya está en funcionamiento?

—Sigue desactivada. No detecto señales de activación.

Davin asintió, se frotó la barbilla, tratando de analizar las probabilidades.

—Phyla, ¿estamos captando algún tipo de energía? ¿Motores, escudos, algo?

El *Jumper* comenzó a avanzar, con un impulso lento mientras Phyla giraba la nave hacia el espacio profundo.

—Nada —dijo Phyla—. Es como si todos fueran restos de naves.

Cuando el *Zephyr* había emitido su llamada de socorro,

Davin había respondido. Había arriesgado el *Jumper* para ayudar a Uros. Si el arma realmente había desactivado todas estas naves, no tendrían la oportunidad de enviar esa señal. Puede que ni siquiera tuvieran sistema de soporte vital, y todas sus tripulaciones podrían estar asfixiándose lentamente.

—Si nos vamos ahora —dijo Davin lentamente, tanto para sí mismo como para los demás—, todos podrían morir.

Phyla preguntó por qué y Davin expuso su razonamiento, y cuando terminó, ambos se quedaron en silencio en la cabina mientras el *Jumper* continuaba avanzando, pasando las naves rebeldes abandonadas.

—Creo que no me lo perdonaría si nos fuéramos —dijo Phyla suavemente—. Sé que no quieres tomar partido, Davin, pero ¿esto?

No había elección. No realmente. Incluso los mercenarios tenían que encontrar sus límites y mantenerse firmes.

—Reduce la velocidad —dijo Davin—. Encuentra el objetivo más cercano y esperemos que no nos maten cuando los salvemos.

CAPÍTULO 21
DE ENEMIGOS A AMIGOS

Acoplar manualmente con una nave muerta no era tan difícil. Phyla alineó la escotilla de la *Jumper*, cerca de la rampa en su lado inferior, con el casco rebelde más cercano y dejó que Fournine se encargara de los precisos impulsos necesarios para encajar todo. Con Eightsix aún fuera de combate, Davin tomó prestado el rifle de Phyla e intentó idear una forma de saludar a los rebeldes sin que le dispararan.

—¿Merc? —dijo Davin, deslizándose hacia la bahía médica—. ¿Estás despierto, chaval?

—¿Chaval? —murmuró Merc, con los ojos cerrados—. ¿Desde cuándo soy "chaval"?

—Siempre lo has sido —respondió Davin—. Aunque necesito tu ayuda para salvar a tus amigos.

Davin le puso al corriente, y vio cómo Merc se tensaba cuando describió el arma y sus efectos. A Davin le resultaba extraño pedir ayuda para salvar a sus aparentes enemigos, pero cosas más raras habían pasado en su vida. Lo que más importaba era si Davin podría mirarse a sí mismo.

El espejo no mostraría a un asesino sin corazón. No hoy.

—¿Quieres que me ponga delante? —dijo Merc—. Muy bonito, Davin. Usar al herido como escudo.

—Oye, sería más fácil marcharnos —replicó Davin—. Y cuanto más tardes en decidir si es sí o no, más posibilidades hay de que alguien se asfixie ahí fuera.

Esa amenaza fue suficiente para que Merc, con la ayuda de Davin, se desatara y flotara a patadas hacia la escotilla. Phyla dio luz verde y desbloqueó la puerta circular. Con Merc agarrado a su costado, Davin se inclinó, tiró de la escotilla hacia atrás. El rifle flotaba sobre el hombro de Davin, con la correa atando el arma a él, pero en una posición que no permitía un desenfunde rápido.

Los rebeldes no habían abierto la escotilla de su lado, aunque la *Jumper* confirmaba un sellado hermético.

—Si no pueden abrir la escotilla de su lado, esto no va a funcionar —dijo Merc.

—Mecanismos manuales —respondió Davin, introduciendo con cuidado a Merc en la esclusa y siguiéndolo—. Abrirán, solo necesitan saber que estamos aquí.

Un viaje de dos metros entre las dos naves a través del estrecho revestimiento plateado que se extendía desde la *Jumper* y se acoplaba a los enlaces estándar de la nave rebelde llevó a Merc y Davin hasta la escotilla rebelde. Normalmente, escáneres, alarmas y quién sabe qué más estarían emitiendo una señal de abordaje hacia los rebeldes, pero ahora mismo, quién sabía si los rebeldes tenían idea de lo que estaba ocurriendo.

De hecho, Davin no podía estar seguro de que el arma no hubiera matado a nadie en todas esas naves. Tal vez no solo las había desactivado, tal vez había hecho algo peor.

—¿Así que vamos a llamar? —preguntó Merc.

—Haces preguntas como si no hubieras estado con los Wild Nines, chaval —dijo Davin—. Siempre improvisábamos, ¿recuerdas?

—Recuerdo que nos metió en problemas más veces de las que funcionó.

—Entonces tú y yo recordamos de manera muy diferente —dijo Davin, y entonces, apoyándose contra la esclusa para evitar que cada golpe lo hiciera rebotar, llamó a la puerta de la escotilla. Una, dos, otra vez y otra.

Los golpes metálicos resonaron por la esclusa, pero Davin no tenía forma de saber si alguien los había oído en la nave rebelde. Después de cinco golpes sólidos, Davin se detuvo. Tomó aire. Esperó.

—Davin —dijo Merc mientras flotaban juntos en el tubo plateado—. Aunque todo esto sea culpa tuya, gracias por el rescate.

—Supongo que es una forma de decirlo.

—No puedo creer que tu androide me disparara. —Merc miró su pecho—. Opal va a estar tan enfadada.

—Eightsix no es mía —dijo Davin—. Es de Eden.

—Vaya. ¿El señor que no toma partido tiene una androide de Eden trabajando con él?

¿Cómo explicar los eventos que habían llevado a Eightsix a noquear a un escuadrón rebelde y disparar a Merc? Davin podía o bien tropezar con un discurso interminable, o tomar el camino rápido.

—Robasteis mi contenedor. Ella se ofreció a recuperarlo.

Merc resopló.

—¿Y una vez que consiga esa arma para Eden? ¿Crees que se marchará y te dejará vivir?

—Oye —dijo Davin—. No todo el mundo tiene que morir siempre. Algunos tratos simplemente se cierran y ya está, ¿sabes?

—No pensaba que uno se volviera más ingenuo con la edad, pero siempre has demostrado que la gente se equivoca, Davin.

Las réplicas se agolpaban en los labios de Davin, pero antes de que pudiera escapar una sola, llegaron unos clics desde la escotilla de la nave rebelde. Un golpe cuando un cerrojo se abrió. Merc y Davin se quedaron callados, el capitán dando una ligera patada para colocarse detrás de Merc. No porque quisiera la protección, sino porque era lo más inteligente: dejar que vieran primero una cara amiga.

La escotilla se abrió apenas una rendija. Los rayos láser no atravesaron inmediatamente, una victoria definitiva. No es que volar la esclusa ayudara mucho a ninguna nave, pero convertiría a Merc y Davin en carámbanos sellados al vacío.

—Te toca —susurró Davin.

—Soy Merc —dijo el piloto de combate, hablando alto y sonando solo un poco resentido—. La gente que ha desactivado vuestra nave quiere salvaros. Así que salid, y no disparéis cuando lo hagáis, porque me daréis a mí, y ya me han disparado una vez hoy.

—¿Merc? —llegó una voz desconfiada desde el otro lado de la escotilla—. ¿Es esto una trampa?

—No es una trampa —dijo Merc—. Al menos esta vez no.

El tira y afloja continuó, en un momento dado derivando en un intercambio de palabras clave que Davin no pudo seguir. Finalmente, los rebeldes abrieron la escotilla. Primero dos se unieron a Davin y Merc en la esclusa y confirmaron que el arma de Eden había anulado completamente sus sistemas. Y no de una manera que se pudiera arreglar con un simple reinicio.

—Un virus —le dijo Davin a Phyla, más tarde, mientras pilotaban la *Jumper* hacia la siguiente nave en la fila, un pequeño caza de un solo ocupante—. Eso es lo que piensan. Cualquier tecnología con una comunicación abierta en el alcance recibe el impacto y borra todo lo que toca. Simplemente devora todos los datos.

—Así que los ordenadores se convierten en pisapapeles.

—Exacto, no es que la energía no funcione, es que las máquinas no saben qué hacer cuando llega —dijo Davin. No se consideraba un experto en cómo una nave espacial moderna se mantenía en funcionamiento, pero ciertamente requería más que un simple interruptor—. Seguían intentando reiniciar todo, pero no había nada que reiniciar.

Davin se inclinó hacia delante, miró al pequeño caza y a su piloto mientras la *Jumper* se acercaba, luego la nave desapareció cuando Phyla colocó la escotilla en posición. Júpiter entró en su campo de visión, sus líneas arremolinadas corriendo sus eternas carreras. ¿Cuántos programas de los que dependían los humanos eran como esas tormentas? Siempre funcionando, siempre trabajando. ¿Qué pasaría si se apagaran, se borraran?

—Eightsix —dijo Fournine, interrumpiendo la conversación—. Todavía no se ha activado.

Las inflexiones habituales de Fournine oscilaban entre el sarcasmo y la sospecha sobre alguna decisión que Davin estaba tomando. Esta vez, Davin podría jurar que oyó preocupación. Y si el ordenador de su nave se preocupaba por Eightsix, entonces no estaba prestando toda su atención al acoplamiento, o a las tripulaciones rebeldes que invadían la bodega de la *Jumper*.

—No soy Trina —dijo Davin—, pero echemos un vistazo. ¿Crees que puedes encargarte de las cosas aquí arriba, Phyla?

—Estoy bastante segura de que puedo pilotar entre un montón de naves muertas, Davin, pero gracias por la confianza.

—De nada. —Davin le hizo un gesto con el pulgar hacia arriba y recibió dos ojos en blanco a cambio mientras abandonaba la cabina.

Eightsix había sido relegada a un lateral de la bodega de carga mientras los rebeldes rescatados deambulaban por la zona principal. Merc hablaba con varios, mientras los otros navegaban en sus comunicadores, recogiendo cualquier dato que los satélites de noticias de Calisto emitieran. Cuando Davin comenzó a bajar por la escalera, unos pocos miraron en su dirección, pero ninguno se acercó. No volaron insultos ni amenazas.

Merc debía de haberles hablado, establecido las reglas. Algo que el piloto de combate nunca habría hecho antes. Siempre había sido el petardo de los Wild Nines, listo para meterse en problemas tan pronto como los encontraba, y a veces incluso antes. No alguien a quien Davin hubiera elegido como líder, no alguien que considerara el panorama más amplio más allá de su próximo objetivo.

Sin embargo, aquí estaba Merc, desafiando las expectativas de Davin. ¿Podía Davin estar orgulloso y enfadado con Merc al mismo tiempo?

Aparentemente sí podía.

La gravedad cero tenía ventajas: principalmente, Davin podía tirar del cuerpo metálico inerte y pesado de Eightsix hacia el taller lleno de trastos sin demasiado esfuerzo. El espacio, dominado por un largo banco de trabajo con herramientas integradas en la pared de atrás, había caído presa de la apatía de Davin y Phyla, con artículos aleatorios comprados o, más frecuentemente ahora, ganados en las carreras de balas de Phyla, apilados en montones. Davin los había atado con cables que se enchufaban a abrazaderas magnéticas, pero maniobrar por el espacio seguía haciendo que Eightsix rebotara contra una pila tras otra.

—¿Qué vas a hacer? —dijo Fournine—. No recuerdo que tuvieras aptitudes mecánicas específicas.

—Voy a darle descargas a Eightsix unas docenas de veces, a ver qué pasa.

—No lo harás.

No, no lo haría, pero la atención de Fournine le dio una idea a Davin. Miró alrededor del banco de trabajo hasta que vio lo que quería: un cable de conexión que se enganchaba a la red de la *Jumper*. Una consola polvorienta a la derecha permitiría a Davin hurgar, pero, como señaló Fournine, Davin no sabría qué hacer dentro de la mente de un androide.

Pero Fournine sí.

—Voy a conectarte con Eightsix —dijo Davin, moviendo el cable y conectándolo en la ranura, oculta tras una solapa, en el cuello de Eightsix. Después del baile, después de Fournine y todos los dispositivos con los que Davin había tratado, había aprendido los lugares obvios para los botones—. Cuando estés dentro, mira si puedes averiguar cómo funciona el arma, y si puedes traerla de vuelta.

—¿Y si copio mis propios datos en su cuerpo, Davin? —dijo Fournine—. Podría usar a Eightsix para recuperar mi forma física, y luego ejecutar mi venganza planeada desde hace tiempo.

—Claro —respondió Davin, iniciando la consola y soplando el polvo—. Si nos quisieras muertos, podrías simplemente abrir la escotilla al vacío y dejarnos explotar.

—Una buena idea.

Davin hizo una pausa, miró hacia el altavoz del taller.

—Si nos matas, nunca sabrás quién se va a hacer cargo de una nave vacía como esta. Seguro que serían unos capullos y te borrarían.

—¿Mejor los capullos que conozco que los que no conozco, Davin?

—Exactamente.

La consola indicó que Davin había conectado efectivamente el cable a Eightsix, pero, según los antiguos diagnósticos de Trina, la androide estaba muerta. Sin actividad, nada que mostrar para hurgar. Como si toda su estructura de archivos hubiera desaparecido. Davin tecleó, ejecutando el comando para pasar los puertos de la consola a Fournine.

—Vale, colega, te toca —dijo Davin—. Hazme saber lo que encuentres.

Davin se apartó de la consola, que, con sus pantallas cambiando rápidamente mostrando jerga de programación, indicaba que Fournine había tomado el control.

—Davin —dijo Merc, sosteniéndose en la puerta hacia la bodega de carga—. Hemos salvado a otro piloto.

—¿Ah, sí? ¿Este también quiere matarme?

—No exactamente —respondió Merc—. ¿Has decidido qué vas a hacer, una vez que nos tengas a todos aquí dentro?

—Paso a paso. —Davin asintió hacia la androide inmóvil—. Intento recuperar a Eightsix.

—Claro. —Merc no parecía que le importara en absoluto, lo cual, considerando que la androide le había disparado, tenía sentido—. Tal vez quieras darte prisa.

—¿Me vas a decir por qué?

Merc esbozó una sonrisa agotada.

—Opal viene de camino, y cuando descubra que has hecho que me disparen, no va a estar contenta.

Davin hizo una mueca. La gente en el lado malo de Opal solía acabar muerta, o algo peor.

—Davin —anunció Fournine mientras el capitán se frotaba las sienes para evitar un inminente dolor de cabeza—. Puedo salvarla.

Oh, hurra.

CAPÍTULO 22
LA CAUSA

El secreto para restaurar a Eightsix se convirtió en el bálsamo para recuperar las naves rebeldes. Fournine copió los sistemas operativos centrales del *Jumper* y, una a una, Phyla y las tripulaciones rebeldes abordaron, instalaron y reiniciaron sus naves. El ajuste no era perfecto —un caza funcionando con el código de un carguero no sería tan ágil—, pero el soporte vital se activó, las luces brillaron y los motores arrancaron. Por ahora, según Merc, eso sería suficiente.

Para Davin, esa decisión la tomaría la recién llegada.

Opal y su flota, que aparentemente ya orbitaban Júpiter y amenazaban Galaxy Forge alrededor de Ganímedes, se habían desviado para reunirse con Merc y echar un vistazo al arma capturada. Phyla dio el aviso cuando las naves se aproximaron, una sólida colección de fragatas capturadas y, cortesía del improvisado astillero rebelde cerca de Saturno, nuevas.

Por mucho que Davin creyese que vivía en una época maravillosa, la tecnología humana aún tenía un largo camino por recorrer para alcanzar las maravillas vistas en tantas películas y leídas en tantos libros. Cuando se unió a Phyla en la cabina de mando, con el *Jumper* acoplado a otra corbeta rebelde averiada, Davin hizo que Fournine creara modelos de naves rebeldes basados en los datos del radar y negó con la cabeza.

Nadie diría que el *Whiskey Jumper* era una nave hermosa. Su voluminosa bodega de carga rodeada de módulos mal conectados garantizaba que siempre se la asociaría con la funcionalidad por encima de la forma. Lo mismo ocurría con la mayoría de las naves construidas por humanos, excepto los cazas, esbeltos por necesidad. Incluso con ese listón tan bajo, los cruceros rebeldes no lo alcanzaban.

Masas cuadradas entremezcladas con metal, las naves habían sido construidas obviamente utilizando material extraído de los anillos de Saturno. Grandes rocas capturadas y soldadas entre sí abarataban la construcción en comparación con la fabricación de cada elemento a partir de materias primas, pero no hacían mucho por la estética.

—¿Crees que esa es la suya? —preguntó Davin, señalando hacia la mancha más grande en el radar.

—Opal nunca ha sido muy ostentosa —respondió Phyla—. ¿Crees que se pondría en el objetivo más grande?

—Creo que tus opciones cambian cuando eres líder, y no francotiradora.

Phyla asintió y miró a Davin.

—Yo no los habría abandonado.

A los rebeldes.

—Lo sé —respondió Davin—. No quería hacerles daño, Phyla. Pensé que te habían hecho daño a ti.

—Merc nunca lo haría.

¿No lo haría, por su causa? Pero Davin no dijo eso. Por una vez, por ahora, había aprendido a guardarse algunos pensamientos.

—Me alegro de que vaya a estar bien —dijo Davin, un final flojo pero seguro—. ¿Tú estás bien?

Phyla extendió la mano, tomó la de Davin.

—Hemos estado dando tumbos, Davin. Corriendo de un lado a otro. Yo he estado disparando balas, tú has estado vaciando copas. No funciona como antes. —Apretó su mano—. Tomé una decisión, en ese almacén con esos soldados. Estaban luchando por algo en lo que creían. Y voy a ir con ellos.

Terminó la pregunta con la mirada. Esa mirada de voluntad férrea que siempre había cautivado a Davin desde la primera vez que se conocieron, cuando las elecciones eran entre dónde jugar, qué fantasía adoptar para la tarde.

Los negocios primero. Davin seguía llamando a eso su ideología. Persiguiendo contratos y acuerdos. Pero cada vez que el destino lo presionaba sobre ese punto, Davin había ido en la dirección contraria. Europa, Miner Prime, en la Tierra. Si no podía ceñirse a un credo, entonces ¿por qué molestarse en repetirlo?

—¿Te importa si me uno a vosotros? —preguntó Davin.

La leve sonrisa de Phyla decía que no le importaría.

—Nos están llamando —anunció Fournine de la nada—. Parece que esa nave grande, que calculo que es más que capaz de destruirnos sin esfuerzo, está intentando comunicarse.

—Gracias, Fournine —Davin se pasó una mano por el pelo y esbozó una sonrisa arrogante—. Ponla en pantalla.

Si Merc había sido el payaso del Wild Nines, Opal había sido su guardiana vigilante. Había llegado al equipo mercenario después de una violenta temporada con Eden reprimiendo levantamientos marcianos, y después de la batalla en la Tierra, había cambiado de bando y se había unido a los mismos rebeldes a los que una vez disparó desde lejos.

Cuando Opal apareció borrosa en la pantalla de la cabina, Davin notó que el ambiente militar no le sentaba bien. Claro, Opal tenía su normalmente encrespado cabello recogido con fuerza, llevaba algo parecido a un uniforme rebelde —rojo intenso, en contraste con el verde de Eden— y parecía estar de pie en un puente de mando legítimo. Sin embargo, Davin vio sus hombros tensos, cómo sus manos, incluso con los brazos cruzados, buscaban algo a lo que agarrarse. Opal se mantenía demasiado erguida, como si alguien estuviera juzgando su postura.

A pesar de todo, Davin reconoció a la soldado competente, la mujer valiente que no dudaría en lanzarse a una pelea mortal por sus amigos.

—Davin —dijo Opal—. Voy a matarte.

Así que alguien le había contado lo de Merc.

—Está bien, Opal —respondió Davin—. Una pequeña cicatriz. Nada grave.

Los ojos de Opal se entrecerraron.

—¿De qué estás hablando?

Oh.

—¿De qué estás hablando *tú*? —replicó Davin.

—De mis naves, que aparentemente desactivaste justo antes de que las vayamos a necesitar —dijo Opal—. Cuando Merc dijo que vendrías por aquí, esperaba problemas, pero no tantos.

—Bueno saber que todavía tengo reputación.

—De darme dolores de cabeza —dijo Opal—. Todavía no me he puesto al día con todo, pero no tenemos mucho tiempo antes de que llegue Eden. Una vez que termines de limpiar tu desastre, y hazlo rápido, trae el *Jumper* aquí. Tengo preguntas, y más te vale tener respuestas.

—En realidad —dijo Davin—, si Eden viene, podría dejaros resolverlo entre vosotros.

Phyla le dio un codazo en el brazo. La causa. Cierto.

Davin ya se estaba arrepintiendo de esta decisión. Los ojos entrecerrados de Opal no ayudaban.

—Con eso quiero decir que, claro. Iremos enseguida.

—Bien —respondió Opal—. Y Davin, si has herido a mi marido, de verdad que te mataré.

Una vez más, Davin tenía a Merc liderando el camino.

Phyla encajó el *Jumper* en el único muelle de acoplamiento del buque insignia rebelde —un indicador de que aunque la nave tenía tamaño, no resistiría comparación con los mayores cargueros de la humanidad y los propios buques de guerra de Eden— y el trío, junto con una Eightsix que aún se estaba configurando, desembarcó. El androide llevaba el contenedor del arma, con la esfera de Eden guardada dentro.

Opal, flanqueada por dos guardias de aspecto intenso, esperaba en el muelle. Merc, moviéndose lentamente, fue a darle un abrazo manteniendo distancia mientras Davin observaba cómo la reacción de Opal pasaba del alivio a la furia al notar el pecho vendado de Merc.

—¿Davin te hizo esto? —preguntó Opal al piloto, sin molestarse en reconocer a Davin o a Phyla.

—Técnicamente, el androide me disparó —dijo Merc, señalando con la cabeza hacia Eightsix—. Es una máquina de Eden, pero el arma la confundió tanto que está prácticamente muerta ya.

—Supongo que no puedo enfadarme demasiado si tu equipo perdió contra un androide —dijo Opal, y luego pasó un único y amoroso pulgar por la mejilla de Merc—. Pero *sí* puedo enfadarme cuando un viejo amigo decide enviar un robot asesino contra ti.

Merc se apartó, lanzando un encogimiento de hombros a Davin por detrás de la espalda de Opal mientras la comandante rebelde volvía a mostrar un rostro de acero y se dirigía hacia él.

—Oye, Merc se llevó a Phyla —Davin buscó otra expresión encantadora, optando en su lugar por una desarmada e inofensiva—. Tenía que recuperarla. No sabía que estaría a salvo.

—Y en lugar de preguntar, llegaste con las armas preparadas —dijo Opal, poniéndose a la altura de Davin. Le clavó un dedo en el pecho con firmeza—. Tengo unas docenas de soldados heridos, tanto de Calisto como por esa arma de ahí.

No puedo permitírmelo, Davin. Y no puedo permitirme perder a Merc.

—No quiero ser un imbécil, Opal, pero Merc empezó todo esto. Él y Uros cogieron el contenedor en Deimos. Sin eso, nada de esto habría ocurrido.

Opal ladeó la cabeza y habló con frialdad:

—Por lo que he oído, perdiste una apuesta. Por lo que *veo*, insististe yendo tras Merc, y ahora estás aquí. Atrapado con nosotros. Así que voy a darte una oportunidad.

Mejor que matarlo, al menos.

—Eden viene rápido. No saben que tenemos su arma —dijo Opal—. Vas a ayudarnos a usarla y destruir su flota. Si los detenemos aquí, creo que hablarán. Te llevaste a mis soldados, ahora tienes la oportunidad de devolvérnoslos.

A veces tienes la oportunidad de marcharte, a veces puedes mantener tus principios e irte cuando alguien te amenaza. Otras veces, tienes soldados apuntándote con armas a la cara.

—Entonces hablemos —dijo Davin.

Planear cómo enfrentarse a una fuerza de Eden no se hacía mejor en un muelle de acoplamiento, así que el grupo, junto con parte del personal de Opal que Davin no conocía, se retiró a una sala de reuniones. Los orígenes rocosos del buque insignia se hacían evidentes en el techo de la sala, alisado pero muy natural. Las medidas de ahorro también se notaban: sin moqueta, sin arte. Cada espacio de pared que lo permitía, sin embargo, tenía una pantalla que, a medida que el grupo entraba, mostraba composiciones estratégicas.

Davin nunca había estado en una situación militar como esta, principalmente porque Eden había sido la única opción durante tanto tiempo. Cualquiera que luchara contra ese Goliat tendía a ser aplastado antes de que pudiera formar algo parecido a un ejército.

El grupo se acomodó alrededor de una larga mesa de cristal grueso, que funcionaba en conjunto con las pantallas para mostrar el teatro de operaciones. Las naves rebeldes de Opal se proyectaban como un nido de avispas cerca de la mole de Calisto en el extremo norte de la mesa. Opal, Merc, Davin y Phyla se sentaron allí mientras otros rebeldes ocupaban los sitios restantes. Dejaron a Eightsix en el *Jumper*, donde Fournine podía seguir reconstruyendo su código.

Los oficiales expusieron su mejor estimación sobre el tamaño de la fuerza de Eden, que resultaba ser tan superior a lo que los rebeldes podían reunir que Davin no pudo evitar reírse.

—Lo siento —dijo Davin cuando las miradas se dirigieron hacia él—. No hay forma de que ganéis esta. Pensaba que vuestra táctica no era enfrentaros directamente a Eden. ¿No se supone que debéis atacar desde las sombras o algo así?

—Lo haríamos —respondió Opal—. Excepto que el arma tiene la posibilidad de darnos una victoria que no podríamos conseguir de otra manera.

—Claro, el golpe definitivo —dijo Davin—. ¿Y si no funciona?

—Acaba de dejar fuera de combate todas esas naves —dijo Phyla—. ¿Por qué no iba a funcionar?

—No tengo ni idea, solo digo que estáis arriesgando mucho confiando en que esto va a salir como queréis.

—Si mal no recuerdo —dijo Opal—, antes eras un aficionado a los riesgos.

—Diferentes apuestas —replicó Davin—. Mi vida, el *Jumper*, eso no es nada comparado con todo lo que tenéis aquí.

—Te agradecería que no me olvidaras en tus ecuaciones —añadió Phyla.

—Y yo te recuerdo que tengas en cuenta tu lugar aquí —dijo Opal—. Vamos a contarte el plan, y vas a seguirlo.

Davin no necesitaba preguntar qué pasaría si decía que no. Opal tenía ahora un tipo diferente de voluntad. Esto no era una broma, no era un contrato. Había adoptado la causa rebelde y, con ella, la disposición de hacer lo que fuera necesario para tener éxito.

No se juega con alguien así.

Y sin embargo, mientras él y Phyla se sentaban en la cabina del *Jumper*, activando los motores con los rebeldes desplegados detrás y la fuerza de Eden cubriendo el radar por delante, Davin empezó a desear haber elegido un camino diferente.

—¿Listo? —dijo Phyla, mordiéndose el labio inferior mientras impulsaba el *Jumper* hacia adelante—. Están a tiro.

—¿Aún me quieres?

—Nunca dejé de hacerlo.

—Entonces estoy listo —dijo Davin—. Enciende la radio y veamos si podemos salir vivos de esta.

CAPÍTULO 23
TRAMPAS

Lanzarse directamente a la batalla habría sido un suicidio para la flota rebelde. Sin contar con la nave insignia de Opal, el resto de las naves improvisadas carecían del pulido y la destreza de Eden, por no mencionar las armas. Por encima de todo, las naves rebeldes que Davin había alcanzado con el arma secreta, aproximadamente un cuarto de su flota, solo funcionaban parcialmente. Las tripulaciones ahora tenían que operar manualmente la mayoría de los sistemas en esas naves, lo que no funcionaría bien en un intenso tiroteo.

Nada de eso importaría si Davin y Phyla lograban completar su misión. Incluso las naves semifuncionales podrían vencer a las deshabilitadas. La mayoría de los artilleros manuales deberían poder acertar a una nave varada en el espacio.

—Así que estás diciendo que todo depende de nosotros, otra vez —dijo Davin mientras la *Jumper* seguía acercándose al núcleo de la flota de Eden.

Ya habían realizado el contacto inicial, explicando la historia acordada: la *Jumper* había llegado a Calisto como estaba previsto, se había encontrado con una emboscada rebelde, y había despegado bajo fuego, ahora estaba huyendo y buscando protección.

Yuan, el almirante de Eden que se erguía alto en la nave insignia, no pareció muy sorprendido a través del holograma del comunicador. De hecho, si Davin tuviera que adivinar, Yuan había parecido tan tranquilo con los acontecimientos que era como si ya hubiera oído hablar de ellos.

Amado podría haberle informado a Yuan.

—¿No es ahí donde acabamos de decir que queríamos estar? —respondió Phyla—. ¿Justo en medio?

—Yo personalmente esperaba un lugar en la periferia —dijo Davin—. Ofrecer apoyo, correr poco riesgo a cambio.

—Eso no funciona así para nosotros.

—Ya me he dado cuenta —dijo Davin—. ¿Están listos los motores? Si esto no sale bien, vamos a tener que salir corriendo como alma que lleva el diablo.

—Por una vez —dijo Phyla—, la *Jumper* está bastante bien. No hemos recibido fuego enemigo real en, casi no puedo creerlo, dos años, Davin. Dos años enteros.

Desde aquel percance transportando baterías de protones desde Miner Prime a Titán. Davin lo recordaba, un grupo de piratas buscando un carguero solitario que había encontrado más de lo que esperaba. Los piratas aún podrían estar perdidos en el espacio abandonado, a la deriva en el cinturón de asteroides. Al menos, Davin esperaba que así fuera.

—Eden está llamando de nuevo —anunció Fournine—. ¿Los pongo en comunicación?

—Fournine, si no lo haces probablemente estaremos muertos, así que sí, comunícanos —respondió Davin.

El rostro de Yuan volvió a formarse en el parabrisas de la cabina. La opción de holograma completo obstaculizaba la vista, pero Phyla pilotaba más por sistemas que por visión directa de todos modos. Los sectores abarrotados, con naves fluyendo en todas direcciones, hacían que volar a simple vista fuera un plan seguro para estrellarse contra alguien, en algún lugar. Eden ya les había proporcionado un vector hacia la bahía de acoplamiento de su nave principal, así que Phyla ni siquiera estaba pilotando en este momento: Fournine tenía la *Jumper* bloqueada y en rumbo.

—Hemos verificado vuestra historia —dijo Yuan, lanzando a Davin una mirada fija que podía significar cualquier cosa—. Nuestras fuentes confirman que se suponía que debíais entregar el arma en Calisto, pero nunca hicisteis contacto en la luna. ¿Por qué?

—Los rebeldes nos estaban esperando. Al parecer tenéis una filtración —respondió Davin, manteniéndose en el amplio margen de la verdad—. La próxima vez que acepte un trabajo de Eden, pediré una prima para que valga la pena el riesgo.

—O quizás hicisteis demasiado ruido —replicó Yuan—. ¿No es esa una costumbre tuya?

—Oye, tu gente me eligió a mí. Ahora dejadnos deshacernos de este dispositivo y conseguir nuestro dinero, o podemos ver cuánto nos pagarán los rebeldes por él. Tú decides.

Yuan le dio a Davin una mirada de tres segundos mientras su nave se acercaba, dejando que Davin se cociera en sus propias palabras durante un instante antes de emitir un brusco asentimiento.

—Atracaréis y luego entregaréis el arma a la tripulación que os espera. Permaneceréis en vuestra nave hasta que hayamos acabado con las fuerzas rebeldes, momento en el que os interrogaremos —dijo Yuan—. Soy consciente de tu reputación, Davin Masters, y no toleraré ninguna desviación del plan. Si tomáis alguna acción que represente un riesgo para mi flota, no dudaré en destruiros a ti y a tu nave.

—¿No decías que querías esta arma que llevamos? —preguntó Davin.

—Las herramientas pueden reconstruirse. Las vidas no. —Yuan miró fuera de cámara—. Parece que nuestra batalla está a punto de comenzar. Hablaremos después del combate.

Yuan se disolvió, y su nave ocupó el lugar del holograma en el centro de la cabina. Detrás de la flota de Eden, el espacio profundo aguardaba. Davin supuso que habían dado saltos desde Ganímedes, eligiendo usar la rotación de la luna para acercar la flota rebelde y la propia nave de Davin hacia ellos mientras esperaban, listos para tender su trampa.

En cambio, los cazadores se habían convertido en presas. O algo así.

—Tiene que haber una mejor manera de decir eso —murmuró Davin.

—¿Decir qué? —preguntó Phyla.

—Nada —Davin echó un vistazo a la consola.

La *Jumper* se había movido dentro del alcance de comunicación de casi toda la flota de Eden. Esperar mucho más para desplegar el arma les pondría tan condenadamente cerca que, si el arma no funcionaba, estarían bien muertos.

—Supongo que es hora —dijo Davin, levantándose de su silla y alargando el brazo detrás de él, hacia donde la esfera naranja y plateada descansaba en una bandeja que habían asegurado desde la cocina. No era exactamente alta tecnología, pero era suficiente—. ¿Realmente quieres hacer esto?

—¿Intentar deshabilitar una gigantesca flota de Eden mientras estamos en medio de ella? —dijo Phyla—. Honestamente, Davin, cuando dije que deberíamos luchar por una causa, esto no era exactamente lo que tenía en mente.

—Yo tampoco —respondió Davin, y luego sonrió—. ¿Quieres abandonar?

Phyla negó con la cabeza.

—Bien. —Davin pulsó el botón del arma, y esas líneas plateadas se iluminaron y comenzaron a moverse de nuevo—. Porque ahora que estamos aquí, me gusta mucho lo que esto añadirá a mi leyenda. Davin, destructor de flotas. Suena bastante bien para mí.

—Eres ridículo —dijo Phyla, y luego tecleó un mensaje codificado hacia la flota rebelde para advertirles que sería mejor que apagaran sus comunicaciones rápidamente—. Vamos a quedarnos a oscuras.

Sosteniendo la esfera giratoria en sus manos, Davin se sintió un poco loco, un poco mareado por lo rápido que había pasado de transportar carga aleatoria a liderar un asalto encubierto contra la mayor organización del sistema solar.

Lo rápido que había pasado de ayudar a Viola a traicionarla.

Ese pensamiento detuvo a Davin en seco, mientras el temporizador proyectado sobre el arma seguía la cuenta atrás y la nave insignia de Eden se acercaba cada vez más. Ella había entrado con Davin sobre la Tierra, disparado el último tiro que detuvo a Bosser. Ahora Davin le estaba dando la espalda.

No. Estaba apoyando a sus otros amigos, los que habían estado con los Wild Nines durante más tiempo, los que habían mantenido a Davin con vida a través de innumerables misiones, emboscadas y desastres. No era culpa de Davin que todos hubieran acabado en bandos diferentes.

—¿Crees que Viola está en alguna de estas naves? —dijo Davin de repente, mientras el temporizador pasaba por sus últimos segundos.

—¿Viola? —dijo Phyla—. ¿Por qué? ¿No es ingeniera?

El temporizador llegó a cero. Desde la cabina, las luces que adornaban la gran nave insignia de Eden se apagaron. Si Viola estaba allí con Yuan, sin duda sabría exactamente lo que había ocurrido.

—Ha funcionado —dijo Davin—. Viola, espero que tu arma no te mate. Demos la vuelta y salgamos, Phyla.

—Ya lo hago.

La piloto giró el carguero, volviendo hacia una flota rebelde que había acelerado su ritmo, con cazas disparándose hacia adelante, seguidos por las fragatas rocosas. Todos corriendo hacia lo que había sido una fuerza mortal, y ahora no era más que metal muerto.

—No os alejéis demasiado —dijo Merc cuando Davin y Phyla volvieron a conectar sus comunicaciones—. Vamos a intentar inutilizar las naves. Puede que os necesitemos para transportar prisioneros.

El piloto se había encontrado un caza, se había puesto unas inyecciones para superar el dolor de su herida, y ahora lideraba un escuadrón mientras fluían alrededor de la *Jumper* y hacia las naves de Eden.

Davin empezó a replicar que esto no era parte del trato, antes de darse cuenta de que esto ya no era realmente un *trato*. Habían elegido un bando, y ahora tenían que jugar su parte.

—No nos quedemos demasiado cerca —dijo Davin, señalando las naves de Eden que habían estado fuera del alcance del arma, unas pocas dispersas que trataban de converger en el vulnerable centro de su flota—. Si la *Jumper* recibe algún disparo, seremos nosotros quienes paguemos las reparaciones.

—De acuerdo —dijo Phyla, y luego dirigió una suave sonrisa a Davin—. Sé que esto no ha sido fácil, así que gracias.

—¿Te refieres a arriesgar nuestras vidas y nuestra nave en un asalto a gran escala por una causa de la que no estoy tan seguro?

—Exactamente.

—Entonces de nada. Y, en el próximo lugar donde aterricemos, tú pagarás la cena.

Phyla se rió.

—Trato hecho.

La *Jumper* giró alrededor de la nave insignia de Opal, y Phyla la anidó en la cobertura rocosa. En el radar, vieron cómo el enjambre rebelde convergía sobre las grandes manchas de Eden. Sin cazas opositores, sin fuego contrario. El arma de Viola podría realmente cambiar el curso de toda la guerra aquí mismo.

En la consola, el escuadrón líder de Merc comenzó a hacer pasadas de ataque sobre la nave insignia de Eden. Davin imaginó que Yuan estaría en el puente, gritando a alguien, a cualquiera, para que volviera a poner en marcha la nave. Sin escudos, incluso los cazas más pequeños atravesarían las ventanas de la nave, sus estructuras y sus vastas baterías. Un buen disparo podría provocar una explosión que derribaría toda la nave.

Phyla sintonizó el comunicador en la frecuencia de transmisión rebelde, y oyeron a Merc anunciar que habían entrado en el alcance de tiro. Oyeron la orden de abrir fuego.

Silencio.

Luego gritos. Fuertes, angustiados, con una palabra que se distinguía mientras los pilotos rebeldes advertían que los escudos, los malditos escudos seguían activos y funcionando.

—Eso no es bueno —dijo Davin, lenta y gravemente.

Las palabras cambiaron, y la voz de Merc se escuchó fuerte y clara.

—¡Maniobras evasivas! ¡Encontrad a vuestros compañeros y permaneced juntos!

—Oh —suspiró Phyla—. Mira.

En el radar, empezaban a aparecer nuevos puntos. Cientos, mientras las naves de Eden expulsaban sus cazas aparentemente en perfecto estado. Los puntos rebeldes empezaron a desaparecer a medida que las naves abandonadas cobraban vida repentinamente, lanzando fuego contra naves rebeldes que no estaban preparadas para maniobras evasivas.

La *Jumper* se sacudió, y Davin vio florecer el naranja por la ventana de la cabina. Las rocas se rompían contra el casco de la *Jumper* mientras láseres y misiles se vertían sobre la nave insignia de Opal, una que se había colocado en posición para destruir un montón de naves muertas y ahora se encontraba rodeada de naves vivas.

—¡Pongámonos en movimiento! —dijo Davin—. ¡Este no es el lugar donde queremos estar!

—¿Cómo? —dijo Phyla mientras aceleraba los motores de la *Jumper* y alejaba el carguero de la nave de Opal—. ¿Qué está pasando?

—Lo sabían —dijo Davin—. Debían saber lo que el arma podía hacer, que existía la posibilidad de que la usáramos contra ellos.

Que Eden hubiera podido construir una defensa contra su propia arma secreta no sorprendió demasiado a Davin. Que hubieran sido capaces de desplegarla tan rápido, que hubieran esperado que Davin la usara cuando la tenía... Eso sugería algo completamente distinto.

Un complot. Una estafa. Una forma de sacar a los rebeldes a la luz, y aplastarlos.

Más escombros salían de la nave de Opal mientras recibía fuego desde todos los flancos. Los rebeldes devolvían lo que podían, y Davin vio cómo varias naves ligeras de Eden se rompían, pero esas eran pérdidas simbólicas. La propia nave masiva de Yuan se abalanzaba sobre la flota rebelde, infligiendo devastación a medida que se acercaba a una proximidad asesina.

Los rebeldes no iban simplemente a perder. Eden los masacraría.

—Phyla —dijo Davin mientras la *Jumper* apuntaba hacia atrás, de vuelta a Calisto—. Dijiste que querías unirte a una causa, sin importar qué, ¿verdad?

Ella asintió.

—Entonces da la vuelta —dijo Davin.

—No podemos hacer nada respecto a la batalla.

—Quizás no, pero podríamos asegurarnos de que haya otra.

CAPÍTULO 24
LA BATALLA. LA GUERRA

La humanidad se lanzó a las estrellas como un perro a su comida, abandonando la Tierra para atravesar el sistema solar con un ansia desmedida de ganancias. Surgieron enfrentamientos cuando aspirantes a colonos reclamaban esta luna o aquel asteroide para sí mismos; los más astutos se unieron entre sí y juntaron sus naves para formar flotas heterogéneas. Los gobiernos de la Tierra finalmente comprendieron que los conflictos sin ley no eran el mejor camino a seguir, y de ese esfuerzo nació Eden, cubriendo los planetas con algo parecido al orden.

Ahora Eden hacía cumplir su directiva, reventando trozos de la nave de Opal en lo que, según calculaba Davin, era el primer gran conflicto espacial en la historia de la humanidad. Y era tan desequilibrado como pueden serlo las batallas.

Con los rebeldes sorprendidos y en una formación diseñada para abalanzarse sobre un enemigo indefenso, Eden aprovechó su ventaja. Davin vio cómo los puntos rebeldes desaparecían del radar mientras Eden declaraba su intención de no tomar prisioneros, de aniquilar a cada enemigo hasta que no quedara nada más que polvo espacial.

Lo cual, si Davin y Phyla estuvieran en una nave rebelde,

supondría un problema. El *Jumper*, sin embargo, no estaba alineado con ningún bando. Su designación de transmisión lo clasificaba como neutral, siempre y cuando Yuan no pintara una diana en sus espaldas.

—Debería estarnos agradeciendo —dijo Phyla—. Somos nosotros los que preparamos su trampa.

—No es mala idea —respondió Davin—. ¿Y si cambiamos de bando?

Phyla le lanzó la mirada más gélida, y Davin levantó las manos.

—Solo bromeaba —dijo Davin.

—Mucha gente está muriendo mientras tú bromeas.

—Entonces hagamos que sean menos —dijo Davin—. Empezando por aquí mismo.

La nave insignia rebelde absorbía el fuego de Eden como un faro, y Davin calculó que el navío no duraría mucho más. Ya estaban saltando cápsulas de evacuación de varias secciones como semillas, sus pequeños motores destacando contra el fondo lleno de láseres mientras comenzaban sus carreras hacia Calisto.

—Davin, no quiero cambiar de bando —dijo Phyla—, pero tampoco quiero morir hoy.

—Llévanos hacia la bahía superior, la que está cerca del puente —dijo Davin—. Los contactaremos, recogeremos a los pasajeros que podamos y saldremos de aquí antes de que todo se desmorone.

Un plan quizás optimista, pero Davin volvía a sentir ese subidón. Ese calor de adrenalina que venía con los momentos de acción. Lo había sentido en el almacén de Calisto, cuando fue a rescatar a Phyla, pero darle una paliza a Merc había acabado con la diversión. Era mejor involucrarse cuando estabas en el lado correcto, cuando podías llegar hasta el final.

Cuando Davin realizó la llamada a la nave insignia, mientras Phyla conducía el *Jumper* a través del laberinto de láseres y escombros, apareció el rostro borroso de Opal. Detrás de ella, el fondo difuso se iluminaba con chispas, y Davin creyó ver al menos un pequeño incendio. El humo envolvía su cara, que mostraba una expresión acosada en camino a la resignación.

—Davin, por favor dime que tienes otro truco bajo la manga —dijo Opal—. Si no, debería volver a dirigir mi retirada.

—No creo que vayas a tener mucho tiempo para eso viendo cómo pinta esto —dijo Davin—. ¿Qué tal si llevas a tu tripulación a la bahía superior y suben a nuestra nave antes de que la tuya estalle?

Algo sacudió la nave insignia, y los hombros de Opal se tensaron mientras recuperaba el equilibrio. Las alarmas detrás de ella se hicieron más fuertes, y Davin vio algunos cuerpos dirigiéndose ya hacia la salida.

—Los capitanes se hunden con sus naves —dijo Opal—. ¿No es así como va?

—Solo los malos —dijo Davin.

Alguien más propenso a la autocompasión podría haber aprovechado la invitación de Davin para lamentarse de la emboscada, para declarar que su propio mal liderazgo había causado el desastre. Opal había visto suficiente guerra para saber que victoria y calamidad eran gemelas que a menudo intercambiaban lugares. Tenías que aceptar lo que el destino te daba y seguir luchando.

—¿La bahía superior? —respondió Opal, asintiendo lentamente, quizás procesando la mejor ruta desde su posición actual hasta la siguiente—. De acuerdo. Vosotros traéis el transporte, nosotros estaremos allí para cogerlo.

La imagen de Opal se difuminó mientras Phyla volaba sobre la columna vertebral de la nave insignia. Desde aquí, Davin podía ver todo el conflicto, un campo de batalla destellante con las naves de Eden marcando las fronteras, encerrando a los rebeldes restantes.

—Merc sigue ahí fuera —dijo Phyla—. Cerca de esa fragata.

Davin casi había olvidado los cazas. Las pequeñas naves zumbaban en parejas y tríos, bombardeando naves más grandes o girando unas alrededor de otras en enmarañados combates aéreos. Los rebeldes, aquí, habían demostrado ser más tenaces que sus naves más grandes; su variado surtido de naves y pilotos humanos se desenvolvía mejor contra las legiones de drones de Eden.

Tocando su consola, Phyla destacó la nave de Merc, lo que colocó un pequeño corchete verde alrededor de su punto en el parabrisas de la cabina. El piloto hacía bailar su caza esquivando un láser tras otro, girando constantemente de un lado a otro mientras Merc buscaba y encontraba espacio para respirar por centímetros.

—No puede hacer eso para siempre —dijo Davin—. Tenemos unos minutos hasta que Opal llegue a la bahía. Démosle algo de cobertura.

Disparar láseres contra los cazas de Eden no haría mucho por la actual neutralidad del *Jumper*, pero en la frenética batalla, cualquiera tendría dificultades para determinar de dónde venía cada disparo. Más importante, Merc era su amigo, y Davin le debía esto después de que le dispararan por su culpa.

—Eightsix —llamó Davin por el comunicador a la bodega de carga, donde se encontraba sentada la androide—. Ve a una torreta, vamos a entrar en acción.

—No lo haré —la respuesta de Eightsix llegó con su habitual franqueza vacía—. Me niego a disparar contra una nave de Eden.

Phyla, que estaba dirigiendo el *Jumper* hacia la zona de Merc, redujo los motores. Sabía tan bien como Davin que llevar el carguero a un combate como este sin ambas torretas tripuladas sería una mala decisión. Davin tampoco tenía tiempo para discutir con la androide, lo que significaba un cambio táctico.

—Encuentra la frecuencia de Merc y contacta con él, Four-nine —dijo Davin—. Phyla, llévanos a la bahía. Si no podemos entrar para ayudar a Merc, tendremos que sacarlo hasta nosotros.

Phyla hizo girar el *Jumper* alrededor de la nave en desinte-gración de Opal, que ahora tenía secciones enteras despren-diéndose y flotando a la deriva. El fuego no se propaga en el espacio, pero pequeñas explosiones brillaban a lo largo de la nave mientras el ataque continuo de Eden la devoraba. La nave de Yuan se aproximaba para un ataque lateral, que le daría un tiro limpio a la bahía hacia la que corría Opal.

—¿Davin? —la voz de Merc se dispersó por el comuni-cador—. No es el mejor momento.

—Ya me he dado cuenta —dijo Davin—. Necesitamos que vuelvas a casa. Vamos a recoger a Opal antes de que su nave reviente, y podríamos usar una escolta.

—¿Reviente? —dijo Merc, y luego presumiblemente después de revisar su escáner, maldijo—. Vale, vamos para allá.

Davin cortó la transmisión mientras Phyla fijaba el rumbo hacia la bahía. El *Jumper* no redujo la velocidad como lo haría normalmente durante un acoplamiento normal porque, bueno, lo normal no se aplicaba cuando los láseres llenaban el espacio a tu alrededor y tu objetivo tenía trozos volando y rebotando contra tu casco.

La bahía apareció al frente, una hendidura iluminada de azul en la rocosa nave insignia que se expandía a medida que el *Jumper* se acercaba. La nave insignia de Yuan abrió fuego y toda la oscuridad que Davin podía ver desapareció mientras los láseres llenaban el aire. La nave de Opal respondió con unos pocos y lamentables disparos, y cada tiro rebelde que emergía parecía atraer una docena de baterías de Eden. La hendidura azul de la bahía quedó aureolada de naranja mientras las explosiones ondulaban por el casco.

Tres rayos blancos surgieron desde la derecha, dirigiéndose directamente hacia el puente de Opal. Davin no escuchó ningún sonido cuando impactaron, pero la luz brilló intensamente. Los pequeños trozos que golpeaban el *Jumper* se hicieron más grandes, sacudiendo la nave mientras las rocas atravesaban los escudos diseñados para energía láser y repiqueteaban contra el casco.

—Ese es grande —dijo Davin, señalando una enorme losa girando directamente hacia ellos—. ¿Piensas esquivarlo?

—Vamos demasiado rápido —dijo Phyla—. Si me muevo, nos pasamos la bahía, y no creo que tengamos tiempo para otra pasada.

—El *Jumper* no puede embestir escombros del doble de nuestro tamaño —dijo Davin.

—¿Abortamos? —preguntó Phyla.

¿Y abandonar a Opal? El trozo de casco ocultaba la bahía azul, girando hacia ellos. Cinco segundos para ajustar.

La francotiradora siempre había cubierto la espalda de Davin. Cuando Fournine tenía a Davin muerto en Europa, Opal había realizado el disparo.

Cuatro.

Pero, ¿no querría Opal que sobrevivieran? ¿Que se salvaran?

Tres.

—¿Davin? —dijo Phyla—. ¡Necesito una decisión!

No. Davin correría el riesgo. Subió los escudos.

Dos.

—Vuela recto —dijo Davin mientras los escombros llenaban el parabrisas.

Un fuego brillante ardió sobre ellos, los láseres trazando una línea precisa a través de las grietas de los escombros. Los desechos se partieron mientras el *Jumper* los atravesaba, con sonidos de rasguños haciendo eco a través de la nave, pero sin alarmas, sin fugas de oxígeno, sin muerte.

Y al otro lado, la bahía azul. Todavía allí, aún intacta.

—¿Qué demonios ha pasado? —dijo Phyla.

—No se me permite disparar contra naves de Eden —dijo Eightsix por el comunicador de la nave—, pero estoy programada para la autopreservación.

Davin se recostó en su asiento. Soltó el aliento que había estado conteniendo durante un largo momento.

—Eightsix —dijo Davin—. La próxima vez dispara antes. La próxima vez habla.

—Mis disculpas, Davin. No era consciente de que pretendías embestir los escombros. Parecía una idea demasiado estúpida.

—Te acostumbrarás a esas si estás en esta nave mucho tiempo —dijo Phyla—. Davin, ve a la bodega de carga. No creo que tengamos mucho tiempo.

El *Jumper* entró en la bahía de la nave insignia, las luces suponían un cambio plácido del espectáculo de láseres que ocurría fuera. Un suelo de metal de cañón marcado por láseres y salpicado de señales de huida precipitada reemplazó el frío espacio bajo ellos, y Phyla hizo girar el *Jumper* mientras se acercaban al grupo de personas esperando el rescate. Davin vio a Opal a la cabeza del grupo, con aspecto deshilachado pero no aturdida.

—Fría como el hielo, incluso mientras pierde la guerra —dijo Davin, levantándose de su asiento y dirigiéndose a bajar la rampa.

—La batalla —le gritó Phyla—. ¡La guerra apenas ha comenzado!

Claro. Si eso era lo que pensaba Phyla, pues mejor para ella. Pero Davin sabía contar, y después de hoy Eden tendría al menos una flota completa y los rebeldes no tendrían nada más que restos. Las naves ganaban guerras, y los rebeldes no tenían ninguna.

Fournine se adelantó a Davin y ya tenía la rampa bajándose cuando Davin llegó a la bahía. Opal y sus evacuados no esperaron a que la rampa tocara el suelo; comenzaron a trepar por ella en cuanto estuvo a su alcance. Dados los ruidos retumbantes y crepitantes que entraron tan pronto como la rampa abrió el *Jumper* a los sonidos exteriores, Davin no podía culparlos.

Él habría abandonado la nave hace mucho tiempo.

Quince tripulantes rebeldes subieron a bordo, Opal haciendo lo suyo como capitana y tomando el último lugar. Davin levantó la rampa mientras ella subía, pidiendo a cualquier rebelde con talento para la artillería que tomara las torretas. Cuando uno preguntó por Eightsix, Davin le dijo a la androide que volviera al taller y se quedara allí.

Davin no quería atraer la atención de Eden, pero si ocurría, necesitaba a alguien que apretara el gatillo contra esos cabrones corporativos.

—¿Lista? —preguntó Phyla cuando Davin volvió a deslizarse en su asiento.

—Totalmente —respondió Davin—. Salgamos de aquí.

Phyla lanzó el *Jumper* hacia fuera mientras la bahía comenzaba a desintegrarse a su alrededor, con gases y fuegos brotando de conductos y contenedores rotos. Alrededor de la nave, parecía como si la realidad se retorciera mientras la estructura central de la nave insignia se astillaba y doblaba, un millón de fuerzas desgarrando y empujando la nave.

Al abandonar la bahía, las luces láser habían desaparecido. Con la nave insignia de Opal destruida, el crucero de Yuan se había marchado en busca de carne fresca, aunque Davin no veía ninguna. Las naves rebeldes capaces de huir lo habían hecho, huyendo hacia Júpiter y, probablemente, hacia Saturno más allá. Las fragatas de Eden absorbían cazas rebeldes deshabilitados y a cualquiera que se hubiera lanzado a ninguna parte durante la evacuación.

Rodeados por escombros y lejos del peligro inmediato,

Phyla redujo la velocidad, igualándola con la de los desechos a su alrededor y usándolos como camuflaje.

—¿Y ahora qué? —dijo Phyla—. Si nos vamos, Eden nos perseguirá.

Davin, sin embargo, no respondió. Estaba examinando su consola, sondeando a través de los diversos puntos que podía encontrar. Buscando uno en particular.

Un crujido llegó por el comunicador, en la banda rebelde. De corto alcance y específico, de modo que solo el *Jumper* lo captaría. La señal provenía de un gran trozo de escombros justo a babor.

—Hola —dijo Merc, sonando más exhausto de lo que Davin se sentía—. ¿Creéis que podría pedir un aventón?

CAPÍTULO 25
NUEVOS PLANES

Flotaron entre los escombros durante un día. Veinticuatro horas terrestres abrazados a un trozo fracturado que los rebeldes identificaron como parte de sus antiguos camarotes. Si mirabas con atención, podías ver alguna que otra fotografía, ropa y recuerdos esparcidos entre la roca cocida a láser. Recuerdos que permanecerían a la deriva en el espacio durante mucho tiempo, pensó Davin, hasta que el pozo gravitacional de Júpiter los engullera.

La flota de Eden terminó de recoger los restos y despegó. Fournine interpretó la dirección y afirmó que la flota probablemente se dirigía a Ganímedes para reparaciones y reabastecimiento, con Galaxy Forge haciendo todo lo posible por ayudar a la gigantesca corporación a continuar el esfuerzo bélico.

—Ni siquiera intentaron buscarnos —dijo Opal, uniéndose a Davin, Phyla y Merc mientras se acomodaban en los simuladores del *Jumper*—. Debería sentirme insultada, pero solo siento alivio.

Hambrientos de algo que hacer además de mirarse unos a otros y pensar en el desastroso combate, los rebeldes habían ayudado a Davin a conectar y reparar el conjunto de simuladores del *Jumper* a plena capacidad. Las ocho cápsulas daban a la gente la oportunidad de sumergirse en cualquier otro lugar.

Al principio, Opal y Merc no habían querido meterse. Opal porque pensaba que no era apropiado para una comandante, Merc porque haría lo que Opal quisiera. Davin los convenció con recuerdos y apuestas cada vez más descabelladas sobre lo mal que él y Phyla podrían machacar a la otra pareja en un enfrentamiento directo.

—Convirtieron tu nave en basura flotante —dijo Davin mientras la cápsula del simulador se cerraba sobre su cabeza y sus micrófonos se conectaban y sincronizaban—. ¿Qué probabilidades hay de que alguien sobreviva a algo así?

—Davin —advirtió Phyla.

—Pocas —dijo Opal, quitándole importancia a las palabras de Davin—. Pocas probabilidades, y todos los que no lograron escapar de esa batalla me perseguirán durante mucho tiempo.

Sin embargo, Opal no sonaba triste. Había pasado el día, aparte de un turno de sueño asistido por medicación, elaborando estrategias con sus tropas. Creaba nuevos planes y los descartaba en igual medida mientras Davin revisaba los sistemas del *Jumper* en busca de daños y Phyla mantenía la nave alejada de más escombros. En lugar de hundirse, Opal reforzaba su dolor con acción.

¿Merc? Merc finalmente tuvo la oportunidad de descansar. Después de recibir un disparo y luego verse obligado a pilotar un caza, el piloto se derrumbó durante la mayor parte del tiempo, y a nadie le importó.

Davin cargó el escenario —uno que él mismo había diseñado— y el vacío negro del simulador se desvaneció para dar paso a una extensión familiar: las destartaladas viviendas de chatarra, caminos abarrotados y un techo desconchado que caracterizaban a Vagrant's Hollow en la enorme estación espacial Miner Prime.

El hogar de Davin, y estaba a punto de verlo destruido una vez más.

—Pero no hemos terminado —dijo Opal, cuya voz seguía llegando a través de los simuladores. Davin dejó los comunicadores completamente abiertos; esta vez, el juego no pretendía ser real—. Estamos trabajando en más naves. Aumentando nuestras capacidades. Eden no avanzará hacia Saturno durante mucho tiempo, y cuando lo haga, estaremos listos.

Davin y Phyla aparecieron, deslizándose por un ascensor hacia la amplia plataforma que marcaba la conexión de Vagrant's Hollow con el resto de la estación espacial, zona prohibida para esta aventura en particular. Mientras descendían, unas palabras aparecieron ante la vista de Davin, describiendo el objetivo:

Encuentra a Viola y llévala de vuelta a los ascensores.

Merc y Opal estarían viendo lo contrario mientras se situaban en uno de varios puntos potenciales en el lado opuesto del nivel. Tenían que atrapar a Viola y llevarla a una salida diferente, una que en el mundo real conduciría a los muelles de atraque de Miner Prime. En este mundo virtual, simplemente ganarían la partida.

—¿Listos para qué? —respondió Davin a Opal por el canal —. Eden tendrá más y mejores naves que cualquier cosa que podáis construir con esas rocas de los anillos. Si intentáis enfrentaros a ellos directamente, vais a perder.

El ascensor se abrió, escupiendo a Davin y Phyla al abarrotado nivel. Comerciantes y clientes se mezclaban con trabajadores que iban y venían de sus turnos. Familias buscando comida. Artistas intentando sacar unas monedas de los pocos que las tenían. El bullicio, tan diferente del zumbido general del *Jumper*, hizo que Davin se estremeciera. La comida cocinándose y los cuerpos sin lavar mezclaban aromas agradables con otros desagradables, pero todos transportaron a Davin a su hogar.

Por eso Davin había creado el escenario en primer lugar.

—Alguien no está de buen humor hoy —dijo Merc.

Con gestos, señas y signos manuales, Davin y Phyla avanzaron desde el ascensor hacia la principal vía transitada y abarrotada. La gente chocaba contra los hombros de Davin, lo llamaba para comprar esto y aquello, o retrocedía ante su atuendo. Tanto él como Phyla llevaban los uniformes azulnegro de la fuerza policial de Miner Prime, un grupo que tendía a causar daño en Vagrant's Hollow cada vez que lo visitaba.

Los viejos hábitos volvieron rápido, y Davin continuó con el segundo objetivo del juego: convencer a Opal y Merc de hacer lo correcto.

—¿Cómo es posible que no te sientas de la misma maldita manera? —respondió Davin—. No sé si lo notaste allí fuera, pero os dieron una buena paliza. Si vuestro único plan es intentar lo mismo otra vez, lo único que vais a conseguir es llenar el sistema solar de restos. Lo cual, hablando personalmente, hace que mi trabajo transportando carga sea más molesto.

Davin tocó el hombro de Phyla y señaló con la cabeza hacia un saliente robusto. Las cosas estaban a punto de ponerse interesantes.

—Davin —dijo Opal—. ¿A dónde quieres llegar?

—¿Por qué lo preguntas?

La risa de Merc llegó por el comunicador.

—Siempre tienes un plan.

—Yo no iría tan lejos —añadió Phyla.

—Pero en este caso, realmente tengo un plan. —Emociones o no, los capitanes tenían que comportarse como tales, y Davin no quería arrastrar su nave a más zonas de guerra—. No vais a ganar en un enfrentamiento directo con Eden, y no tenéis por qué hacerlo.

Vagrant's Hollow retumbó cuando Davin y Phyla se unieron a una familia agrupada y muy confundida bajo el saliente. Los gritos resonaron mientras las explosiones destrozaban los suburbios, y comenzaron los primeros destellos láser cuando las facciones empezaron a chocar. El polvo y la tierra se arremolinaron a su alrededor cuando los primeros edificios se derrumbaron.

El asalto rebelde había comenzado.

—Estuve en Marte después de que Eden aplastara a la Voz Roja —gritó Opal sobre el estruendo—. No dejaron vivir a los rebeldes. No hubo paz. Era morir o ponerse en la fila.

Davin concedió a ese comentario el solemne segundo que merecía mientras él y Phyla se alejaban del saliente, ambos sacando sus rifles por encima de los hombros mientras avanzaban más profundamente. Viola no debería estar muy lejos ahora.

—Esto no es Marte. Eden no controla vuestro territorio, pero lo hará si esto continúa —dijo Davin mientras se metían por una calle lateral, pasando junto a una torre de varios pisos que había comenzado a inclinarse fatalmente hacia un lado. Las explosiones ondulantes continuaban y, de vuelta hacia el ascensor, Davin podía ver a los primeros refuerzos policiales llegando—. El caso es que conozco a Eden. Son como yo. Todo por la pasta. Y podemos usar eso.

Phyla suspiró. Davin lo ignoró.

Llegaron a una plaza amplia, con algunos cuerpos ya poblando los bordes. En el centro, con aspecto confundido, estaba la versión simulada de Viola, una mujer de cabello castaño cuya riqueza familiar la hacía parecer fuera de lugar. Puk, su omnipresente pequeño robot, no existía aquí. Demasiado difícil conseguir que el sarcasmo del robot quedara bien.

Estaba hablando con dos rebeldes, ambas proyecciones, aunque ganarían el escenario para Merc y Opal si no se lidiaba con ellos. En la historia real, se habían llevado a Viola fuera de la estación, provocando la persecución que había conducido a... muchas cosas.

—¿Adivina qué hacen las naves de Eden cuando luchan contra vosotros? —dijo Davin, centrándose de nuevo en la situación—. No están escoltando cargamentos, no están ganando ese dulce, dulce dinero para Eden. Todo lo que necesitáis hacer para que Eden deje de luchar es convencerles de que ganarán más trabajando con vosotros en lugar de aplastaros.

Con un par de gestos, Phyla se arrodilló para proporcionar cobertura. Davin avanzó, apuntó y disparó. El rifle no funcionaba como Melody —Davin definitivamente volvería a Calisto por esa arma—, pero, dentro de la simulación, acabó con los dos rebeldes con disparos perfectos.

Merc se rio desde donde fuera que el piloto estuviera escondido.

—Eso es lo que hemos estado haciendo, Davin. No estamos tratando de apoderarnos del sistema solar, solo darle un golpe en la nariz a Eden para que nos dejen en paz.

Viola, aturdida por el repentino final de sus compañeros de conversación, se giró para huir. Davin extendió la mano, la agarró del brazo, y cuando tocó a Viola, una sombra azul claro cubrió a la mujer. Como si se hubiera activado algún interruptor, Viola dejó de resistirse y comenzó a seguir a Davin como una mascota particularmente devota.

Hasta cierto punto, un juego se convertía en juego.

—No, enfoque equivocado —respondió Davin a Merc—. Eso es una pelea, y ellos ganarán una pelea. Lo que queréis es meterlos en una guerra. Una que va a durar tanto tiempo que no valga la pena librarla. Llevemos a Eden a territorio neutral. Resolvámoslo sin matar a nadie, y hagamos que piensen en el dinero. Habladles de transporte seguro hasta Saturno y más allá, y cambiarán. Os lo garantizo.

Phyla los vio primero y disparó un par de veces por encima del hombro de Davin. Él giró, manteniendo su paso atrás mientras intentaba encontrar hacia dónde apuntar. Una sombra que podría haber sido Merc apareció y desapareció entre dos edificios, su callejón era una bruma polvorienta.

—Sigue adelante —dijo Phyla, abandonando su acto silencioso ahora que habían llegado al clímax del juego—. Te cubriré.

Davin echó a correr, y la versión programada de Viola lo siguió. Phyla se quedaría atrás, trataría de ganar tiempo suficiente para que Davin llegara corriendo a los ascensores, o lo suficientemente cerca como para que no importara.

Juntos, Davin y Viola atravesaron la calle lateral y llegaron a la vía principal. Otras fuerzas rebeldes y de seguridad de Miner Prime se enfrentaban ahora en un masivo tiroteo que se extendía lentamente por Vagrant's Hollow, llenando el aire con láseres candentes que obligaban a Davin a ir despacio, a agacharse y correr entre los edificios. Viola imitaba sus movimientos exactamente, de una manera que, realmente, parecía antinatural.

Tal vez Davin cambiaría esa parte cuando tuviera tiempo.

Como si eso fuera a volver a ocurrir.

—Estoy rodeada —dijo Phyla, con una voz que sonaba casi aburrida. Para ser justos, los dos habían hecho esta simulación cien veces—. Espero que hayas llegado lo suficientemente lejos.

—Casi allí. Gracias, cariño.

Después de escabullirse por algunas casas calcinadas, Davin y Viola llegaron al borde de la plataforma del ascensor. Solo unos metros más y habría ganado el juego. A su alrededor, algunos rezagados de seguridad salían corriendo de la plataforma y entraban en la batalla. El polvo seguía elevándose. Las multitudes y los olores que Davin recordaba de su infancia habían sido reemplazados por cuerpos quemados y ropa ardiendo.

Davin no vio el disparo, pero lo sintió. Los simuladores no te provocaban dolor, exactamente, pero sí alteraban sus nervios. Enviaban punzadas mientras su visión se volvía roja.

Las piernas de Davin no respondían, sus brazos de repente cayeron, demasiado débiles para sostener el rifle. Viola observaba a Davin mientras caía, completamente inexpresiva.

—Maldición —murmuró Davin mientras la visión del simulador se volvía borrosa y Opal aparecía en su campo de visión mirándolo desde arriba.

Con un solo toque, Opal transformó el sombreado azul de Viola en rojo. Las dos mujeres se miraron, y Opal se tocó la barbilla una sola vez.

—¿Sabes, Davin? —dijo Opal—. Puede que tengas razón.

Entonces le disparó.

CAPÍTULO 26

TRANSMISIÓN DE PERMISO

Con la flota de Eden desaparecida, dejaron a la tripulación rebelde en Calisto. Volver a los anillos le trajo a Davin un problema tras otro: primero vinieron las exigencias de las autoridades locales para que pagase por los daños al anillo industrial que Fournine había volado durante el rescate anterior. Opal cubrió a Davin en eso, permitiendo que los daños salieran de las cuentas rebeldes.

—Si tu idea funciona y conseguimos esa paz —dijo Opal cuando las fuerzas de seguridad de Calisto los dejaron en el hangar—, entonces mantener te fuera de la prisión de Calisto habrá merecido la pena. Si no funciona, estarás demasiado muerto como para que a alguien le importe.

—Aprecio tu confianza —respondió Davin—. Ahora, si no te importa, tengo que ver qué pasa con Melody.

A Opal no le importó, pero quiso acompañarle. Diciendo que hacía mucho tiempo que no veía a Davin, que había pasado casi tanto desde que había hecho algo más que dar órdenes, Opal se cambió a ropa más informal —uno de varios conjuntos que aún tenía guardados en la *Jumper*, de años atrás — y ambos salieron a caminar. Merc, Phyla y Eightsix se quedaron en la nave, limpiando los daños por escombros y reabasteciendo para lo que vendría después.

—Así que has estado transportando carga —dijo Opal cuando Davin terminó de resumir los últimos años—. ¿Eso es todo?

—¿Eso es todo? —respondió Davin—. ¿Por qué lo dices como si fuera algo malo?

—Porque el tío que ayudó a salvarnos de un apocalipsis androide está transportando paquetes.

—He disparado a suficiente gente en mi vida, gracias.

Cierto. Davin, sin embargo, había disfrutado de la adrenalina que había sentido en la batalla sobre sus cabezas. Incluso al atacar al escuadrón de Merc para recuperar a Phyla. Matar nunca le había hecho nada, pero ¿el peligro? ¿La vida vivida en una cuerda floja a punto de romperse?

Aún escuchaba esa llamada.

—Podrías ponerte en zapatos como los míos —dijo Opal mientras caminaban por el anillo de atraque, escuchando las llamadas de cierto pequeño vendedor—. Cambiar tu rifle por un rango. Salvar más vidas de esa manera.

—Me has malinterpretado si crees que soy un hombre militar.

—Y tú has malinterpretado a los rebeldes si eso es lo que piensas que somos —dijo Opal—. Alissa solía llamarnos la Voz Roja, porque hablábamos por un Marte libre. Ahora todo el mundo nos llama simplemente rebeldes, y se queda así. Estamos contraatacando, Davin, contra las fuerzas que quieren aplastarnos.

—¿Desde cuándo te has vuelto una idealista? —Davin se detuvo en un puesto, transfirió una moneda para conseguir una mazorca de maíz fresca con mantequilla. Tenía que aprovechar su entorno antes de volver a la papilla nutritiva, las veinticuatro horas del día, los siete días de la semana—. No hace tanto tiempo estabas con nosotros, aceptando trabajos por dinero.

—Porque solo había visto su causa a través de la mira de mi rifle —dijo Opal, manteniendo su boca y manos libres de mantequilla—. Si te unieras a nosotros, si realmente te involucraras, podrías descubrir que estás de acuerdo.

—¿Pero qué pasaría con mi reputación? —Davin le guiñó un ojo a Opal—. Soy el héroe de la Tierra. No puedo luchar contra ella.

—Nadie recuerda eso excepto tú.

Doloroso, pero exacto. El tiempo avanzaba rápido, y la fugaz fama de Davin no había durado mucho. Demasiadas personas poderosas habían trabajado con Bosser para arriesgarse a dar demasiada atención al caso. No es que a Davin le importara mucho: haces un programa de entrevistas y has hecho un millón.

—Te diré qué —dijo Davin—. Si esto funciona, me uniré a vuestros rebeldes. Le daré una oportunidad.

—Si esto funciona, no habrá rebelión —dijo Opal—. Seríamos un estado. Como la Tierra.

Davin se encogió de hombros. Opal se rió y negó con la cabeza.

—Nunca cambias, ¿verdad?

—Es mi política personal —respondió Davin, y luego se detuvo y escuchó—. ¿Oyes eso?

Con toda su supuesta habilidad para vender, Mako no era lo que cualquiera llamaría el hombre más inteligente a este lado de Marte. El vendedor de piezas hacía ruido al salir de un muelle delante de Davin y Opal, gritando un agradecimiento tras otro hacia el muelle, donde un cliente debía haber completado una compra de la que ahora, sin duda, se estaba arrepintiendo. Porque eso es lo que pasaba cuando tratabas con Mako.

—Hola —dijo Davin, poniendo una mano en el hombro de Mako—. Cuánto tiempo, Mako.

El hombre no saltó, no se sobresaltó, sino que mostró esa

sonrisa untuosa que Mako había perfeccionado —¡Davin! ¿Has vuelto? ¿Y no estás arrestado?

—Conexiones —dijo Opal, viniendo detrás de Davin—. Hola, Mako.

—¿Opal? ¿Estáis reuniendo a la vieja pandilla? —preguntó Mako.

—Solo para encontrarte —dijo Davin—. ¿Dónde está mi arma?

—¿Arma?

Golpear a alguien en un pasillo abierto tendía a ser mal visto. Tendía a atraer la atención equivocada. Así que Davin pasó un brazo sobre los hombros de Mako y dirigió al vendedor a través del anillo hacia un nicho lateral, que rápidamente quedó vacío cuando los otros dos interlocutores se marcharon ante la mirada de advertencia de Opal.

—No me digas que no la has visto —dijo Davin—. Dejé a Melody dentro de ese pasaje que me mostraste. Cuando volví, después de que desaparecieras, ya no estaba.

—Mucha gente usa esas puertas —respondió Mako—. Yo no la cogí.

—Mako, apenas sobrevivimos a una mala batalla. Estoy cansado, estresado y no muy contento. ¿Qué hiciste con Melody?

Mako negó con la cabeza —Mira, huí cuando ese capitán puso mala cara. Aquí fuera, las cosas van salvajes, Davin. Tan pronto te disparan como te dicen que no. Aprendes a leer la situación y salir corriendo.

—No es tan malo —dijo Opal.

—¿Tú crees que no? —replicó Mako—. Intenta vender piezas en esta estúpida luna.

—Entonces, ¿qué le pasó, Mako? —dijo Davin—. ¿Realmente no lo sabes?

Mako negó con la cabeza —Ni idea, jefe. Pero puedo averiguarlo. Preguntar por ahí. La gente habla conmigo.

Eso, Davin lo creía. Mako tenía una manera de meterse en

las conversaciones y pasar desapercibido. Davin no quería depender de Mako para nada, pero, especialmente con Opal detrás de él, el capitán de la *Jumper* sabía que no tenía toda la eternidad para buscar una escopeta perdida. El gran futuro del sistema solar esperaba.

—Bien —dijo Davin—. Pregunta por ahí. Envía una llamada a la *Jumper* cuando la hayas encontrado. Te pagaré si la consigues.

—Claro, Davin, claro. —Mako se escabulló de debajo de su brazo—. Siento que esa pelea no saliera bien. ¿Mejor suerte la próxima vez?

—Seguro. —Davin se incorporó mientras Mako tomaba la respuesta como señal para irse y desaparecía entre la multitud, con su mochila de herramientas y piezas tintineando mientras se alejaba.

Volver a la *Jumper* con las manos vacías no era parte del plan, pero la parada en Calisto les había permitido deshacerse de la tripulación extra. Había dejado que Merc y Phyla pusieran la nave y su caza en forma. A veces hay que conformarse con las victorias que tienes.

Alissa Reinhart era lo primero. La líder de la Voz Roja mantenía el control sobre el esfuerzo rebelde, aunque había delegado las misiones prácticas a personas como Opal y Merc en favor de responsabilidades administrativas cerca de Saturno.

Flotando cerca de Calisto, Opal introdujo la frecuencia y comenzó la transmisión desde la cabina, con los cuatro humanos apretujados juntos. Davin tenía a Eightsix en patrulla permanente alrededor del arma de Eden, de nuevo encerrada en su contenedor, con la llave asegurada en el armero de Melody en los aposentos del capitán.

El retraso temporal para que los datos viajaran entre Saturno y Júpiter, a menudo una molestia en las comunicaciones espaciales, sería una ventaja. Los cuatro podrían elaborar estrategias entre cada respuesta, llegar a un acuerdo y enviar la respuesta perfecta cada vez. Al menos, así es como Davin lo veía.

Alissa no lo veía así.

—¿Perdisteis nuestra flota, y ahora queréis que os dé poder para negociar en nuestro nombre? —dijo Alissa después de que le hubieran expuesto la situación.

La distancia y la distorsión de la señal mantuvieron cualquier vídeo fuera de la ecuación, pero Fournine tenía suficientes datos de imagen de archivos antiguos para poner el holograma aproximado de Alissa en el parabrisas de la cabina. Pelirroja y severa, Alissa irradiaba poder en su apariencia. Davin no la había conocido realmente, pero por lo que decía Opal, era una líder inflexible. La causa por encima de todo lo demás.

—Eden nos tendió una trampa —respondió Opal a la acusación de Alissa con la teoría que todos aceptaban—. Nos entregaron el arma sabiendo que la usaríamos, y caímos directamente en su red. Sin nuestra flota, e incluso con ella, no podríamos enfrentarnos a Eden, Alissa. Necesitamos una nueva estrategia. Un nuevo plan. Esto nos da una oportunidad.

Opal envió la señal, inclinándose hacia delante con las manos en los respaldos de las sillas de Phyla y Davin. Con su cabello oscuro recogido hacia atrás, la francotiradora y comandante no mostraba nada del agotamiento que debería estar pesando sobre ella. Davin no podía imaginar lo que sería tener una pérdida como esa sobre tus hombros.

Pero entonces, Opal había jugado un papel en tragedias antes. Tal vez estaba acostumbrada. Tal vez, para liderar una fuerza como los rebeldes, tenías que estarlo.

—Opal, estoy impresionada —dijo Phyla mientras los minutos pasaban entre transmisiones—. Has cambiado mucho.

—¿Lo he hecho?

—Antes, siempre pensé que eras una solitaria —dijo Phyla

—. Siempre parecías tan perdida en tu pasado. Ahora, eres más fuerte.

Davin captó la admiración en las palabras de Phyla. Tenía que estar de acuerdo con ellas.

—No lo soy —dijo Opal—. Simplemente dejé de huir de lo que tenía que hacer.

—Eso no es fácil —añadió Merc—. Especialmente cuando tienes que arrastrar a un tonto como yo.

—Sé lo que es eso —dijo Phyla, lanzándole una sonrisa a Davin—, pero a veces los tontos valen la pena.

—A veces lo valen. —Opal extendió la mano hacia atrás y agarró la de Merc.

La respuesta de Alissa volvió, chisporroteando y crujiendo —Autoridad provisional, Opal. Si consigues que Eden nos dé Saturno y Júpiter, entonces consentiré. Podemos compartir Galaxy Forge. No aceptaré ningún otro acuerdo. Puede que no podamos ganar una guerra eterna con Eden, pero no traicionaré a aquellos que han dado sus vidas rindiendo lo que hemos ganado.

Términos que Eden probablemente no aceptaría, pero al menos era un punto de partida. Algo que podría pulirse. Opal estuvo de acuerdo y envió la aceptación, lo que dejó a Davin flotando sobre su consola esperando para enviar la siguiente transmisión.

—¿Qué le vas a decir? —preguntó Phyla.

Viola les había dado el contenedor. Los había metido en este lío. Si Eden realmente había planeado que el arma cayera en manos rebeldes, si había planeado que el dispositivo se convirtiera en una trampa, entonces Viola había iniciado todo esto. La chica que había dejado Ganímedes sin tener idea del sistema solar se había convertido en una asesina fría.

—No puedo verlo —dijo Davin—. Viola no es esa persona.

—Es inteligente —dijo Opal—. Y han pasado años, Davin. Años trabajando con Eden. Eso puede cambiar a alguien.

—¿No dijiste —preguntó Davin a Merc— que los rebeldes

tenían a alguien en el interior, y así es como os enterasteis del arma en primer lugar?

Merc asintió —Estoy seguro de que Alissa se está ocupando de ellos. Pero supongo que es posible que Eden no tuviera todo esto planeado, y luego descubriera que teníamos el arma y cambiara de táctica.

De cualquier manera, había una persona que podía responder a esa pregunta. Que podría, tal vez, encontrar una manera de acabar con la guerra antes de que se cobrara más vidas.

Davin pulsó el botón y envió su voz volando a través del vacío.

CAPÍTULO 27
TERRITORIO NEUTRAL

Puesto Avanzado X-225, una base minera adherida a un asteroide que Eden había construido décadas atrás y dejado en estado mínimo mientras flotaba en la oscuridad entre Marte y Júpiter. Viola sugirió la base como territorio neutral: no ofrecía defensas, carecía de valor estratégico y sus instalaciones eran tan básicas que garantizaban que ninguna de las partes querría prolongar las negociaciones.

El *Jumper* hizo el viaje en pocos días, más rápido que el ascenso de Viola desde la Tierra. Phyla transmitió los códigos de acceso que Viola había enviado, y la base abrió un hangar de acoplamiento —uno de apenas dos— para que aterrizaran. Ninguna voz humana les dio la bienvenida, porque simplemente no había ningún humano viviendo allí.

—Como si eso fuera una desventaja —afirmó Fournine—. Prefiero cuando no estáis ninguno en esta nave. De hecho, si Viola os mata a todos, Eightsix y yo podríamos quedarnos con el *Jumper*.

—Vale —respondió Davin—. Si estamos todos muertos, tienes mi bendición.

A pesar de la aparente vacuidad de la base, Davin, Merc, Phyla y Opal se armaron antes de abandonar el *Jumper*. El hangar de llegada tenía el acabado metálico resistente y sin brillo propio de las bases construidas años atrás, cuando el estilo se sacrificaba por la funcionalidad, por el coste. El hangar curvado, construido en un hueco del asteroide elegido para el Puesto X-225, zumbaba con maquinaria que crujía y chirriaba. Purificadores de aire y otros aparatos funcionando con ruido antiguo para mantener oxígeno que nadie respiraba.

Al bajar del *Jumper* por su rampa, Davin observó estanterías llenas de suministros básicos. Viejos contenedores de combustible, herramientas y una escasa selección de chatarra. Suficiente, quizás, para reparaciones de emergencia, pero si venías al Puesto X-225 necesitando algo más, estarías sin suerte.

—Qué lugar tan encantador —dijo Davin, guiando al grupo hacia la única salida del hangar, una gran puerta metálica corredera. La iluminación amarilla chillona de la base evidenciaba bombillas con cristal sucio, por lo que, aunque el grupo podía ver, todo parecía tener una película grasienta—. Podría convertirse en mi base favorita.

—Un buen sitio para una emboscada —dijo Opal, manteniendo el rifle que había tomado prestado de Phyla levantado y listo—. Un único vector de entrada, solo una salida desde el hangar.

—Eres paranoica —respondió Davin—. Viola no nos mataría así.

Amado sí lo haría, pero Davin había guardado silencio sobre el ejecutor de Eden. Si ese tipo o sus matones volverían a aparecer, Davin no podía saberlo, pero este *sería* un lugar perfecto para que Amado saltara y le clavara otro dispositivo en la pierna.

—Me gusta —dijo Phyla—. Me recuerda a casa.

—¿Porque es tan sucio y viejo? —dijo Merc.

—Exactamente.

Merc se rio. Davin no podía estar en desacuerdo: El Hueco

del Vagabundo tenía carácter metido en cada rincón, pero nunca lo confundirías con un lugar limpio o nuevo.

El Puesto X-225 les dejó entrar con un saludo chirriante, la puerta deslizándose para revelar no un largo y oscuro pasillo como Davin esperaba, sino un amplio espacio abierto esférico que solo funcionaría en un asteroide como este. Sin mucha gravedad, los arquitectos podían ser creativos, y el Puesto X-225 mostraba el lado innovador de los primeros tiempos de la carrera espacial.

Barandillas con asideros recorrían la esfera central como los tentáculos de una telaraña, ocasionalmente con rieles deslizantes y carros con enganches para mover objetos más grandes. Todos los rieles convergían en una gran plataforma en el centro, una que parecía tener un agujero en medio. A los lados de la plataforma había mesas, sillas y contenedores de papilla nutritiva, opuestos entre sí en todos los sentidos.

Las botas de Davin captaron suficiente magnetismo para mantener el agarre al suelo, uno que soltó con un solo paso para alcanzar el primer pasamanos y tirar de sí mismo hacia el centro. El esfuerzo habría sido agotador en un planeta normal, pero aquí se sentía igual que caminar o nadar. La ausencia de peso real proporcionaba una experiencia fluida.

Como el hangar de acoplamiento, las luces empotradas emitían su amarillo grasiento. Cada respiración inundaba los pulmones de Davin con esa combinación de aire viciado y purificado, oxígeno que había sido reciclado y regenerado durante quién sabe cuántos años. El frío de la estación reflejaba sus limitados paneles solares y su nula energía geotérmica: el calor requería energía que la estación simplemente no tenía.

Fournine les había recomendado abrigarse bien, y Davin, por una vez, estaba contento de haber seguido la sugerencia del androide.

Rodeando la gran sala, y conectados por esos pasamanos y recorridos de carros, había otros espacios laterales. Camarotes para la tripulación, lavabos, el segundo hangar de acoplamiento, e incluso una sala de ejercicios, un requisito para evitar que los huesos se convirtieran en papilla en un entorno de gravedad cero.

—Más acogedor de lo que pensaba —dijo Merc, siguiendo a Davin por el pasamanos—. Me imaginaba una habitación pequeña, una mesa solitaria y un fuerte deseo de dispararnos unos a otros.

—Eso último aún podría ocurrir —respondió Davin.

Durante el vuelo hasta aquí, habían discutido el plan. Negociar, sí, pero también intentar averiguar el apetito de Eden por el conflicto. Si la compañía parecía ansiosa por llegar a un acuerdo, entonces Alissa y los rebeldes podrían ser flexibles. Opal pensaba que podría convencer a Alissa de aceptar un trato que mantendría Saturno en manos rebeldes mientras salvaba suficientes vidas para intentarlo de nuevo en el futuro.

Lo que todos esperaban, sin embargo, era que Eden hubiera preparado algo más alrededor del asteroide. Una salvaguarda por si las cosas iban mal. Una fragata o cuatro navegando cerca para asestar un golpe fatal al *Jumper* si Eden consideraba que las cosas no podían salvarse.

—Mira, Davin —Phyla señaló hacia los dispensadores de comida mientras los cuatro se balanceaban hacia el centro—. Tu favorito.

—Estoy tan enamorado de este lugar —dijo Davin, observando los cuatro sabores de papilla nutritiva disponibles—. Es como si Viola me conociera: viejo, sucio e insípido.

Nadie discrepó.

Explorar el puesto avanzado no llevó mucho tiempo ya que, francamente, no había mucho que explorar. Los camarotes tenían suficientes catres para media docena de miembros, perfectamente hechos y probablemente dejados así durante años y años. Cada habitación del tamaño de, si Davin era generoso, un cubículo de baño. Sin decoraciones y una única luz larga en el techo.

Davin dormiría en el *Jumper*.

Las salas de suministros resultaron mejores, llenas de latas y provisiones selladas al vacío, herramientas y equipos de escaneo diseñados para excavar profundamente en un asteroide y determinar su composición de metales preciosos. Artefactos de una época en que las tripulaciones humanas hacían realmente los análisis, en contraposición a los enjambres de drones que ahora cubrían el cinturón de asteroides, buscando como antiguos prospectores rocas valiosas.

El Puesto X-225 no contenía emboscadas ocultas ni terribles secretos. Viejo, sucio e insípido eran palabras adecuadas, y pronto todos se retiraron de vuelta al *Jumper*. Los confines más acogedores de la nave, los simuladores y los comentarios de Fournine proporcionaban mejores formas de pasar el tiempo. La herida de bala de Merc sanó, y por un momento, las cosas se sintieron como antes: una tripulación en una aventura.

—Ya están aquí —anunció Fournine, transmitiendo a todas las habitaciones del *Jumper* en lo que, según el reloj interno de la nave y las luces apagadas, era hora de dormir.

Davin se incorporó de golpe de la cama, Phyla haciendo lo mismo, y se apresuró a ponerse ropa.

—¿Cuánto tiempo tenemos, Fournine? —dijo Davin, accidentalmente lanzándose al aire mientras intentaba ponerse los pantalones. Vestirse en gravedad cero tenía sus desafíos—. ¿Están esperándonos, o todavía podemos adelantarnos?

—Están en aproximación final —respondió Fournine—. Sugiero que os deis prisa.

—Entonces pon a Eightsix en posición —dijo Davin—. ¿Merc y Opal ya se están moviendo?

—Más rápido que tú.

—No necesitaba eso, pero gracias —murmuró Davin.

La rampa del *Jumper* bajó con estrépito, su sonido resonando por toda la nave, y poco después se oyó el pesado andar de Eightsix. La incapacidad de la androide para luchar contra Eden no la hacía muy útil en un conflicto abierto, pero Fournine había convencido a Eightsix de que podía vigilar cualquier signo de peligro o duplicidad sin romper su programación. En otras palabras, si la tripulación de Viola planeaba detonar el asteroide o entrar disparando, Eightsix, instalada en el otro hangar de acoplamiento del Puesto X-225, podría advertirles.

—¿Estás listo? —dijo Phyla—. Porque no estoy muy segura de estarlo yo.

—Como yo lo veo —respondió Davin—, no tenemos ninguna presión. Opal y Merc son los representantes rebeldes, Viola y quien haya traído hablan por Eden. Nosotros solo tenemos que observar, sorber algo de papilla nutritiva y ver qué pasa.

—El día que te sientes y observes algo así sin abrir la boca será un día que nunca llegará, Davin.

—Solo estás molesta porque esta roca no tiene una pista de balas.

Phyla se rio.

—Mi clasificación está bajando porque no estoy corriendo. Después de esto, tenemos que parar en algún sitio donde al menos pueda hacer una carrera o dos.

—Prioridades, ¿verdad?

—Exacto.

Se encontraron con Opal y Merc cuando salían de la nave, y juntos los cuatro fueron a la sala central del puesto. Fournine dejó la rampa del *Jumper* bajada, con los motores activos y listos por si necesitaban hacer una salida rápida. Aunque ninguno llevaba rifles a la vista, habían repartido armas por la sala central, cerca de donde cada uno se situaba. Listas para ser sacadas de detrás de un sofá, de debajo de una mesa si las tensiones aumentaban.

—¿Todos tranquilos? —preguntó Davin, compartiendo la

plataforma superior con Opal, mientras Phyla y Merc descansaban en la parte inferior.

—Tranquilísimo —respondió Merc.

—Lista —añadió Phyla.

Opal solo le dirigió una mirada directa y el más leve de los asentimientos.

—No hay amenazas inmediatas —envió Eightsix a través del comunicador—. Me han saludado educadamente y se dirigen al interior.

Bueno, eso era algo. Eden no tenía intención de volarlos por los aires directamente. Quizás la gran compañía realmente estaba cambiando sus métodos.

La puerta del segundo hangar de acoplamiento se abrió con el mismo chirrido que la primera, el grupo de Eden entrando con la misma vacilación que Davin y su tripulación habían mostrado a su llegada: cada sala no vista podía albergar una emboscada, mejor pisar con cuidado.

—¿Mox? —dijo Davin cuando la gran figura se reveló como el luchador con exoesqueleto, que debería haber estado en la luna—. ¿Qué estás haciendo aquí?

Mox se erguía imponente, sin llevar su uniforme de Centurión sino luciendo un conjunto atlético que mostraba las barras negro-plateadas, cables y conexiones que recubrían sus músculos. El pelo negro del hombre, trenzado y grueso, flotaba suelto en la gravedad cero.

—Viola pidió ayuda. Dijo que se reuniría contigo —Mox mostró una sonrisa supernova—. Pensé en tomarme un tiempo libre, ver en qué lío te habías metido ahora.

Sin agarrarse a los pasamanos, Mox se impulsó desde la puerta y flotó hasta la plataforma central. Davin extendió la mano, cogió la mano más grande del hombre en la suya y atrajo a Mox para darle un fuerte abrazo.

—En cuanto a líos, es uno grande —dijo Davin, separándose y mirando hacia Opal—. La diferencia es que este no es todo culpa mía.

—Opal —dijo Mox—. Ha pasado mucho tiempo.

—Así es —respondió Opal—. Te ves bien.

Davin vaciló ante el aire nervioso que de repente les rodeaba antes de recordar que esto no era una reunión de los Nueve Salvajes. Había bandos e intereses serios aquí, y Mox y Opal no eran compañeros. Podrían acabar en extremos opuestos de un tiroteo.

Mox continuó con la ronda de presentaciones, riendo mientras caía por el agujero para ver a Merc y Phyla, mientras Davin volvía hacia la entrada y la mujer que estaba allí, observando la sala central del puesto con ojo analítico. Flotando sobre su hombro, como siempre, estaba el robot metálico gris. Los apéndices de Puk habían crecido desde la última vez que Davin lo vio, una variedad de extensiones largas y delgadas que daban al robot capacidades que Davin nunca quiso poner a prueba.

—¡Viola! —dijo Davin—. ¡Me alegro de que hayas podido venir!

Viola dirigió sus ojos hacia él, ofreciendo una sola mano levantada como saludo. Desde que Davin la conoció como fugitiva en Europa, Viola había avanzado mucho en conocer las líneas grises de la vida en el espacio. Todo presentaba tanto oportunidad como desastre, riesgo y recompensa. Había pasado de ser ingenua a, como Davin la veía ahora, suspicaz.

Cuando Viola se dirigió a los pasamanos, se movió con esfuerzo decidido mientras Puk la seguía. Llegó al centro, tomó la mano de Davin para aterrizar en la plataforma y, al asentarse, tomó una larga respiración.

—Bienvenida al maravilloso Puesto Avanzado X-225 —dijo Davin—. Lo que ves es lo que hay, me temo.

—Bueno, Davin —dijo Viola entre dientes apretados, mirando a Opal—. Vas a conseguir que nos maten a todos.

CAPÍTULO 28
DIPLOMACIA AMISTOSA

A pesar de la advertencia de Viola, nadie murió de inmediato. Ni después de unas horas, ni después de unos días. Reunidos de nuevo, no consideraron las negociaciones hasta el cuarto día, cuando se habían derramado suficientes bebidas y compartido suficientes papillas nutritivas para intercambiar todas las historias que necesitaban ser compartidas.

Davin hizo de maestro de ceremonias, de casamentero: puso al grupo a girar de uno a otro, fomentando la conversación con ingeniosas interjecciones y sugerencias, llevando a grupos a los simuladores del *Jumper* para revivir las misiones que Davin había programado de su pasado. Surgieron tantos momentos de las personalidades en juego, desde Merc y Mox lanzándose insultos mutuamente, hasta Viola y Davin compartiendo secretos de Eden, y Opal y Phyla profundizando en las carreras de balas.

Las horas se consumieron en el Puesto Avanzado X-225, y para cuando tanto Viola como Opal habían recibido llamadas de sus superiores —Yuan y Alissa, respectivamente— nadie había llegado a su límite. Davin y Phyla, la noche anterior, habían hablado de la paternidad, de cómo estos eran, en cierto sentido, sus hijos.

Los Wild Nines, en su mayoría, se habían reunido en una base lejana, con una misión, como siempre, muy por encima de su alcance y habilidades.

No es que tales cosas hubieran detenido antes a los 'Nines'.

Viola entró en la sección central del puesto avanzado con aspecto cansado la siguiente noche, trayendo noticias y órdenes de Yuan para comenzar con las negociaciones. Los movimientos de la flota estaban pendientes, y si se avecinaba una paz con los rebeldes, entonces había piratas y contrabandistas a los que las naves de Eden podían perseguir.

Alissa había dicho cosas similares a Opal, declarando que el ideal tentador de un Júpiter y un Saturno controlados por los rebeldes traería estabilidad, prosperidad, y que era mejor seguir adelante.

—Entonces —dijo Davin, con los dos grupos a cada lado de él, sentados en sofás y sillas recolocados—. ¿Cómo empezamos?

—Expondré primero las condiciones de Eden —dijo Viola, con Puk flotando cerca de ella como siempre—. Vais a escucharlas y os sentiréis insultados, pero Yuan dijo que podía ceder en muchas cosas.

—No se supone que debas decir eso —respondió Opal, sonriendo—. Me permite saber que debo presionarte más.

—Lo siento —contestó Viola—. No estoy exactamente acostumbrada a esto.

Había estado, según le había dicho Viola a Davin, encerrada en los increíbles laboratorios de Eden. Desarrollando diseños para nuevas herramientas, naves y, ocasionalmente, armas. Mientras que Galaxy Forge, la inmensa fábrica de su padre en Ganímedes, se centraba en la producción en masa, Eden quería maravillas, sin importar lo únicas que fueran. La enorme empresa podía coger una idea viable y refinarla; Viola tenía que proponer esas ideas.

Viola había estado bebiendo un poco demasiado vino marciano —el *Jumper* tenía cajas del mismo, pagos extra por sus viajes— y dejó escapar que Yuan y los demás de Eden la habían elegido para esta misión porque pensaban que Davin, Opal y el resto serían indulgentes con ella. Eran amigos de Viola, y la verían como una persona, en lugar de como representante de Eden.

—Viola —Opal borró su sonrisa, juntó las manos—. No te estoy hablando como amiga sino como portavoz de millones que quieren vivir una vida libre. Escuchemos tus condiciones, y luego tú escucharás las nuestras.

—Y, como moderador —intervino Davin—, espero que todos podamos brindar al final de esto. Solo estamos decidiendo el destino del sistema solar, gente. Divirtámonos un poco.

Mox, al menos, le dedicó a Davin un resoplido de apreciación.

Opal le llevaba un par de décadas a Viola, pero la mujer más joven no se inmutó ante la apertura de Opal. Se enderezó, adoptó una pose confiada que Davin no había visto antes. La fugitiva había desaparecido dentro de una coraza profesional.

—Eden quiere todos los mundos interiores —comenzó Viola—. Eso no debería ser un problema para vosotros, ya que los rebeldes no han tenido presencia allí...

—Desde que Eden asesinó a miles en Marte —intervino Merc, y Opal puso una mano en su muñeca.

Viola tomó aire, volvió a la carga—: Como decía, los mundos interiores. Incluyendo el cinturón de asteroides y todo lo que contiene. Estamos dispuestos a ceder Saturno. Neptuno y Urano deberían quedar abiertos a cualquiera que busque oportunidades.

Quién financiaría a esos buscadores de oportunidades no

requería mucha intuición: Eden no dudaría en financiar compañías más pequeñas para establecer puestos avanzados en las fronteras que, cuando esas compañías inevitablemente necesitaran ayuda, Eden apoyaría y luego absorbería.

Aunque, si los rebeldes eran inteligentes, y Davin resistió el impulso de acariciarse la barbilla mientras analizaba esto en el momento, ofrecerían apoyo a esas mismas compañías. Afirmarían tener tiempos de respuesta más rápidos desde Saturno y aprovecharían la inversión inicial de Eden para expandir su propio alcance.

Un juego vertiginoso de movimientos y contramovimientos que Davin no tenía ningún deseo de jugar.

Viola continuó, desglosando acuerdos menores como comercio, transporte y similares. Básicamente, Eden no quería fronteras, no quería aranceles, no quería nada que se interpusiera en el camino del todopoderoso beneficio.

—También nos quedamos con Galaxy Forge —finalizó Viola—. Júpiter en sí es negociable. Galaxy Forge no lo es.

—Y ahí es donde tenemos nuestro punto de desacuerdo —respondió Opal—. Alissa y yo estamos de acuerdo con los territorios propuestos. Haremos nuestras propias leyes en nuestro propio espacio, pero al principio, las fronteras permanecen abiertas. Los bienes fluyen libremente. Queremos Júpiter y Saturno en su totalidad.

—Opal —dijo Mox—. Es la maldita fábrica de su familia. No puedes pedir eso.

—Galaxy Forge fabrica las armas que matan a nuestra gente —respondió Opal—. Puedo, y voy a, pedirla.

Phyla miró hacia Davin, como si el capitán del *Jumper* tuviera alguna visión especial sobre lo que podría cerrar esta brecha particular.

—No voy a renunciar a ella —dijo Viola—. Ceder el resto de Júpiter y Saturno es mucho cuando podríamos simplemente aplastaros.

—¿Ya empezamos con amenazas? —dijo Opal—. Viola, tienes que al menos intentarlo. Si no vas a...

Davin silbó, un sonido escupido y entrecortado. Nunca había aprendido a colocar la lengua y los labios de la forma correcta, pero el extraño ruido sirvió para cortar las palabras de Opal antes de que pudieran hacer más daño.

—Así es como lo veo —dijo Davin—. Como corredor neutral que se beneficia de que dos grandes clientes no se maten entre sí, ¿qué tal si llegamos a un compromiso?

Davin miró entre las dos partes, captando una mezcla de miradas suspicaces y risueñas.

—Supongo que tienes una idea —dijo Opal.

—Por supuesto que la tengo —dijo Davin, dándose cuenta en ese momento de que realmente tenía una idea, una que había estado creciendo en el fondo de su mente desde que Mako perdió a Melody en Calisto—. Galaxy Forge pasa todo su tiempo fabricando naves y armas cada vez más grandes y mejores. Los rebeldes temen que haga a Eden imparable, mientras que Eden no quiere que los rebeldes pongan sus manos en toda esa producción. El lugar en sí es una fortaleza, autosuficiente y listo para enfrentarse a cualquiera que le diga qué hacer.

Asentimientos por todas partes. Un buen comienzo.

—Así que esto es lo que estoy pensando. Hacer que Galaxy Forge sea como yo.

Ahora Davin ganó confusión.

—¿Un capitán engreído que constantemente está metido en líos? —dijo Opal.

—¿Alguien que necesita una ducha? —añadió Merc.

—¿El tío en quien todos los criminales confían sus secretos? —dijo Mox, uniéndose al juego.

—¿Un amigo bienvenido que, sin embargo, lo estropea todo? —dijo Viola, sonriendo.

—¿Mi adorable granuja al que no cambiaría por nada del

mundo, a menos que haga otro trato estúpido? —terminó Phyla.

Davin negó con la cabeza, extendió las manos y volvió a doblar los dedos hacia sí mismo—: Vamos, seguid con los golpes. Puedo soportarlos.

—No, no —respondió Opal—. Creo que es suficiente. Dinos, oh sabio, qué crees que deberíamos hacer con Galaxy Forge.

La clave de la comedia era usarla para preparar el movimiento serio. Atraer a la gente con un poco de risa, un poco de confianza y luego exponer la verdadera jugada cuando estén listos para escuchar.

—Mantenerla neutral —dijo Davin—. No es un taller rebelde, ni un taller de Eden. Galaxy Forge fabrica lo que la gente pide, para quien quiera comprarles.

Opal estaba negando con la cabeza—: Eden tiene más pasta. Siempre podrán comprar más.

—Excepto —dijo Merc—. Galaxy Forge no solo necesita dinero. Es un lugar grande en Ganímedes, lejos de cualquier sitio, excepto Calisto. El propio Júpiter. Si tenemos esos, podemos suministrar los materiales de Galaxy Forge, lo que necesitan para sobrevivir. Tendrían que trabajar con nosotros.

—Exactamente —dijo Davin, señalando hacia Merc—. Eso es pensamiento rebelde, justo ahí.

La lógica expuesta y el grupo la evaluó. Tomaron un rápido descanso para pensarlo. Davin encontró a Mox, y los dos tomaron un poco de café que sabía como la amargura encarnada. El hombretón no parecía particularmente perturbado por nada de lo que había ocurrido hasta ahora, mostrándose casi demasiado relajado.

—Porque realmente no me importa —dijo Mox cuando Davin preguntó—. Estoy aquí para apoyar a Viola, pero la Luna y la Tierra no tienen interés más allá de mantener la paz. Eden es un gran jugador para nosotros, y preferimos que su tiempo y dinero vaya hacia la expansión, la economía, en lugar de la guerra. ¿Pero disputas territoriales? Nah.

—Entonces después, ¿volverás a casa, entregarás un informe y seguirás con tu vida?

—Sí, Davin. ¿Qué más?

Davin se encogió de hombros, un movimiento lento acompañado de un zumbido a través de los labios cerrados—: Podría tener algunas ideas.

—¿Como cuáles?

—Phyla y yo estábamos a la deriva, tío. Transportábamos porquerías entre centros de porquerías y nos manteníamos a flote, pero por dentro nos estábamos muriendo —dijo Davin—. Habíamos abandonado la emoción porque pensábamos que queríamos estar seguros, pero en lugar de eso, esa seguridad estaba arruinando todo.

—Siento oír eso. —Mox terminó el café con un largo trago—. Algunas cosas simplemente no funcionan.

—Cierto —respondió Davin—. Cuando nos encontramos con Merc y Opal, nos incorporaron a su grupo rebelde. Es una causa...

—Voy a detenerte ahí mismo, Davin —dijo Mox—. Ya tengo mi causa: mis Centuriones. No voy a abandonarlos de nuevo. Tengo un hogar, amigos, una vida que no consiste en correr de un trabajo a otro, esperando que me disparen.

—No estamos exactamente *esperando* que nos disparen —replicó Davin, pero Mox no estaba por la labor.

Puk anunció la hora exacta en que terminó el descanso, y toda la tripulación se reunió de nuevo, la misión de reclutamiento de Davin un fracaso. Opal y Viola aceptaron una Galaxy Forge neutral, al menos a los ojos de Eden y los rebeldes, y con los términos generales ensamblados, ambos lados transmitieron la conclusión a sus líderes.

—Negociaciones rápidas —dijo Davin a Phyla mientras los grupos esperaban respuestas de Alissa y Yuan—. Pero supongo que eso es lo que ocurre cuando tienes personas razonables en ambos lados.

—Y un buen hombre mediando.

—¿Crees que soy un buen hombre?

—Algunos días, Davin. Algunos días.

Sin la presión de la negociación, el grupo volvió a sus actitudes más relajadas. Se dejaron llevar durante una hora, una segunda, antes de que una preocupación de bajo nivel comenzara a flotar en los ojos de todos. Opal y Viola comprobaron sus comunicadores una y otra vez, llamaron a Fournine y Puk para verificar si había habido una respuesta y se la habían perdido.

Después de pasar la mitad del día ociosos, no había duda: Alissa y Yuan habían desaparecido.

Y cuando Fournine anunció que el radar del *Jumper* había detectado naves aproximándose, Davin no tuvo que decirle a nadie que los buenos tiempos habían terminado.

CAPÍTULO 29
SE ACABÓ EL TIEMPO

La respuesta general a las naves que se aproximaban no fue lo que Davin esperaba. Cuando transmitió la comunicación de Fournine al grupo reunido, la reacción general fue un encogimiento de hombros bien definido. Opal y Viola asumieron que las naves eran de sus respectivos bandos, o incluso de ambos, que venían para añadir más participantes a las negociaciones.

—Esperad —dijo Davin a eso—. ¿Estáis diciendo que nuestras conversaciones secretas no eran tan secretas?

—¿Te sorprende tanto? —respondió Merc—. Apuesto a que la mitad de Eden sabe lo que está pasando aquí. Y Alissa probablemente está utilizando esto para mantener el apoyo de cualquiera que tema la victoria de Eden en Calisto.

Ambos bandos volvieron a sus comunicadores e intentaron enviar mensajes. Davin cruzó la mirada con Phyla y, juntos, los dos regresaron a la *Jumper*. Fournine confirmó que las naves se acercaban y reducían a velocidad de atraque.

—¿Cuántas? —preguntó Davin, volviendo a colocar su arma lateral en la funda y cogiendo uno de los rifles de la *Jumper*.

—Tres —dijo Fournine—. Todas de nuestro tamaño aproximadamente, aunque parecen más diseñadas para el combate que para misiones diplomáticas.

—Por supuesto que sí —dijo Davin—. Phyla, ¿estás escuchando esto?

Con su propia arma lateral, un rifle en cada mano y un tercero colgado sobre su hombro, Phyla asintió.

—A veces diría que somos demasiado suspicaces, pero esta vez... no lo creo.

Resumiendo, había dos tipos de sorpresas: buenas y malas. ¿Un regalo de cumpleaños o un helado de cometa inesperado en la nevera? Sorpresas buenas. ¿Naves no identificadas acercándose sigilosamente a tu conferencia supuestamente secreta entre las dos mayores potencias del sistema solar?

Malas. Definitivamente malas.

—Fournine —dijo Davin—. Mantén a Eightsix en la bahía de Eden. Que dé la alarma si alguien sospechoso aparece por allí.

—¿Te gustaría que hiciera lo mismo aquí? —respondió Fournine.

—Si alguien que no conoces pone un pie en nuestra bahía —dijo Davin—, redúcelo a cenizas.

—Una respuesta agresiva. Me gusta.

—Me lo imaginaba.

Cargados con sus armas, granadas y chalecos protectores, ahora incluidos de taquillas que habían permanecido sin usar durante mucho tiempo, Davin y Phyla volvieron a la bodega de carga de la *Jumper*. Cada misión tenía cierto aire antes de comenzar, incluso las sorpresa como esta, que venía con tensión, una comprensión de que, sin importar lo hábiles o afortunados que hubieran sido antes, esta podría ser la última. El último momento que compartirían el uno con el otro.

—Apuesto a que no será nada —dijo Davin mientras estaban en lo alto de la rampa—. Nos estamos arreglando todos y resultará ser, no sé, un equipo de mantenimiento que viene a inspeccionar este lugar.

—Sí, seguro que es eso —Phyla no correspondió a la sonrisa de Davin—. Davin, sé que últimamente hemos estado dispersos. Sé que hemos cometido muchos errores.

—Tú quizás.

—Cállate. —Phyla golpeó a Davin con la parte delantera de un rifle—. Intento decirte que de alguna manera aún te quiero, y que más te vale salir vivo de esta, porque todavía no he terminado contigo.

Davin reprimió el impulso de hacer otra broma, porque algunos sentimientos se transmitían mejor sin palabras. Un momento rápido y suave que sirvió para recordar a Davin por qué esa mujer apasionada había sido su compañera en todos los sentidos durante tanto tiempo.

Y, si podía hacer algo al respecto, lo sería durante mucho tiempo en el futuro.

—¿Quieres quedarte en la nave? —dijo Davin—. ¿Mantener la *Jumper* lista para salir por si necesitamos escapar rápidamente?

—Fournine puede mantenerla caliente —respondió Phyla—. Prefiero cubrir tu astuto trasero.

Cuando Davin y Phyla regresaron al anillo central, Fournine anunció que el par de naves había llegado al puesto avanzado. Con ambas bahías de atraque ocupadas, las naves no tenían una forma fácil de desembarcar a su personal en el asteroide. Podrían haber pedido a Viola o a Phyla que movieran sus naves, pero los recién llegados no habían respondido a una sola llamada. No se habían puesto en contacto.

—Empiezo a pensar que podría haber algo en tu teoría —dijo Opal, tomando un rifle cuando Davin le entregó uno—. Esto se parece menos al siguiente paso en nuestras negociaciones y más al final repentino.

Viola, Mox y Merc estaban escupiendo teorías sobre quién

podría estar arruinando su fiesta, considerando que los únicos que sabían que todo esto estaba ocurriendo eran Alissa y Yuan, posiblemente otros en los altos cargos de ambas organizaciones.

—Por mi experiencia —dijo Davin, ayudando a Phyla a entregar dos de sus rifles a Merc y Mox—, siempre hay alguien que busca beneficiarse de una pelea. ¿Podéis pensar en alguien que quisiera ver a Eden y los rebeldes disparándose entre sí?

—¿Como tu padre? —preguntó Merc a Viola.

—Él nunca...

La réplica de Viola murió cuando el puesto avanzado se sacudió, un estruendo desgarrador procedente de la bahía de Eden. La puerta cerrada que conducía hacia atrás se estremeció cuando la metralla chocó contra ella, y esas luces amarillas parpadearon mientras el puesto avanzado activaba una alarma lenta.

Los Wild Nines no habían sido un equipo durante años, pero los instintos son instintos. El grupo entró en acción, Opal y Phyla se lanzaron a los lados opuestos, abriendo puertas hacia los baños y los alojamientos para usarlos como cobertura. Mox saltó cerca de la puerta de la bahía de Eden, manteniéndose a un lado y listo para disparar a cualquiera que la cruzara.

Merc se dirigió a la *Jumper*, preparado para cubrir tanto esa bahía como para presentar otra línea de fuego. Viola, y Puk con ella, siguieron a Merc, dirigiéndose a la *Jumper* por recomendación de Davin.

La mujer era científica y, a pesar de haber acabado con Bosser, no pertenecía a un tiroteo como este.

Davin se quedó en el centro, sentado en el sofá con la mejor vista de la puerta de la bahía de Eden y sacó su arma lateral. Manteniendo el arma pequeña preparada en su mano, Davin adoptó una expresión aburrida que no coincidía, para nada, con la excitación arremolinada que agitaba sus nervios.

Había sentido el entusiasmo en la batalla de la flota sobre Calisto, la colisión entre fuerzas y la lucha segundo a segundo para mantenerse con vida. Esto tenía esa misma sensación, pero por encima de todo, Davin sentía a su familia. Su tripulación.

Había desperdiciado años entregando carga, creyendo que eso le mantendría a salvo y cuerdo. Pero ¿esto? Esto mantendría a Davin vivo.

—Fournine, ¿has obtenido algo de Eightsix? —dijo Davin sobre las alarmas de la estación—. Ese estruendo no sonaba bien.

—Informa daños menores —respondió Fournine—. Se ha cubierto detrás de algunos escombros. Una de las naves está atracando en la bahía de Eden ahora.

—No puede ser fácil ya que acaban de hacerla explotar.

—Están rayando su casco, pero han logrado aterrizar —dijo Fournine—. Eightsix dice que hay personas desembarcando.

—En serio.

—Y están armados.

—Qué sorpresa.

—No pareces sorprendido —dijo Fournine—. Mi capacidad para leer emociones humanas es bastante avanzada, y...

—¿Fournine? —dijo Davin, observando la puerta de la bahía de Eden—. Cállate. Dile a Eightsix que se prepare. Si puede, podríamos usar un androide sorpresa de nuestro lado.

—Si tan solo no hubiera destruido mi cuerpo...

Davin cortó la llamada. Cruzó la mirada con Mox. El hombre no tenía su gran cañón acoplado al pecho esta vez, así que el rifle tendría que servir. Echó un vistazo alrededor, confirmó que Merc, Phyla y Opal estaban en posición.

La puerta de la bahía de Eden se abrió.

Amado entró con toda la confianza arrogante propia de alguien que se creía invencible. Flanqueado por otros dos agentes, los tres vistiendo trajes de batalla que parecían apropiadamente de alta tecnología, Amado miró alrededor de la sala, encontró a Davin y negó con la cabeza.

—Pensé que estábamos interrumpiendo negociaciones —dijo Amado—. ¿Y sin embargo no veo nada parecido?

—Es difícil hablar cuando haces tanto ruido —dijo Davin—. Y estábamos progresando bien, además.

—Lamento oír eso —respondió Amado, mirando a Mox y su rifle levantado—. Veo al guardaespaldas. ¿Dónde está Viola?

—Pausa para el baño —dijo Davin, sin moverse del sofá—. ¿Te importaría explicar por qué volaste el barco de tu propio bando?

Davin supuso que él y Phyla eran los únicos que conocían a Amado, que sabían para quién trabajaba. Cuanta más información pudiera transmitir a Mox, Merc y Opal mediante la conversación, más entenderían.

—Eden es una empresa grande. —Amado avanzó de una patada. Como Mox, el hombre no tocó las barandillas sino que se deslizó hasta la plataforma central del puesto. Se detuvo en su borde. Los dos agentes se impulsaron tras Amado, y otros dos agentes les siguieron, enfrentándose a Mox—. Los brazos izquierdo y derecho no siempre trabajan juntos.

—Aparentemente. —Davin revisó su comunicador, dejó que su arma lateral permaneciera abajo, apuntando a través del agujero central de la plataforma—. ¿Vas a ir al grano en algún momento de hoy? Tengo cosas que hacer.

—Por supuesto. —Amado alcanzó su muslo, donde un clic y un silbido desbloquearon un arma lateral enfundada. La sacó, la levantó y apuntó a Davin, que se negó a inmutarse—. Estas negociaciones han terminado.

Eso era lo que Davin necesitaba oír. Apretó el gatillo de su arma lateral y disparó, un proyectil que no fue ni cerca de Amado, que pasó por debajo de la plataforma y hacia el espacio debajo de la puerta de la bahía de Eden. El disparo golpeó una mina que Mox había colocado allí, una que cumplió con su responsabilidad y explotó.

El núcleo del puesto avanzado se sacudió cuando la mina estalló, un estruendo cáustico que envió fragmentos de metralla volando, que dobló y rompió las barandillas de la puerta de la bahía de Eden. La plataforma de la puerta bloqueó la explosión para evitar que destrozara a Mox y a los agentes, pero Mox sabía que la explosión iba a ocurrir. ¿Los agentes?

Rebotaron en la plataforma, la gravedad cero no les daba estabilidad, y flotaron al descubierto. Merc y Mox los acribillaron. En la plataforma central, la explosión empujó a Amado hacia adelante, obligándole a agarrarse al sofá. Sus dos agentes de respaldo no tuvieron tanta suerte, con la fuerza empujándolos hacia las líneas de fuego letales de Phyla y Opal.

Davin también sintió el empuje de la mina, su fuerza de calor empujándolo hacia atrás. Davin atrapó el respaldo del sofá con su mano sin arma, utilizó su volumen atornillado para sujetarse y volver, ahora detrás del sofá. Cobertura perfecta, gracias a un movimiento más propio de héroes de acción que de capitanes espaciales arrogantes.

De vez en cuando, Davin todavía podía demostrar su valía.

—¿Qué tal una rendición, Amado? —gritó Davin mientras los efectos del zumbido en los oídos de la mina disminuían.

La sala central tenía un tinte inquietante después del combate de dos segundos, mientras cuatro agentes carbonizados de Eden flotaban en el aire.

—Supongo que debería haberlo esperado —dijo Amado, y Davin se asomó por encima del sofá para ver que el agente jefe había adoptado la misma estrategia de Davin y se había agazapado en el centro de la plataforma. A pesar del agujero en el centro, Amado tenía buena cobertura y ahora tenía un arma lateral en cada mano mientras giraba los ojos a su alrededor—. Pero no sois los únicos con sorpresas.

El comunicador de Davin vibró. Fournine, sin duda, pero no podía arriesgarse a apartar la vista de Amado. No cuando debería estar disparándole.

—Tomaré eso como un no a la tregua, entonces —dijo Davin, fingiendo moverse por encima del sofá y en su lugar apuntando por el lado.

Amado disparó ambas armas laterales en ambos lugares, quemando agujeros en el sofá y haciendo que Davin retrocediera. Amado no dejó de disparar, cada proyectil atravesando la tela que, Davin se dio cuenta, no ofrecía absolutamente ninguna protección.

—¡Cuando queráis ayudar! —gritó Davin mientras se dejaba caer, tirando de sí mismo hacia y sobre el borde de la plataforma mientras Amado iluminaba el aire sobre él.

—¡Estamos ocupados! —gritó Opal, y Davin notó, mientras se movía, que ella y Phyla estaban disparando.

—¿Con qué?

Mientras Davin se volteaba hacia la parte inferior de la plataforma, vio a Mox salir volando, el hombre estrellándose contra la curva inferior de la sala. Con disparos láser siguiéndola, Eightsix se lanzó directamente sobre Mox, aplastando el exoesqueleto contra la pared.

Oh.

La androide de Eden había vuelto a casa.

CAPÍTULO 30
RETIRADA TÁCTICA

Enfrentarse a Ochoseis en los estrechos confines del *Jumper*, con Phyla ayudando a preparar una emboscada, suponía unas probabilidades muy diferentes a adaptarse sobre la marcha al giro del androide. Mox, aplastado contra el suelo de la sala central, sirvió como punto de apoyo para que Ochoseis rebotara hacia el centro, hacia Davin. El movimiento fue rápido, demasiado rápido y preciso para que un humano pudiera seguirlo. Opal y Phyla dispararon, sus láseres proporcionando un resplandeciente rastro al vuelo de Ochoseis.

Los androides eran realmente lo peor.

Davin se impulsó desde la plataforma central, apuntando hacia abajo. Mientras caía, Davin se encogió y dirigió su arma hacia donde había estado de pie, donde Ochoseis tocaba. El capitán empezó a apretar el gatillo cuando un láser diferente impactó a Davin en el pecho, quemando su chaleco protector y enviando ese familiar escozor a lo largo de sus nervios. Un segundo disparo siguió, golpeando aún el chaleco de Davin, pero más arriba.

Amado mataría a Davin en un segundo, así que Davin apartó el dolor y dio la espalda a la plataforma. El siguiente disparo penetrante quemó la chaqueta de Davin y entró en su espalda, perforando otro agujero en el chaleco protector. Pero Davin no estaba muerto.

Todavía no.

Ochoseis se estrelló contra Davin, empujándolo hacia el suelo tal como el androide había hecho con Mox. Sus pies presionaron en el centro de su espalda, convenientemente golpeando justo donde el láser de Amado había quemado la piel de Davin. Davin se inclinó al acercarse el suelo, metiendo la cabeza en su hombro. No podía evitar el impacto, así que bien podría aprovecharlo.

Davin rebotó en la baldosa metálica, el golpe vibrando a lo largo de su brazo, y rodó hacia la derecha. El impulso del salto dio a su giro la velocidad que necesitaba para escapar de los pies de Ochoseis, para esquivar su alcance. Cuando Davin volvió a girar, apuntó y disparó, justo al aire vacío donde Ochoseis había estado un milisegundo antes.

El grito de Opal advirtió a Davin del siguiente objetivo del androide mientras la máquina continuaba su asalto rebotando, pero la líder rebelde tendría que defenderse por sí misma un minuto más. El giro de Davin, difícil de detener en gravedad cero, lo volvió a orientar hacia la plataforma central, donde Amado permanecía en su parte inferior, preparando otro disparo hacia Davin.

Ambos dispararon, la puntería de Amado dificultada por el movimiento de Davin, y la del propio Davin por lo mismo. Ambos láseres fallaron, abriendo agujeros junto a sus objetivos. Davin presionó su hombro izquierdo contra el suelo, deteniendo su giro. Él y Amado se miraron fijamente, con las armas desenfundadas y listas.

Cuando llevas suficiente tiempo haciendo este tipo de trabajos, terminas mirando muchos ojos diferentes justo antes de que mueran. Davin había visto ojos temerosos, aquellos que empujaron su suerte más allá de sus límites y, en su pánico final, pasaron esos segundos recorriendo sus vidas para encontrar dónde se equivocaron. Había visto miradas valientes, que no se acobardaban ante sus decisiones y enfrentaban lo inevitable con el coraje necesario.

Y Davin había visto ojos como los de Amado, aquellos que incluso a metros de distancia transmitían un nihilismo glacial, una determinación por completar la misión porque la misión era lo único que importaba. La contienda, el objetivo y nada más.

A los que tenían esos ojos, a Davin no le importaba dispararles. Principalmente porque ellos le dispararían a él.

Una pequeña esfera arruinó el momento. Surgiendo a través del suelo de la isla central con toda la precisión que permiten las cosas con propulsores de maniobra, Puk se deslizó junto a la cabeza de Amado y, cuando el agente de Eden se volvió para ver qué estupidez había interrumpido su momento de gloria, Puk le electrocutó la cara con un impresionante rayo azul.

Amado quedó inerte y se alejó flotando de la plataforma. Davin se incorporó bruscamente, mirando hacia el tiroteo en curso mientras Ochoseis bailaba entre Phyla, Opal y Merc. No sería de mucha ayuda allí, no ahora.

—Gracias, amigo —gritó Davin a Puk—. Te debo una.

—Según mis cálculos, me debes varias —respondió Puk, dando a Amado una segunda descarga aturdidora por si acaso—. Además, no sé cómo te sientes respecto a probabilidades abrumadoras, pero Eden está cambiando sus naves. Fournine, Viola y yo creemos que deberíamos huir.

—Entonces huyamos —dijo Davin, haciendo una mueca al ponerse de pie—. ¡Vámonos, gente!

Es fácil pedir una retirada cuando no tienes un androide que te acecha con manos y pies giratorios, y los huesos metálicos detrás de ellos. Davin vio a Opal saltando lejos de Ochoseis, mientras el androide intentaba seguirla pero era ahuyentado por el fuego constante del rifle de asalto de Merc. Phyla, que parecía haber recibido una patada en el estómago, escuchó la llamada de Davin y se impulsó hacia la puerta donde estaba Merc.

Mox, sin embargo, aún no se había movido de donde Ochoseis lo había dejado.

Normalmente, Mox era quien realizaba los rescates. Aplastaba las fuerzas enemigas como un puño atravesando papel de aluminio, pero ahora Davin tenía que intercambiar los roles.

—Cúbreme —le dijo Davin a Puk—. Voy a por Mox.

—¿Te das cuenta de que soy un pequeño bot, verdad?

—Entraste en la pelea —Davin se impulsó hacia Mox, con Puk flotando junto a él—. Ahora estás atrapado con nosotros.

—Podría volar lejos.

Fournine tenía sarcasmo, pero Davin no podía hacer mucho al respecto: ser un ordenador de vuelo protegía a Fournine de, digamos, un puñetazo perdido o un pequeño disparo láser en la cara del bot. Puk no tenía tales protecciones, y solo la aparición de más agentes de Eden, flotando hacia la sala, evitó que Davin le diera una bofetada a Puk.

—Solo cómprame unos segundos —dijo Davin, tocando el suelo con los dedos de los pies para frenar al llegar junto a Mox.

Davin enfundó su arma mientras Puk, aceptando su destino, se lanzó hacia los agentes de Eden. El bot esférico comenzó a gritar tonterías aleatorias mientras volaba, desviando la atención y la puntería de Merc, de Davin.

Lo que permitió al capitán sacar una granada de su cinturón, presionar el botón para activarla, y lanzar la parpadeante bola hacia la entrada de Eden. El explosivo tenía años de antigüedad a estas alturas, así que Davin no podía estar seguro de que funcionara, pero no iba a ganar un tiroteo con su pistola contra agentes armados con rifles, incluso con la molesta ayuda de Puk.

La bomba de mano demostró su calidad de fabricación exactamente tres segundos después, cuando los agentes se dieron cuenta de lo que venía hacia ellos e hicieron saltos para ponerse a salvo. La granada explotó en una llamarada azul, una combinación de fuerza concusiva y magnética destinada a romper huesos y apagar equipos electrónicos por igual.

Los agentes, cuyos saltos no fueron lo suficientemente rápidos, se desparramaron y salieron disparados hacia un impacto aplastante contra el techo de la sala. La plataforma de la entrada, ya astillada por la mina que Davin disparó al inicio de todo este lío, se rompió por completo, fragmentos estallando en esa forma tan peculiar de la gravedad cero. La puerta en sí se arrugó, la barrera real deslizándose hasta la mitad y enviando chispas mientras sus motores fallaban: cualquier agente más tendría que arrastrarse para entrar.

—Vamos, Mox —dijo Davin, apartando la mirada de los resultados de su destrucción—. Es hora de irnos.

Mox gimió, pero cuando Davin se agachó y le dio una buena bofetada en la cara, logró despertar. El agarre de su exoesqueleto se sentía lo suficientemente fuerte como para romper la mano de Davin, pero la gravedad cero ayudó de nuevo cuando Davin los impulsó a ambos hacia la puerta de Merc.

El piloto de combate disparaba fuego constante desde su rifle hacia el lado opuesto de la sala, donde una mirada confirmó la ubicación actual de Ochoseis, atrapada en los aseos. Puk llegó antes que Davin y Mox a la puerta y salió zumbando, seguido por Opal, que parecía favorecer un brazo.

—Gracias por recogerme —dijo Mox mientras volaban a través de la habitación, su voz mezclando las palabras—. El bot me golpeó fuerte.

—Suele hacer eso —dijo Davin—. Cuando toquemos suelo, ve al *Jumper*.

—¿Qué harás tú?

—Proteger a mi tripulación.

Merc extendió un brazo, dejando que su rifle disparara

muy lejos del objetivo, para atrapar a Davin y Mox cuando llegaron a la plataforma. Opal también esperaba, sirviendo como amortiguador y luego como relevo para Davin.

—Te cambio —dijo Davin, dejando que ella se llevara a Mox y tomando el rifle de Opal a cambio.

—Mal trato —respondió Opal—. Vamos, compañero.

Los dos se impulsaron hacia el *Jumper*, dejando a Merc y Davin cubriendo una sala que se llenaba de agentes de Eden caídos y un androide. Ochoseis aprovechó la distracción de Merc al atrapar a Davin y Mox para saltar lejos de los baños. Se había pegado a la plataforma central, usando sus muebles destrozados como cobertura.

—Es hora de irse —le dijo Davin a Merc—. Te cubro.

—Pensaba que se suponía que era al revés —respondió Merc mientras ambos esparcían disparos hacia Ochoseis—. ¿No se supone que el capitán es quien debe escapar?

—Has estado viendo las películas equivocadas —dijo Davin—. Y de todos modos tu rifle está casi sin energía.

Otra explosión interrumpió la conversación, procedente de la entrada de Eden. Un estallido más grande esta vez, destrozando la puerta medio cerrada. Más agentes de Eden entrarían pronto.

—No se rinden, ¿verdad? —dijo Merc.

—Pero nosotros sí. Ponte en marcha. —Davin extendió la mano, tiró de Merc para colocarlo detrás de él—. Dile a Fournine y a Phyla que enciendan los motores y las torretas.

—De acuerdo, pero Davin —dijo Merc mientras se alejaba impulsándose—. No te mueras aquí fuera.

—No tengo pensado hacerlo.

Davin mantuvo el fuego hacia Ochoseis, retrocediendo mientras los agentes de Eden entraban en tropel a la sala. La puerta de la bahía de acoplamiento del *Jumper* le proporcionaba cierta cobertura. El androide no parecía muy dispuesto a tentar su suerte, así que Davin echó un vistazo hacia su nave, vio a Merc subiendo por la rampa.

Era hora de terminar la fiesta.

Él y Phyla tenían granadas, y a Davin aún le quedaban tres en su cinturón. Manteniendo apretado el gatillo del rifle con la mano derecha, los disparos dispersándose por la habitación, Davin desabrochó el cinturón de munición—cargado con paquetes de energía para los rifles—de su cintura con la mano libre y lo lanzó suavemente al aire sin gravedad, activando una de las granadas con una presión del pulgar.

Ochoseis se dio la vuelta sobre la plataforma, su cuerpo quemado por el láser moviéndose aún con perfección inhumana. Cuando vio las granadas de Davin, cuando vio su sonrisa mortal, el androide detuvo su movimiento, lo invirtió, y se alejó zambulléndose, de vuelta hacia los dormitorios. En ese mismo movimiento, Davin la vio alcanzar el cuerpo flotante y aturdido de Amado.

No es que importara. Davin lanzó el cinturón de granadas hacia adelante en la habitación, luego se impulsó hacia el *Jumper*.

—¡Escudos a popa, en marcha! —ordenó Davin mientras volaba hacia la rampa.

La entrada del *Jumper* se alzaba frente a él, y más allá de la mole de la gran nave, el escudo magnético del Puesto Avanzado X-225 mostraba las naves de Eden acechando fuera. Más allá de ellas, el espacio brillaba con un perfecto negro azulado, aunque cualquier luz estelar quedaba diluida en el resplandor del motor del *Jumper*.

Aún así, una hermosa vista para una última mirada.

Detrás de él, Davin sintió, luego escuchó la explosión ondulante cuando las granadas detonaron, cuando golpearon los paquetes de energía y liberaron toda esa energía acumulada. Voló hacia la rampa, casi tocándola, mientras el calor, la energía, lo envolvía.

Protegiendo a su tripulación. No hay mejor manera de irse.

CAPÍTULO 31

HUIDA DEL ASTEROIDE

Que te abrace Mox es toda una experiencia. Que te abrace Mox mientras un puesto avanzado en un asteroide explota a tus espaldas es, además, algo que te salva la vida.

Davin alcanzó la rampa y Mox lo recogió, girándose al mismo tiempo para interponer su grueso exoesqueleto, donde la metralla voladora que había penetrado los escudos del *Jumper* repiqueteó contra la estructura metálica y rebotó. El calor y la energía eléctrica de la explosión rebotaron en los escudos, dispersándose por la roca que los rodeaba.

—¿Deuda saldada? —preguntó Mox, ayudando a Davin a entrar en la bodega de carga mientras la rampa se cerraba tras ellos.

El *Jumper* se estremeció al despegar, alejándose a toda velocidad del asteroide.

—Lo pensaré —dijo Davin—, pero hay grandes posibilidades.

Mox se rio, y Davin levantó la mirada esperando ver a su tripulación distribuida por la bodega del *Jumper*. O al menos, eso era lo que pensaba que vería. En lugar de ello, ni un alma más allá de Davin y Mox ocupaba el espacio, aunque los gritos llenaban la nave igualmente.

Opal y Merc, señalando objetivos desde las torretas del *Jumper*. Viola, con su voz procedente de los motores en la parte trasera, refinando la distribución de energía del *Jumper* como solía hacer Trina. Una función que Davin había trasladado a la cabina, pero que se monitorizaba con mayor precisión desde los propios motores. Phyla y Fournine intervenían con sus vectores, la ruta para escapar de los asteroides y de cualquier persecución.

A pesar del roce con la muerte, a pesar de la bola de fuego que arrasaba el puesto avanzado a sus espaldas, una lágrima amenazaba con escapar del ojo de Davin.

—Como en los viejos tiempos —dijo Mox—. ¿Necesitas que te cure?

—Luego —respondió Davin—. Cuando salgamos de este lío. ¿Me lanzas arriba?

—¿Qué soy, un juguete?

—¿Solo por esta vez?

Suspirando, Mox lanzó a Davin hacia el segundo nivel del *Jumper*. Agarrándose a la barandilla, Davin se impulsó por encima y entró en la cabina. Flotó a patadas hasta el asiento junto a Phyla. Miró por la cabina y vio rocas girando, destellos brillantes de láser y dos naves de Eden que viraban para perseguirlos.

—Hola —saludó Phyla—. Qué amable por tu parte acompañarnos.

—Me entretuve.

—Eso he oído.

—¿Ah, sí?

—Difícil no hacerlo —dijo Phyla—. ¿Este nuevo tú va a hacer explotar cosas dondequiera que vayamos?

El comentario descolocó a Davin hasta que repasó la historia reciente. Desde Calisto, los destinos de Davin parecían acabar entre llamas: el almacén de comida, el buque insignia de Opal, y ahora el puesto avanzado. Una tendencia inquietante.

—Dijiste que encontrara una causa. Quizá sea esta. —Davin echó un vistazo a la consola. Opal y Merc seguían disparando con furia, mientras que el *Jumper* apenas recibía fuego de respuesta—. ¿Estamos bien?

—¿Para una escapada precipitada de una emboscada? —dijo Phyla—. Sí, estamos bien. Viola está desviando la potencia de nuestros láseres a los motores para sacarnos de aquí, así que Merc y Opal están disparando más para aparentar.

Davin volvió a mirar la consola. Seguía viendo solo dos naves de Eden; la tercera, al parecer, había sido aplastada en el continuo derrumbe del puesto avanzado. Ambas naves igualaban al *Jumper* en tamaño, pero parecían ser transportes de tropas más que naves preparadas para el combate.

—¿Por qué huir? —dijo Davin—. Ellos vinieron a por nosotros. Deberíamos demostrarles que tenemos colmillos.

—Fournine —dijo Phyla, inclinando el *Jumper* hacia abajo y alejándose en círculo alrededor del asteroide del puesto avanzado. Una maniobra que pondría la roca entre el *Jumper* y las naves de Eden—. Cambia la consola de Davin a largo alcance.

La pequeña pantalla entre las manos de Davin había mostrado unos pocos puntos rojos junto a la gran mancha negra que representaba el puesto avanzado. El cambio de Fournine redujo esos puntos a diminutos puntitos, el asteroide a una huella de pulgar. En la parte izquierda de la consola, un desagradable enjambre rojo que parecía un poco una explosión pixelada se expandía hacia el *Jumper*.

—Esos transportes no vinieron solos —supuso Davin.

—Tenemos un ganador —respondió Phyla—. Fournine, aquí presente, no consideró oportuno avisarnos cuando aparecieron el crucero y sus cazas.

—Estamos en espacio de Eden —respondió Fournine con

un chasquido—. La presencia de un crucero mientras negociamos con representantes de Eden no parecía sospechosa.

—Quizá Viola pueda ajustar sus algoritmos —dijo Davin —. Todos esos puntos. Supongo que son cazas, ¿no?

—Pronto lo averiguaremos —Phyla tocó la consola, cambió la comunicación a los motores—. Viola, estamos fuera del alcance de disparo. Fuerza los motores hasta que te diga lo contrario.

—Entendido —respondió Viola, y el *Jumper* aceleró inmediatamente.

Navegar por el espacio abierto daba la sensación de que no te movías en absoluto. Sin gravedad, el aumento del empuje no se notaba en los músculos. Aquí, con rocas sueltas flotando alrededor, la aceleración del *Jumper* hacía que los asteroides se volvieran borrosos al pasar, la vista diciéndole a Davin lo que el resto de su cuerpo no podía.

—Esos transportes no nos alcanzarán —dijo Davin, observando la consola, consciente de cuántas monedas había invertido en los motores del *Jumper*—. Esos cazas lo harán, si quieren.

—Depende de cuánto quieran vernos muertos.

Y esa era la verdadera pregunta. Amado no había dado mucha respuesta: ¿por qué querría Eden asesinarlos a todos? ¿Por qué esforzarse tanto en matar a un grupo de desechos? Opal tenía el mando rebelde, claro, pero acababa de perder su flota, y probablemente su reputación. Davin y Phyla, por mucho que no le gustara admitirlo, valían una mierda en la escala de poder del sistema solar.

¿Mox? Nada. Ningún Centurión Lunar tenía valor fuera de la superficie de la Luna.

Merc era un actor secundario competente.

Lo que dejaba a la propia Viola, que era tanto la hija del mayor fabricante de armas de Eden como —pensaba Davin— un miembro bastante importante de la división de ingeniería de Eden.

No había una respuesta fácil.

—Supongo que tendremos que salir de esta y averiguarlo —dijo Davin.

—¿Qué?

—Solo pensaba en voz alta. —Davin se inclinó sobre la consola, activó la comunicación en una emisión amplia—. Eh, Nueves, tenemos una ola de cazas acercándose. Opal, he visto ese brazo. ¿Estás bien para manejar una torreta cuando los objetivos pueden moverse realmente?

—¿Los Nueves? —se burló Merc con una carcajada.

—Mox y yo estamos intercambiándonos —dijo Opal—. Y si estás dispuesto a rescatarnos, Davin, puedes llamarnos como quieras.

—Mi equipo intentó matarme —añadió Viola—. Vosotros nunca lo hicisteis. Estoy dentro.

—Fuera de la Luna, esta es mi tripulación —dijo Mox.

—Ya estoy pilotando esta caja cohete, así que supongo que no tengo elección —completó Phyla la alineación—. Manteneos alerta, todos. Aquí vienen.

Phyla acertó. Veinte puntos rojos se acercaban al *Jumper*, arremolinándose desde atrás, arriba y abajo. Más que suficientes cazas para sobrepasar los escudos del *Jumper*. Más que suficientes para destrozar la querida nave de Davin y a su nueva tripulación.

Los cazas de Eden, naves dron pilotadas por cálculos en lugar de instinto humano, se agruparon en enjambre. Sin necesidad de cabinas, las naves parecían discos cubiertos de propulsores y láseres. En constante comunicación entre sí, y capaces de saltar por el vacío con cambios precisos, las malditas cosas eran difíciles de golpear aunque carecían del instinto asesino que podía proporcionar un piloto de sangre caliente.

Phyla redujo la velocidad del *Jumper* cuando los cazas les alcanzaron, permitiendo a Viola desviar energía de vuelta a las torretas. Los transportes más lentos ni siquiera intentaban alcanzarlos, una realidad que dejaba perfectamente claro el objetivo de Eden: esta vez no habría prisioneros.

Mox y Merc abrieron fuego con las torretas cuando los drones entraron en su alcance, deslizándose alrededor de los asteroides o entrelazándose a través del telón de estrellas del espacio. Los láseres se perdían en el vacío mientras las naves drone se hundían y esquivaban, mientras el fuego de respuesta, cada vez mayor, golpeaba los escudos del *Jumper*.

—Son demasiados —dijo Phyla—. Y no podemos dejarlos atrás.

—¿Así que necesitamos una idea o estamos muertos? —respondió Davin.

—Completamente.

Davin se levantó de su silla, sintiendo la piel quemada tensa y retorcida. Se impulsó fuera de la cabina mientras Phyla hacía girar el *Jumper* en espiral, colocando un caza dron en la mira del cañón frontal. Un disparo sostenido produjo un destello blanco cuando Davin abandonaba la cabina; los restos del caza se iluminaron con un breve resplandor antes de que el espacio los apagara.

—¿Adónde vas? —le gritó Phyla.

—¡A por una idea! —respondió Davin, llegando a la bodega de carga del *Jumper* y mirando aquel contenedor familiar. Echó un vistazo a su comunicador, configurado para transmitir dentro de la nave—. Viola, por favor, dime que no todas las naves de Eden pueden bloquear esa nueva arma.

Nada durante un segundo, y luego la voz de Viola se activó:

—Actualizamos todo, Davin. Estamos fabricando más de esas armas ahora mismo. Eden quería garantizar que sus naves estuvieran a salvo.

El *Jumper* se estremeció cuando un caza logró un disparo directo. El grito vengativo de Mox se escuchó un segundo después, declarando que el caza ofensor era ya una nave muerta.

Quedaban muchos más.

—Pero —continuó Viola—, la defensa mata los sistemas una vez que se detecta el ataque, y tendrán que reiniciarse. No es un retraso largo, pero aquí...

¿Unos segundos de inactividad, quizá más para los drones? Eso podría funcionar.

Davin abrió el contenedor y sacó la bola naranja y plateada. El *Jumper* se sacudió de nuevo, y una alarma siseó una advertencia; algo explotó cerca de la enfermería. El movimiento lanzó a Davin por el aire, y la bola flotó lejos de él.

Phyla hizo girar el *Jumper*, y la bodega de carga se movió alrededor de Davin y la bola. Sin nada contra lo que empujarse, Davin flotaba muy lentamente hacia una pared lateral, hacia cualquier cosa que pudiera usar para recuperar impulso.

—¿Necesitas ayuda? —preguntó Opal, viniendo desde la enfermería.

—¿Esa bola? Cógela. Pulsa el botón —dijo Davin, señalando.

Opal, siempre atenta y dispuesta, saltó hacia la bola flotante y la atrapó cuando el *Jumper* recibió otro impacto. Aire comprimido salía de uno de los conductos de las torretas, y Viola gritó que los escudos habían caído. Merc y Mox anunciaron que había cazas por todas partes, y Phyla dijo que no tenía adónde ir.

Demasiados y demasiado cerca.

—¡Fournine! —dijo Davin—. ¡Corta las comunicaciones!

El temporizador proyectado llegó a cero y esas barras plateadas giratorias se alinearon, destellaron y se apagaron.

—¿Qué demonios ha sido eso? —gritó Mox cuando Fournine restableció las comunicaciones—. ¡Se están deteniendo todos!

—Dispara ahora, pregunta después —respondió Davin—. Phyla, salgamos de aquí.

Con la ayuda de Opal, Davin se impulsó desde una pared

y regresó a la cabina mientras Phyla alejaba el *Jumper* del campo de asteroides. Viola mantenía la energía alejada de los escudos, volcando toda la potencia en las torretas y los motores. Mox y Merc acribillaron a los cazas dron, destrozándolos mientras los discos se reiniciaban.

Cuando los cinco cazas restantes salieron disparados tras el *Jumper*, Opal sacó de nuevo el arma y pulsó el botón. El temporizador llegó a cero, Fournine desactivó las comunicaciones del *Jumper*, y de nuevo los cazas dron quedaron inutilizados, a la deriva justo donde Mox y Merc podían acabar con ellos.

El arma de Eden había servido para derrotar a Eden. No estaba mal.

Fournine enumeró los daños: los sistemas de comunicación estaban deteriorados, la torreta superior carecía de la mitad de su potencia, y la unidad de refrigeración de la cocina se había frito cuando el disparo de un caza sobrecargó un conducto de energía.

—¿Así que papilla de nutrientes caliente a partir de ahora? —preguntó Davin.

—Siempre puedes congelar al vacío y descongelar —dijo Fournine—. Aunque dudo que eso mejore mucho el sabor.

Davin se reclinó en el asiento del copiloto. Las quemaduras del láser de Amado aún dolían, pero después de una victoria, el dolor casi resultaba dulce. Habían chamuscado una emboscada de Eden, habían llenado la cara sonriente de Amado con granadas y habían diezmado un enjambre de cazas, todo sin perder a nadie ni sufrir daños graves.

Y había ganado una tripulación.

—Nueves —dijo Davin, transmitiendo a todos—. No sé vosotros, pero se siente bien estar de vuelta.

CAPÍTULO 32
RAZONES

Phyla mantuvo el *Jumper* esquivando y serpenteando a través del cinturón de asteroides durante días, alejándose de las estaciones espaciales conocidas, de las rutas de tránsito, de cualquier lugar donde el contacto con otros seres humanos pareciera mínimamente probable. Mientras ella pilotaba, Davin se ocupaba de una nave repentinamente llena.

No hacía tantos años, todos los que ahora deambulaban por el *Jumper* habían formado parte de la misma tripulación. Los Wild Nines habían recorrido el sistema solar buscando buenos contratos, proporcionando seguridad para cargamentos sensibles o patrullando lugares de alto riesgo que no querían mantener una fuerza permanente propia. Merc, Opal, Mox y el resto no siempre habían sido los mejores amigos, pero el dinero y la necesidad de confiar en la persona con un rifle a tu lado servían para mantenerlos unidos.

—Ese hombre es un agente de Eden —Opal fulminó con la mirada a Viola mientras intentaban cenar un puré nutritivo en la bodega de carga del *Jumper*; la cocina seguía estando prohibida para cualquier cosa que no fuera coger un bocado e irse: los daños causados por los drones de combate habían obligado a Davin y a Mox a levantar el suelo y jugar con los cables—. Tenías que saber que vendría.

Puk flotaba cerca de Viola, suspendido sobre sus hombros como un guardián protector. El robot había salvado la vida de Opal antes, pero, a juzgar por cómo apuntaban sus afilados accesorios, cualquier amor que quedara se había perdido.

—Amado no me cuenta nada —dijo Viola, devolviendo la mirada fulminante a Opal—. Ni siquiera sabía quién era hasta que Davin me dijo que el hombre le había clavado una llave en el muslo.

—Entonces eras un peón.

—Quizá sí —respondió Viola—. Suele pasar.

—Menuda forma de quitarle importancia.

Davin, apoyado en la barandilla sobre la escena, se volvió hacia Mox. Habían terminado otra sesión en la cocina y estaban sorbiendo de sus propios tubos de puré.

—¿Cuánto tiempo tengo que esperar antes de intervenir? —preguntó Davin.

—Cuando saquen las armas —respondió Mox—. No antes.

—Arriesgado.

—Me aburro.

En realidad, todos se aburrían. A pesar de los simuladores, ir de asteroide en asteroide se volvía monótono rápidamente, y Davin no había equipado el *Jumper* para entretener a una tripulación numerosa. Cuando solo eran Davin y Phyla volando solos, habían podido matar el tiempo con conversaciones, películas e intereses compartidos. Ahora todo parecía abarrotado, con tensiones que iban en aumento.

—No estoy contenta con lo que pasó —dijo Viola, adoptando un tono conciliador—. Parece que a Eden no le importaban las negociaciones en absoluto, lo que significa que todo fue una pérdida de tiempo.

—No si puedes decirnos por qué —respondió Opal—. Si sabes qué intenta hacer Eden, por qué querrían que la guerra continuara, entonces podría llevar esa información a Alissa. Usarla contra ellos. Y con tu conocimiento sobre cómo funcionan las naves de Eden, podrías darnos una enorme ventaja.

Viola asimiló la declaración, el tono acusatorio vuelto reparador de Opal, y frunció el ceño. Davin se inclinó un poco hacia delante, curioso por ver cómo manejaría la joven una pregunta simple con implicaciones no tan simples.

—No sé quién dio las órdenes a Amado —dijo Viola—. No sé por qué Yuan no me avisó de que venían. Pero Eden es más que esos dos. Las personas con las que trabajo, las que ayudaron a crear el arma que salvó nuestras vidas, son buena gente. Si os ayudo a destruir naves de Eden, estaréis matándolos a ellos. A sus amigos y quizá a sus familias.

Viola miró su tubo de puré nutritivo medio lleno al terminar, y se impulsó alejándose del contenedor de carga que servía como mesa improvisada. Opal no dijo nada más mientras Viola se alejaba flotando, cuando Viola vio a Davin y Mox cerca. Les ofreció una débil sonrisa y luego desapareció en los camarotes del *Jumper*.

—Buen trabajo, Opal —dijo Davin, saltando al nivel de la líder rebelde—. ¿Alguna vez te han puesto a cargo del reclutamiento?

—No —Opal no miró a Davin, siguió comiendo su puré.

—Qué pena. Creo que se te daría muy bien.

—¿Has terminado?

—Ni de lejos —dijo Davin—. ¿De verdad crees que Viola es una espía de Eden que realmente sabe lo que pasó allí? ¿Que podría haber planeado todo esto?

Los ojos de Opal relampaguearon, dejó que el tubo de puré flotara lejos.

—Davin, si tú no lo crees, es que eres demasiado ingenuo.

—O quizá tú eres demasiado cínica —Davin atrapó en el aire el tubo medio vacío de Opal y se metió un poco más en la boca. La cosa sabía a tiza aromatizada, pero las calorías eran calorías—. Amado voló su nave primero, ¿recuerdas?

—Entonces, ¿por qué no quiere ayudarnos?

—Porque no es un maldito robot. Yo tampoco te ayudé.

—Mira dónde te ha llevado eso —Opal se enderezó cuando Mox bajó de un salto para unirse a ellos—. ¿Tú qué piensas, Mox? Eres la persona más neutral aquí. ¿Está Viola diciendo la verdad?

—Ella me encontró —dijo Mox, cruzando los brazos—. Podría haber tenido una escolta de Eden, pero eligió no hacerlo.

Opal asintió mientras Davin ponía cara de sorpresa.

—¿Estás diciendo que podría haberlo sabido?

—Vi no es tonta —dijo Mox—. Sospechaba algo.

—Ahí lo tienes, capitán —añadió Opal—. Viola no está contando toda la verdad. La pregunta es, ¿a quién está protegiendo? ¿A Eden o a sí misma?

Davin llevó la pregunta de Opal a la cabina, donde debatió la idea con Phyla y Fournine, este último afirmando que Viola no había intentado ninguna comunicación externa, lo cual era un punto discutible de todos modos, dado que su transpondedor de largo alcance había sido carbonizado en el combate. Phyla se puso del lado de Opal más rápido de lo que Davin esperaba, retirando la simpatía que él había intentado mostrar hacia Viola.

—Pasaste más tiempo con ella que el resto de nosotros —dijo Phyla—. Así que quizás estés cegado. Pero Davin, es la única persona de Eden en esta nave. La única, en realidad, en las negociaciones. Amado ataca cuando Viola no está en su nave, cuando Puk está justo ahí con ella.

—Puk, quien dejó inconsciente a Amado para salvarme la vida.

—Ya nos engañaron una vez —dijo Phyla, ignorando el

comentario de Davin—. Nos entretuvieron para conseguir el premio mayor. Podrían estar haciéndolo de nuevo.

—Eden nos lanzó cazas no tripulados —replicó Davin—. Definitivamente intentaron matarnos en ese puesto avanzado. No puedes decir que todo es un juego.

Phyla, sin embargo, no dijo nada. Solo le dio a Davin una mirada que decía que ella definitivamente podía ver a Eden haciendo algo tan elaborado, tan encubierto. Y, si Davin realmente reflexionaba sobre su vida y lo que había visto de la enorme corporación, él también podía verlo.

—¿Por qué? —le preguntó Davin a Viola, después de llamar a la puerta de su habitación. Ella estaba intercambiando tiempo de litera con Merc, quien se había marchado con Mox y Opal para una sesión de simulador—. ¿Por qué ocurrió todo esto?

—Vas a tener que darme más detalles —dijo Viola. Parecía cansada, tumbada en el catre y mirando al techo. Puk se había instalado en una base de carga, pareciendo una bola de bolos con pinchos, inerte—. Están pasando muchas cosas ahora mismo.

—¿Por qué nosotros, con el arma? Tuvo que haber otros transportistas a los que podrías haber preguntado.

—¿Cuántos transportistas crees que conozco? —respondió Viola, y luego desestimó una respuesta con un gesto lánguido de la mano—. No es una historia emocionante. Fabricamos el arma. La mostramos, pensando que Eden podría terminar la guerra antes de que realmente comenzara —Viola giró los ojos hacia un lado, de vuelta hacia la bodega de carga—. Excepto que la reina rebelde de allá nunca nos dejó acercarnos lo suficiente para usarla. Disparas una vez con esta cosa y todos saben que existe. Eden quería acabar con todo en una sola batalla.

Conectar los puntos entre esa idea y un señuelo para conseguir que toda la flota rebelde se juntara para un gran enfrentamiento no era tan difícil, incluso si Davin tenía unos tragos encima para mitigar el dolor persistente de la quemadura de láser. Amado y todos los demás habían estado simplemente manteniendo la farsa, haciendo que Davin entregara el arma a los rebeldes, donde necesitaba ir.

Los títeres, sin embargo, tenían amos.

—Sigues hablando de Eden como si fuera una persona. ¿Quién te daba las órdenes, Yuan?

Viola lo miró entrecerrando los ojos.

—Davin, ¿estás haciendo el trabajo sucio de Opal?

—Estoy intentando averiguar con quién voy a tener que hablar.

—Mejor si no te preocupas por eso —respondió Viola.

—Oye, nos enfrentamos a Bosser.

—Bosser era un hombre con una idea loca que casi logra llevar a cabo —dijo Viola—. Eden no es tan arrogante. No van a arriesgarse contigo.

—Pregúntale a Amado cómo le fue.

—¿Crees que lo mataste?

—Un hombre puede soñar —Davin se enderezó, echó un vistazo a su comunicador—. Phyla nos está sacando del cinturón. Parece que Merc la ha convencido de dirigirnos a Saturno. ¿Quieres que te dejemos en una roca?

—¿Para que alguien venga y me mate? —dijo Viola—. No, gracias. Os acompañaré, si me lo permites.

—Supongo que sí, mientras mantengas esos motores funcionando.

Viola levantó el pulgar, volvió a apoyar la cabeza en la almohada y cerró los ojos. Davin apagó las luces al salir.

Phyla escuchó toda la información con la misma mirada pasiva que solía poner cuando su mente analizaba algún detalle que Davin no había considerado. Fuera, el *Jumper* miraba al espacio oscuro, y una leve línea verde que se desvanecía en la distancia mostraba el plan de vuelo de Fournine hacia Saturno. Phyla y Opal consideraban que tomar una ruta directa hacia territorio rebelde era más seguro que detenerse en cualquier luna de Júpiter y arriesgarse a una interceptación por parte de Eden.

Tenían suficiente puré nutritivo para el viaje.

—Así que nos utilizó —dijo Phyla un segundo después de que Davin terminara—. Sabía lo que pasaría —un breve movimiento de cabeza—. ¿Opal sabe esa parte?

—No se lo he dicho.

—Yo no lo haría —Phyla tamborileó con los dedos sobre la consola—. Si Opal descubre que Viola esencialmente destruyó su flota, mató a tantos de sus soldados, puede que no podamos salvarla.

—¿Salvarla? —dijo Davin—. Suenas más blanda de lo habitual.

—Sin Viola ajustando el suministro de energía allí atrás, quizá no habríamos salido —respondió Phyla—. Soy una mujer práctica, Davin, y no quiero perder a alguien útil.

—¿Aunque sea peligrosa?

—Todos en esta nave somos peligrosos —dijo Phyla—. Incluidos tú y yo.

Davin podía estar de acuerdo con eso. Se recostó en su asiento, observó las estrellas y dejó que el cosmos le derritiera el cerebro por un momento.

—¿Qué pasará cuando lleguemos a Saturno? —preguntó Phyla después de un rato—. ¿Vamos a saludar a Alissa, contarle la historia y que ella haga ejecutar a Viola?

Una forma de hacer las cosas, seguro. Si no estuvieras jugando a largo plazo.

—Todavía tenemos bastante vuelo por delante —dijo Davin—. Lo que significa que Viola tiene un contador de tiempo. Si nos da una razón para no entregarla antes de que lleguemos allí, entonces no veo que tengamos esa conversación con Alissa —se incorporó, moviendo un dedo—. De hecho, si conseguimos el plan adecuado con nuestra tripulación, podemos dar a los rebeldes la victoria que están buscando.

—¿Podemos?

—Claro. Se nos ocurrirá algo —dijo Davin—. Somos los Wild Nines. El mejor equipo de mercenarios que el sistema solar ha visto jamás. Para cuando lleguemos a Saturno, habremos ganado esta guerra.

CAPÍTULO 33
FREESTAR

Una semana se esfumó mientras el *Jumper* aceleraba rumbo a Saturno, un viaje vertiginoso con Phyla volcando cada gota de energía disponible en los motores. Sin comunicaciones de largo alcance, a Davin y al resto de la tripulación les había asaltado la idea de que quizás nadie entre los rebeldes supiera lo que había ocurrido en el puesto avanzado, que Eden podría estar preparando un asalto mayor mientras Alissa y sus otros comandantes aún esperaban que continuaran las negociaciones de paz.

En lugar de dirigirse a una de las muchas lunas de Saturno, Phyla apuntó al objetivo más cercano: la Estación Freestar. Construida originalmente para servir como el centro de suministros más alejado para las exploraciones fronterizas de la humanidad y las futuras bases lunares, Freestar cambió su propósito cuando las lunas de Saturno se pusieron en línea. Transformándose de puesto fronterizo a vanguardia salvaje, Freestar mantuvo su órbita lejana alrededor de Saturno y servía como lugar para quienes querían evitar la sociedad normal y sus requisitos.

—Como una versión más sucia de Deimos —dijo Opal,

uniéndose a Davin y Phyla en la cabina mientras Freestar entraba en el alcance—. Freestar es una mancha.

—Lo dices como si no fueras la dueña del lugar —replicó Davin—. Yo creo que se siente como un hogar.

De hecho, Davin diría que Freestar tenía una ventaja singular sobre el Hueco del Vagabundo, los barrios bajos de la estación más grande, Miner Prime: no existía una jerarquía. Claro, la riqueza y el poder otorgaban sus ventajas habituales, pero la movilidad en Freestar venía más a través de hazañas que de manipulación política. Podías convertirte en héroe en Freestar un día, en villano al siguiente, y estar muerto para el tercero.

No era precisamente estable, pero Davin no podía pensar en un lugar más primitivo en todo el sistema solar.

—Si hubiéramos hecho las paces con Eden de verdad, estaría limpiando este sitio —dijo Opal—. Es un desperdicio de recursos.

—El circuito de balas es bastante difícil —añadió Phyla con su propio punto de vista—. Si no hay un desastre inminente, creo que me apuntaré a una carrera.

—Apostaré por ti —dijo Davin.

—¿Me estáis escuchando? —preguntó Opal.

—No realmente —respondió Davin, provocando uno de los suspiros característicos de Opal—. Phyla, ¿estamos a distancia?

—Preparados... ahora.

Davin tecleó en la consola, abrió el comunicador de corto alcance del *Jumper* y se sincronizó con la banda de atraque de Freestar. La conversación con un controlador de tráfico de voz bastante cansada fue breve y directa. La estación, sin embargo, ya no tenía bahías individuales disponibles: aparentemente el conflicto con Eden había empujado a turistas y civiles desde las lunas con bases rebeldes hacia la estación más lejana.

—Parece que vamos a compartir —dijo Davin una vez

finalizada la llamada—. Tendremos que poner nuestras caras amables.

—¿Acaso tenemos de esas? —preguntó Phyla.

Freestar, debido a su naturaleza mercenaria, mantenía sus bahías de atraque tanto limpias como cerradas. Mientras que otras bahías darían acceso gratuito a suministros como energía y materiales de reparación, planeando facturar la cuenta de la nave después de que se fuera, Freestar operaba con un modelo de pago por uso. La primera mirada de Davin al bajar por la rampa del *Jumper*, disfrutando en el proceso de la gravedad rotacional de Freestar, fue hacia un conjunto multicolor a su alrededor.

Como si un payaso hubiera explotado, los diversos tonos púrpuras, rojos, azules, verdes y amarillos codificaban varios componentes con sus precios. Paneles con el logo azul y blanco ondulante de Freestar parpadeaban por todas partes, pregonando depósitos de monedas para los productos que protegían.

Anuncios por megafonía, hechos por alguien que sonaba como si hubiera empezado una fiesta la noche anterior y ahora estuviera lidiando con las consecuencias, zumbaban sobre ofertas de esto y aquello. Restaurantes, espectáculos, armas, todo parecía estar en oferta.

—Echaba de menos este lugar —dijo Mox, bajando junto a Davin.

—¿Como oficial de la ley, no debería molestarte esto?

—Hago cumplir las leyes en la Luna —dijo Mox—. Esto no es la Luna.

—Vale —dijo Davin—. Entonces, ¿qué tal si vamos a pasarlo bien mientras los niños importantes se ponen a trabajar?

La mayoría de las veces, cuando Davin hacía esa pregunta, toda la tripulación acababa encontrando algún establecimiento de dudosa reputación donde quemar el día intercambiando monedas por celebración. En la práctica, aquí en

Freestar, eso significaba que Davin y Mox saldrían mientras Phyla supervisaba las reparaciones necesarias del *Jumper*; ella insistió en que Davin y Mox podrían vigilar la nave más tarde mientras ella probaba el circuito de balas. Viola se ocupaba en trastear con el arma, intentando encontrar una forma de superar la defensa que Eden había construido y, quizás, salvarse de una ejecución rebelde.

Opal y Merc abandonaron la nave rápidamente hacia el cuartel general rebelde local, buscando un modo de contactar con Alissa, para ponerse al día sobre la situación. Para deshacerse de los Nines por el bando que habían elegido.

Lo que dejó a Davin y Mox para aventurarse en Freestar.

Si Deimos era el retiro de lujo para viajeros espaciales y turistas terrestres en busca de diversión en baja gravedad, lleno de brillo y fastuosidad, entonces Freestar abrazaba lo mismo para su propia clientela. Opal lo llamaba más sucio, pero Davin encontraba la estación espacial como una forma más auténtica de bullicio.

Su bahía compartida resultó estar ocupada por un pequeño skimmer estelar diseñado para turismo de aventura para parejas que querían dar vueltas alrededor de las lunas de Saturno y disfrutar de la vista. Aparte de algunas secciones reservadas para motores y patas de aterrizaje, toda la nave tenía un exterior transparente para una visión perfecta. Esta, sin embargo, tenía astillas y marcas por todas partes, como si su conductor hubiera volado a través de polvo más denso. Pequeños robots lo recorrían ahora, realizando reparaciones. El propietario no se veía por ninguna parte.

Y menos mal: Davin no tenía mucha paciencia con personas que no respetaban sus naves.

Las bahías de atraque conducían a los anillos exteriores de Freestar, una estructura que imitaba el planeta hogar de la estación. Un mapa desplegado en el comunicador de Davin confirmó que los límites de la estación en constante crecimiento albergaban los casinos, bares, tiendas y hoteles más nuevos, mientras que los anillos intermedios estaban reclamados por servicios más rudimentarios para residentes permanentes. El núcleo de Freestar, quizás el único lugar serio de la estación, albergaba sus pequeñas oficinas gubernamentales y centros técnicos.

—Ahora solo tenemos que encontrar el lugar adecuado —dijo Davin mientras salían de las bahías de atraque a través de una amplia puerta en espiral.

—Parece que tenemos opciones —respondió Mox.

La hora local de Freestar los situaba a media tarde, y las robustas multitudes reflejaban a juerguistas que apenas empezaban a moverse después de los desastres de la noche anterior. Grupos se arrastraban hacia cafeterías, mesas con límites de apuestas bajos, o holgazaneaban en los bancos cubiertos de publicidad intercalados por el medio del anillo. La principal atracción de Freestar venía de sus techos transparentes a lo largo de sus explanadas, a través de los cuales, mientras la estación se orientaba, siempre podías regalarte una vista milagrosa de Saturno y sus anillos.

—¿Qué tal... allí? —dijo Davin, señalando un desaliñado restaurante con un tema incierto llamado *Cuenco de Gravedad*.

Davin tenía un requisito particular para su expedición, y era un lugar lleno de pantallas que les diera alguna actualización sobre lo que había estado sucediendo desde su aventura a los asteroides. Sin el comunicador de largo alcance activo, el *Jumper* había estado en una burbuja silenciosa durante el vuelo hacia Saturno, y Davin se moría por ver cómo las noticias rebeldes presentaban la demolición de su flota.

—Eh —dijo Mox cuando Davin comenzó a dirigirse hacia el *Cuenco de Gravedad*—. ¿Ves eso?

La mano de Mox en el hombro de Davin dirigió al capitán de vuelta hacia el centro de la explanada, donde una imagen holográfica gigante había cambiado de un anuncio de una nueva nave —¡consigue el Besaestrella 5000 hoy!— a algo que hizo que el estómago de Davin diera un vuelco.

Los rostros de Opal y Merc, ampliados hasta extenderse casi desde el suelo hasta ese techo transparente, miraban sombríos a la gente que pasaba. Tachadas a través de sus caras, en texto dentado acompañado por salpicaduras de sangre, había amargas acusaciones:

¡Héroes rebeldes asesinados por Eden!

Debajo de los rostros, en letras negritas, se desplazaba una petición para unirse a las fuerzas rebeldes, buscar venganza y proteger sus libertades. Y, a juzgar por el número de personas que miraban hacia la imagen, o directamente se detenían a leer el texto, los rebeldes estaban captando la atención.

—Será difícil reclutar con ese anuncio una vez que se sepa que están vivos —dijo Mox.

—¿Cómo supieron en primer lugar que Opal y Merc estaban muertos? —preguntó Davin, observando la imagen hasta que volvió a convertirse en otro anuncio—. Hablamos con Alissa antes de que Eden atacara, pero no después.

—¿Quizás lo asumieron? —dijo Mox—. ¿Si Opal y Merc desaparecieron?

Davin reanudó el camino hacia el *Cuenco de Gravedad*. Mox le siguió, y ambos tomaron asiento en la barra. Davin pidió rápido, agua y comida que no fuera papilla de nutrientes. Mox copió a Davin, una secuencia que habría llamado la atención de un camarero humano, pero el *Cuenco de Gravedad* empleaba uno de esos nuevos robots a los que no les importaba un comino.

La mayoría de las pantallas mostraban deportes, muchas todavía transmitiendo ligas de la Tierra y Marte. Davin encontró una central a su visión, y una vez que la pantalla lo localizó, Davin la sincronizó con su comunicador, utilizó la pequeña consola para cambiar el canal. Si el restaurante hubiera estado lleno, el cambio de canal habría ido a votación de todos los sincronizados con la pantalla. Con solo Davin y Mox en este lado de la barra, nadie protestó.

Aparecieron rostros parlantes, junto con titulares deslizándose por la parte inferior. Davin había elegido una cadena terrestre, una que no estaría bajo influencia rebelde. Tardó exactamente cinco segundos en que las noticias tocaran la pelea entre Eden y los rebeldes, recapitulando la precaria situación militar rebelde con el tipo de jactancia inevitable que Eden, honestamente, merecía.

—Espera —dijo Davin cuando los presentadores cambiaron su tono, adoptando miradas indignadas mientras leían el siguiente punto—. ¿Qué?

—Tenemos un problema —añadió Mox.

Eden había sufrido una emboscada. Sus pacificadores destinados a poner fin a la guerra con los rebeldes habían sido sorprendidos y asesinados durante las negociaciones. Aunque los rebeldes negaban el ataque, Eden estaba seguro de que había sido llevado a cabo por fuerzas rebeldes, un escuadrón de la muerte que incluso había llegado al extremo de matar a los propios diplomáticos rebeldes para encubrir sus huellas.

—Ambos bandos culpándose mutuamente —dijo Davin mientras el robot camarero dejaba la comida y las bebidas—. No es una buena receta para la paz.

—Pero sí una buena para los negocios.

Davin miró a Mox, —Sabes que ya no estamos en ese trabajo, ¿verdad?

—No nosotros. Ellos —dijo Mox, asintiendo hacia la pantalla.

—¿Eden? Perderán miles de millones luchando contra los rebeldes en lugar de comerciar —dijo Davin.

Mox dio un mordisco lento al sándwich, algo de aspecto grasiento. Davin probó el suyo, saboreó la carne asada cultivada en laboratorio y los ingredientes genéticamente modificados. Artificial o no, el sándwich tenía textura real, sabor y, lo más importante, no venía de un tubo.

—No perderán nada —dijo Mox—. La Tierra les pagará. Luna también. Nadie quiere que se altere el orden. La competencia morirá a medida que los recursos vayan a Eden para ganar la guerra.

—Idea interesante —dijo Davin, dándole vueltas a la situación.

Los rebeldes también estaban explotando la supuesta muerte de los negociadores, culpando a Eden. Eso provocaría furia, seguro. Podría aumentar el reclutamiento. Conseguir algunas donaciones de partes simpatizantes. Pero eso no sería suficiente para luchar contra Eden, a menos que...

—Eden no tiene amigos en todas partes, ¿verdad? —dijo Davin—. Una empresa tan grande debe tener enemigos poderosos.

Mox asintió, con la cara llena de sándwich.

—Personas, organizaciones que no tendrían los medios para luchar contra Eden directamente, pero podrían meter monedas en una fuerza rebelde. —Davin golpeó la barra—. Una fuerza que no necesitaría esas monedas hasta que perdiera su única flota real.

—Ambos bandos quieren la guerra ahora —dijo Mox—. Ambos bandos se beneficiarán, hasta que uno u otro sea destruido.

Davin observó las cabezas parlantes otro minuto, tratando de encontrar el ángulo. Si ambos bandos afirmaban que el otro había matado las negociaciones de paz, entonces ambos bandos podrían aprovechar la indignación. Pero si las víctimas rebeldes reaparecieran de repente, con Eden afirmando que el puesto avanzado había sido destruido y su gente asesinada...

La simpatía rebelde podría secarse muy rápido.

—Necesitan seguir muertos —dijo Davin, dejando su sándwich a medio comer—. Si Opal y Merc están vivos, entonces Eden puede llamarles mentirosos. Afirmar que perdieron gente, sin importar la verdad real.

—Una premisa débil —dijo Mox—. En la Luna, cuando investigamos un crimen, se trata de quién se beneficia. Lo veo, Eden y los rebeldes solo ganan si ambos insisten en que el otro bando lo hizo y nadie dice lo contrario.

Davin miró su sándwich, suspiró, —Lo que significa que Opal y Merc están a punto de reunirse con algunas personas que tienen muchas ganas de que desaparezcan.

—Exacto.

Davin se apartó de la barra, se puso de pie, —Adiós a nuestra relajada velada, entonces.

De todos modos, el sándwich no estaba tan bueno.

CAPÍTULO 34
VALS ESPACIAL

Opal y Merc no respondieron a las llamadas de Davin. Siguieron sin responder mientras Davin y Mox regresaban al *Jumper* y encontraban a Phyla. Davin pensó en desenterrar el gran cañón de Mox y volver a acoplarlo a la armadura del hombre, pero parecía que eso podría atraer el tipo equivocado de atención durante su paseo por Freestar.

—No merece la pena —dijo Mox—. No planeamos acabar con un ejército entero.

—No puedo prometértelo —dijo Davin—. Si lo que estoy pensando está ocurriendo de verdad, quizás tengamos que destrozar toda esta estación.

—Esperemos que no —dijo Phyla—, porque estamos *en* esta estación.

—Entonces supongo que tendremos que tener cuidado —respondió Davin.

Viola y Puk se quedarían en el *Jumper* para mantenerlo protegido. No es que Fournine, como había demostrado en Calisto, no pudiera hacer un buen trabajo por sí mismo, pero arriesgarse a que Viola fuera ejecutada sumariamente por algún rebelde apasionado no parecía prudente. Además, como dijo Viola, estaba cada vez más cerca de un avance.

—Es increíble lo que puedes lograr sin toda esa burocracia corporativa —dijo Viola, inclinada sobre la bola naranja plateada en el taller, con Puk zumbando a su alrededor—. Sin una reunión cada diez minutos, es como volver a ser niña.

—Claro —dijo Davin—. Solo intenta no matarte mientras no estamos. Y no destruyas mi nave.

—No prometo nada.

Davin se preguntó de dónde había sacado Viola ese descaro mientras el trío abandonaba el *Jumper* y se adentraba en Freestar. La estación, que tenía un encanto deliciosamente descentrado, ahora parecía algo más que un poco siniestra. Davin notó que en los espacios entre tiendas había carteles que pedían el reclutamiento rebelde, fotos de Alissa y otros "héroes" rebeldes que habían asaltado Eden y causado estragos generales.

Otros anuncios aparecían con menos violencia, mostrando mejoras económicas y políticas en los mundos rebeldes. Gobiernos locales sin la corrupción de la masiva influencia de Eden. Davin había estado en muchas de las lunas representadas, sin embargo, y la realidad tenía más grises que el bien puro mostrado en los carteles utópicos.

Las lunas alrededor de Saturno podrían tener su libertad, pero carecían de la red de suministros de Eden. Muchas tenían que subsistir con materiales fabricados localmente, o con lo que podían obtener de otras lunas rebeldes, una escasez que podía tener grandes implicaciones en mundos con atmósfera fina o inexistente, donde pequeñas fugas podían significar la muerte de miles.

Las caras de Merc y Opal también seguían apareciendo, aquí, allá y en todas partes como mártires elogiados. Héroes que lo dieron todo en la lucha contra Eden.

—Da escalofríos verlos retratados así —dijo Phyla mientras caminaban—. Los muertos vivientes.

—Podrían estar simplemente muertos si no los encontramos pronto —respondió Davin.

El destino obvio, adonde habían ido Opal y Merc después de dejar el *Jumper*, eran las oficinas principales rebeldes en Freestar. Davin tenía la ubicación en su comunicador, un lugar grande dos anillos hacia adentro y a mitad de camino desde donde había atracado el *Jumper*.

La actitud general de Freestar de "me importa un bledo" no se extendía del todo a un trío fuertemente armado caminando por sus distritos comerciales, así que Davin, Phyla y Mox optaron por armas pequeñas. Cada uno metió un par de granadas bajo los grandes abrigos que Davin guardaba precisamente para este propósito: los controles de temperatura en la mayoría de las estaciones espaciales mantenían las cosas frescas, por lo que no tenía sentido inmediato llevar las gruesas gabardinas hasta los tobillos, pero cuando había que esconder mercancía, la comodidad pasaba a segundo plano.

Atrajeron miradas al salir del muelle de atraque, pero se mantuvo la ley general de la vida en el espacio exterior: no te metas en los problemas de los demás. La seguridad de Freestar, sin duda pagada mediante un contrato como los que Davin solía aceptar, les dirigió largas miradas pero finalmente no hizo nada.

—Todos te están mirando —le dijo Phyla a Mox—. Qué agradable no recibir atención por una vez.

—Estoy acostumbrado —dijo Mox.

Él era más alto que Davin y Phyla, y más ancho, con ese exoesqueleto abultando bajo la chaqueta como un insecto retorciéndose para salir de su jaula. Mox daba pasos largos, su rostro era una máscara pasiva que podía significar cualquier cosa, significaría problemas para cualquiera que interfiriera. Incluso los malditos robots que plagaban lugares como el corredor comercial de Freestar, promocionando ofertas de esto y aquello, se callaban cuando el trío pasaba, sus algoritmos incapaces de asignarles el perfil adecuado.

Mientras caminaban, Davin continuó bombardeando a Opal y Merc con mensajes. No esperaba respuesta —y no recibió ninguna—, pero las consultas cada pocos minutos servirían para mantener a cualquiera que estuviera monitoreando sus comunicaciones con la idea de que Davin aún no había decidido tomar medidas drásticas. Especialmente porque Davin adornaba cada mensaje con una descripción continua de la lenta comida que supuestamente él y Mox estaban disfrutando en *Gravity Bowl*.

—Algún día tendremos unas verdaderas vacaciones —dijo Davin mientras pasaban por un intrigante teatro diseñado para actuaciones en gravedad cero.

—Hemos estado de vacaciones —respondió Phyla—. Los últimos años. Fue aburrido, realmente aburrido.

Davin no podía discutir eso. Las vacaciones debían ser un descanso *de* algo; cuando lo lento y estable se convertía en tu vida, bueno, eso simplemente no funcionaba para ellos.

Freestar conectaba sus anillos con lanzaderas que iban y venían a lo largo de estrechas vías magnéticas. Cada una podía albergar a un par de docenas de personas, y circulaban continuamente. El trío se unió a la fila, una que, con una mirada incómoda y un paso tras otro, se apartaba ante ellos. El siguiente tranvía silbó a través del escudo magnético y se detuvo lentamente.

Con cuatro metros de altura, coronado con una barra blanca que llevaba el logotipo de Freestar, y lleno de postes cromados de equilibrio para la mayoría de las personas, un par de sillas para quienes las necesitaban, los tranvías llenaban todos los demás espacios con anuncios que chillaban buscando atención. El lado opuesto al de los tres se abrió primero, y los pasajeros que venían a comenzar su acción vespertina se apresuraron a salir, charlando sobre esto y aquello.

—Apuesto a que vamos a arruinarles toda la diversión —dijo Davin.

—O darles algo de emoción —respondió Mox.

—No todo el mundo piensa como nosotros —dijo Phyla.

—Y eso es algo bueno —concluyó Davin mientras encontraban sus postes.

Mox se giró y miró hacia las puertas, y aunque había mucha gente esperando para volver —trabajadores, parecía, al final de sus turnos y listos para ir a casa—, ninguno se molestó en unirse a ellos.

—Qué amable, dejarnos todo el tranvía —Davin sonrió y saludó con la mano.

—Apuesto a que no será tan agradable cuando lleguemos —murmuró Phyla.

El viaje entre el anillo exterior de Freestar y el siguiente no llevaría mucho tiempo, pero Davin disfrutaría de las vistas. Mientras el tranvía partía, con una voz alegre advirtiendo de muerte inminente si alguien quedaba atrapado fuera, el conjunto de metal y anuncios de la estación se disolvió en un túnel transparente. Saturno colgaba enorme y brillante sobre ellos y frente a ellos, con sus anillos cortando el espacio negro como una navaja.

Volar en el *Jumper* ofrecía muchas vistas espectaculares, pero ver las cosas desde la restrictiva cabina no podía compararse con estar de pie, rodeado de maravillas cósmicas. Sin flecha generada por Fournine mostrando la trayectoria de vuelo, sin la deprimente constatación de que la próxima comida, como muchas antes, consistiría totalmente en pasta nutritiva.

Aquí, Davin contuvo el aliento con el debido propósito. Este era el lugar donde merecía estar, necesitaba estar. Pertenecía.

—¿Listos? —preguntó mientras el tranvía se acercaba al siguiente anillo.

Las oficinas rebeldes no estaban demasiado cerca, ni demasiado lejos de la estación de acoplamiento del tranvía. El trío de Wild Nines había atraído suficientes miradas como para que, sin duda, los rebeldes supieran que venían. O al menos, que estaban marchando por ahí. Ahora la pregunta era si los rebeldes actuarían.

Nadie, ni un solo pasajero, esperaba cuando el tranvía llegó. El segundo anillo albergaba una clase diferente al primero, hoteles de segunda categoría y negocios que no apuntaban al turismo. Oficinas, apartamentos de alta gama y algunas concesiones a la vida real como estaciones de alimentación y escuelas rompían el diseño mercenario de Freestar, como para decir que la civilización aún podía echar raíces, incluso aquí fuera.

A pesar del ambiente hogareño, Davin movió las manos bajo la chaqueta para encontrar las empuñaduras de las armas. No hay mejor lugar para una emboscada que uno pacífico.

Las puertas del tranvía se abrieron sin fuego enemigo. Sin que nadie se acercara y les exigiera que tiraran sus armas. Davin cruzó miradas con Mox y Phyla, se encogió de hombros y los guio fuera del tranvía.

El segundo anillo no estaba del todo desierto: a lo lejos, la gente seguía yendo y viniendo de donde necesitaban estar, pero no con la inocencia casual que Davin habría esperado. Se apresuraban, corriendo de una puerta a otra, a menudo lanzando una mirada al trío que ahora caminaba en el centro, antes de darse más prisa aún para desaparecer.

—O somos más aterradores de lo que pensaba, o alguien nos ha notado —dijo Davin.

Phyla, que pasaba la mitad del tiempo comprobando si alguien les seguía, chasqueó la lengua con fuerza. Davin y Mox se giraron rápidamente y vieron lo que Phyla había visto: siete soldados rebeldes completos que habían salido de algún sitio y caminaban tras ellos. Aún no había aparecido nadie por delante, pero cuando Davin miró de nuevo en la dirección hacia la que iban, varios rebeldes más estaban saliendo de una oficina requisada.

—¿Todavía crees que esta es nuestra causa? —preguntó Davin.

—Ahora no es el momento —espetó Phyla—. ¿Plan?

—Romped a la izquierda —dijo Mox.

El hombre de metal había divisado un vestíbulo de hotel con fachada de cristal. El *Freestar Five Star* tenía un nombre ridículo y una decoración a juego, con planetas brillantes colgando y arte espacial alrededor de molduras doradas. Como si un niño hubiera mezclado astronomía de primaria con el presupuesto de un multimillonario. Normalmente, un lugar que Davin evitaría e ignoraría.

Ahora, un lugar que parecía muy, muy vulnerable.

—Vamos —dijo Davin, y los tres se dirigieron hacia el hotel.

Los rebeldes, que antes se contentaban con cerrar lentamente la brecha con las armas preparadas, reaccionaron con gritos y una repentina carga. Ninguno de ellos sacó un arma y disparó. Aparentemente, el plan inicial *no era* matar a Davin y compañía.

Pero los planes podían cambiar.

El *Freestar Five Star* tenía una puerta giratoria, señalando sus inspiraciones, y una sola puerta normal junto a ella. Ambas de cristal de suelo a techo, y ambas, cuando Davin llegó y empujó, bloqueadas.

—Apártate —dijo Mox, y Davin dudó.

Hasta este punto, los Wild Nines no habían cometido realmente ningún delito. No habían hecho nada que fuera contra las leyes de Freestar. Si Mox destrozaba las puertas de la manera que parecía que iba a hacer, bueno, entonces perderían su posición. Sus argumentos.

¿Y si los rebeldes tenían un plan diferente? ¿Y si Mox y Davin habían calculado mal?

—Espera —dijo Davin, volviéndose y enfrentándose a los rebeldes que se acercaban—. Un momento.

—¿Por qué? —preguntó Mox.

—Phyla, dijiste que teníamos que encontrar una causa —Davin sacó sus manos, vacías, de la chaqueta—. Y en Calisto, nos pusimos del lado de estos contra Eden. Tratamos de ayudarles, independientemente de cómo resultó. Si empezamos a disparar ahora, todo eso se va al garete.

—Excepto que se llevaron a Merc y Opal —dijo Phyla.

—No sabemos eso. No con seguridad.

Mox entrecerró los ojos.

—¿Te estás ablandando, Davin?

Los rebeldes estaban cerca ahora, ralentizando sus carreras. Uno se había adelantado, su uniforme carmesí llevaba una pequeña versión dorada de Saturno en su pecho que los otros no tenían.

—Por una vez, estoy intentando no salir de esto a tiros —respondió Davin—. Estoy eligiendo un bando.

—Eliges los momentos más extraños para tomar una posición —dijo Phyla, pero no desenfundó, no empezó a disparar.

Davin se puso delante de los otros dos, extendió las manos para mostrar que no llevaba una granada. Que no iba a empezar a causar estragos. Detrás de él, Mox y Phyla se mantuvieron cerca, y Davin podía sentir sus ojos sobre él, podía sentir que cuestionaban su cordura.

—Hola —ofreció al oficial rebelde que se acercaba—. Bonita fuerza la que tienes aquí. ¿Quizá podáis ayudarnos? ¿Estamos buscando a nuestros amigos?

—Eres Davin Masters, ¿verdad? —dijo el oficial, ignorando la pregunta de Davin.

Siempre una buena señal.

—Depende —respondió Davin—. ¿Qué quieres de él?

El oficial levantó un dedo, los soldados rebeldes a su alrededor sacaron varias armas, desde fusiles variopintos hasta armas cortas y uno con lo que parecía un lanzador de proyectiles a la antigua usanza.

—Era una leyenda para la causa rebelde —dijo el oficial—. Qué triste que Eden también lo asesinara.

CAPÍTULO 35
MERCENARIOS

U na leyenda? Por lo visto, a Davin le había ido bien desde su supuesta muerte.

—Me siento halagado —dijo Davin ante las armas levantadas—. Pero esta leyenda aún tiene cosas pendientes. Oficial, no sé su nombre, pero sí sé que si sus soldados disparan esos rifles, toda la estación volará por los aires.

El oficial se quedó paralizado, con la mano levantada y lista para dar la sentencia de muerte. Lo que debería haber sido poco más que la ejecución de un grupo de fugitivos, de repente tenía unas consecuencias a gran escala. Tomar la decisión equivocada significaba cargar con cien mil almas en su conciencia, además de la suya propia.

Los mejores faroles centraban la mente de la víctima en las consecuencias.

—O podríamos dejar esta fiesta de láseres para otro momento y centrarnos en lo realmente importante —dijo Davin, improvisando frases con toda la habilidad que le daba la adrenalina de estar al borde de la muerte—. Busco a tu superior para entregar un mensaje. Dejadme hacer eso, y luego ellos pueden decidir si estoy mejor convertido en escoria. Así nada de esto será tu responsabilidad, ¿verdad?

Y una vez que tienes a alguien centrado en su propio destino, ofrécele una salida.

El oficial pasó largos segundos con el sudor perlándole la frente, la mano aún levantada, hasta que uno de sus soldados se quitó el rifle de los brazos y lo enfundó.

—Lo siento, capitán —dijo el soldado—. No voy a arriesgar la estación con esto. Mi familia está aquí.

—Está mintiendo —dijo otro—. Te estás dejando engañar.

—Mirad, chicos —dijo Davin—. Se supone que estoy muerto, ¿verdad? Y aun así, toda la flota de Eden no pudo matarme en Calisto. Sus mejores asesinos no pudieron acabar conmigo en el cinturón de asteroides. ¿Qué os hace pensar que vosotros lo conseguiréis?

El oficial, al menos, no tuvo el valor de intentarlo. Bajó la mano, negando con la cabeza.

—No disparéis. Los llevaremos dentro —clavó la mirada en Davin—. Pero si intentas algo, arriesgaré esta estación para meterte un láser en el cráneo.

—La sangre quedará en tus manos, amigo —dijo Davin, y luego miró a Mox y Phyla—. ¿Listos para irnos?

El oficial los condujo al centro rebelde, un edificio amplio que parecía un casino reconvertido. Un lugar que probablemente se había trasladado al anillo más exterior a medida que Freestar continuaba expandiéndose, dejando un buen inmueble para que lo ocuparan los rebeldes. Los viejos letreros aún colgaban, aunque tenían banderas y carteles adheridos que cubrían el neón muerto.

Los rostros de Merc y Opal también estaban aquí, colgados en las paredes exteriores, llamando al reclutamiento.

La gente le daba espacio a la tripulación, y como toda la fuerza rebelde se mantuvo con Davin, Mox y Phyla durante todo el camino, la marcha hacia y dentro del antiguo casino tuvo un aire de celebridad. Trajo de vuelta esa vieja sensación de fama que Davin había sentido después de detener a Bosser, cuando el sistema solar lo reclamó como una breve celebridad.

Antes de que toda la historia de los androides se volviera demasiado compleja para tener mucha repercusión y Davin fuera descartado por las últimas estrellas de cine. La más reciente tecnología de Eden.

Dentro del vestíbulo, un espacio de dos plantas resplandeciente en azul glacial, aparentemente en sintonía con la antigua temática del casino hacia las gélidas fronteras de Urano, el oficial exigió sus armas. Los soldados formaron alrededor del trío de Davin en el atrio central, con una proyección constante sobre ellos mostrando las tormentas arremolinadas del gigante gaseoso. A la derecha, el vestíbulo daba paso a mesas de apuestas cerradas ahora cubiertas con estaciones de trabajo, y a la izquierda, un teatro había sido reconvertido como centro de reuniones.

—Entregádselas —dijo Davin a Mox y Phyla, cuando el oficial repitió la petición de sus armas de mano—. No estamos aquí para hacer daño a nadie.

Los soldados que recogían las armas las colocaron sobre una mesa cerca de la entrada del casino, su plástico gris apagado delatando que había sido añadida tardíamente como un cajón de sastre: las armas se unieron a mochilas, equipos diversos y un montón de uniformes carmesí. Davin no vio a nadie asegurar las armas, los rebeldes simplemente las dejaron ahí.

Listas para ser recogidas más tarde.

Dejados con sus puños y pies, el oficial despidió a su fuerza y condujo al trío de Davin arriba con solo un par de acompañantes. Evitando el ascensor por un único tramo de escaleras a lo largo de la pared trasera, una serie de peldaños plateados sin decoración alguna, el oficial los llevó a los pasillos traseros del casino, los lugares que no estaban diseñados para que los clientes vieran.

Davin pensó que Mox podría encargarse de los soldados

rebeldes, mientras él noqueaba al oficial, pero hasta ahora no parecía haber razón para iniciar una pelea. Sin armas y en el nido de ratas de los rebeldes, una trifulca podría volverse rápidamente contra ellos, así que Davin puso una sonrisa e intentó charlar mientras caminaban.

—¿Cómo está el ambiente después de que Eden os diera una paliza? —preguntó Davin.

—Desagradable —respondió el oficial, lanzándole a Davin una mirada descortés—. Pero las campañas están funcionando. Nadie aquí quiere volver bajo la administración de Eden.

—Te entiendo —respondió Davin—. Pero, ¿crees que realmente tenéis alguna posibilidad?

—No se trata de ganar —dijo el oficial mientras giraban por otro pasillo blanco, sin rasgos distintivos y con baldosas —. Se trata de sobrevivir el tiempo suficiente para que Eden piense que es demasiado caro.

—Muchas vidas que perder para eso.

—Solo un mercenario pensaría así —el oficial llegó a una puerta cerrada que no parecía diferente a las docenas que ya habían pasado, de falsa madera negra y gruesa—. Nosotros creemos en un futuro mejor, sin importar el coste.

—Claro que sí —dijo Davin, y luego señaló la puerta—. ¿Es aquí donde está el jefe?

—Comandante —dijo el oficial—. Recuerda, Davin Masters, que te hemos convertido en una leyenda para el público. Pero aquí dentro, solo eres una herramienta.

—Y tú eres un cabrón sin sentido del humor —Davin asintió hacia la puerta—. Vamos.

El oficial sonrió ante el insulto, lo más parecido a mostrar personalidad que había hecho el hombre, y dio un toque con su comunicador a la cerradura. La puerta hizo clic y se abrió, revelando una oficina que era cualquier cosa menos el espacio sombrío y deprimente que Davin esperaba.

Las estaciones espaciales tienen que tomar decisiones, y

con demasiada frecuencia optan por lo barato y eficiente. Construir paredes exteriores gruesas significaba menos energía gastada en blindaje, en vidrio lo suficientemente grueso como para bloquear la radiación cósmica. Pero los que hacían el gasto extra y lo aprovechaban bien creaban entornos como este, donde el suelo y el techo parecían ventanas abiertas al espacio.

El anillo exterior de Freestar, atravesando la vista con su gran volumen gris, no podía estropear el aspecto.

Tampoco podía hacerlo la mujer que se volvió para mirar a los recién llegados, su uniforme carmesí adornado con lujos que mostraban algún rango y honor que Davin no podía interpretar. Aunque no tenía por qué: Davin conocía bastante bien a Cassidy, aunque nunca esperó que durara lo suficiente como para escalar rangos.

—Marchad —dijo Cassidy al oficial y a los dos soldados después de una mirada superficial, sin reacción perceptible, a Davin, Mox y Phyla—. Yo me encargaré de estos tres.

—¿Te encargarás de ellos? —el oficial dudaba claramente de sus palabras.

Cassidy puso su mano en el escritorio azul-blanco de Urano a su lado, ofreció una sonrisa afilada que Davin reconoció de comandantes fríos que había visto a lo largo de su vida, como si la expresión viniera con el ascenso.

—Has oído mis órdenes —dijo Cassidy—. Si quieres, puedes esperar fuera de la puerta para venir a rescatarme.

—Por supuesto —respondió el oficial.

Dirigiendo a Davin una mirada más desdeñosa, a la que Davin respondió con un guiño, el oficial y sus dos acompañantes se marcharon, la puerta cerrándose tras ellos con un clic.

Cassidy parecía mucho más refinada que la última vez que Davin la había visto. Se había unido al *Jumper* para un breve viaje después de que su grupo de mercenarios se desintegrara durante un asalto en los límites de Neptuno. Merc la había tomado inicialmente como rehén, luego Cassidy había cambiado de bando cuando quedó claro que vivir más tiempo significaba abandonar a su comandante y su estrategia de arrasar con todo.

—¿No se supone que todos vosotros deberíais estar muertos? —dijo Cassidy, manteniendo su mano en el escritorio. Su voz también tenía un nuevo filo: seguridad en sí misma, alguien que había descubierto dónde estaba y cuánto valía—. He estado viendo fantasmas todo el día.

—Somos notoriamente difíciles de matar —dijo Davin mientras avanzaban más en la habitación—. ¿Te importa si registramos el lugar?

—Adelante —respondió Cassidy—. Dime si encontráis algo.

Phyla y Mox se dividieron la habitación, examinándola en busca de armas, emboscadas potenciales y cámaras. Davin, mientras tanto, mantuvo sus ojos en Cassidy, tratando de descifrar su jugada. A instancias de ella, Davin expuso la historia que les había llevado hasta allí, omitiendo la parte de Viola y el arma. No había razón, si Cassidy tenía la inclinación, para que enviaran rebeldes hacia el *Jumper*.

—Pues sí —dijo Cassidy cuando Davin terminó—. No podemos dejar que reconozcan a Opal y Merc, aunque puede que ya hayamos fallado en eso. ¿Tienes idea de cuánta gente se está alistando, ahora que parece que Eden podría tomar el control?

—¿Muchos?

—Exactamente —Cassidy se movió al centro de su escritorio, lo tocó, y una proyección apareció. Davin tuvo que leer las palabras al revés mientras Cassidy pasaba de un programa a otro, antes de fijarse en un mensaje corto—. Eden tiene que pagar mucho dinero a todos los que luchan por ella. Nosotros no, porque tenemos moral. La gente aceptará nuestros salarios de mierda, nuestras naves averiadas y armas improvisadas porque *creen* en lo que estamos haciendo.

—¿Crees que eso va a desgastar a Eden? —preguntó Phyla, uniéndose a Davin—. Porque eso no va a funcionar. No cuando tienen a la Tierra detrás.

—Tenemos que creer que la Tierra no va a pagar por los problemas de Eden para siempre —Cassidy deslizó su dedo a lo largo del escritorio, girando el mensaje para que Davin y Phyla lo vieran—. Tengo frases que decir, posturas que adoptar. Yo también las creo, pero no todo el mundo lo hace. No todos están en esto por lo mismo.

El mensaje provenía de Alissa Reinhart, la líder rebelde, y parecía dirigido a unas pocas personas selectas. Aunque el mensaje era breve, no necesitaba mucho más. Tenía dos cuentas con dos cifras, una antes de que la guerra comenzara a intensificarse, y otra después.

—Pasta —dijo Mox, acercándose a mirar.

—Correcto, mi amigo monosilábico —dijo Cassidy—. Todos los de arriba se están llevando más pasta ahora porque todos quieren un trozo del pastel de la guerra. Por cada uno de nosotros que quiere que termine para que podamos ser libres, hay otro que quiere que continúe para poder enriquecerse a costa de nuestras vidas. Alissa y demasiados de nosotros creen que no vamos a ganar esto, así que quieren todo el dinero que puedan conseguir antes de que se derrumbe.

Viola había dicho lo mismo sobre Eden. La moral retorciéndose a medida que los beneficios se hacían más evidentes. No es que Davin no pudiera identificarse con eso: los Wild Nines habían sido cazadores de dinero, no tenía una posición moral superior.

Phyla parecía un poco enferma, como una persona cuyas creencias habían sido quebradas. Había querido una causa y había encontrado una envenenada. Un poco de tiempo, un poco de cinismo la devolvería a la normalidad. Algo en lo que Davin podría ayudar más tarde.

Ahora mismo, quería encontrar a sus amigos.

—Claro, todo el mundo es un monstruo corrupto —dijo Davin—. No es mi problema. ¿Dónde están Opal y Merc?

—Ese es el asunto —respondió Cassidy—. Puede que Alissa y sus amigos estén corrompidos, pero yo no. Tenemos que ganar esta guerra, Davin, porque si no, Eden se lleva todo. Si se descubre que mentimos sobre la muerte de Opal y Merc, perderemos.

—¿Qué has hecho, Cassidy?

Cassidy miró directamente a Davin, frunciendo el ceño, suspirando, manteniéndose firme y negando con la cabeza:

—Es demasiado tarde.

—Merc te salvó la vida. Esa es una deuda que tienes que saldar.

Ver a una persona en guerra consigo misma no era algo agradable. Si había algo que Davin admiraba de Bosser, era que el hombre nunca parecía cuestionar sus decisiones. Había seguido adelante con su plan de arruinar el sistema solar sin una sola duda.

Cassidy no parecía tener esa confianza. Al menos no en este momento.

—Davin, si te digo dónde encontrarlos, tienes que prometerme algo —dijo Cassidy.

—¿Prometerte algo?

—Sí —dijo Cassidy—. Prométeme que no dejarás de luchar hasta que estés muerto o esta guerra haya terminado, con Eden en el lado perdedor.

—Eso suena grave —respondió Davin.

—Prométemelo.

Davin miró a Mox, a Phyla, y no encontró oposición allí.

—Vale, seguiremos disparando. Aunque no estoy muy seguro de a quién.

—Ese es mi problema —dijo Cassidy, y tecleó en su escritorio.

El mensaje desapareció, reemplazado por el mapa de Freestar, mostrando los anillos. Cassidy siguió tecleando y, en lo más profundo del centro, un punto rojo comenzó a parpadear. El mapa se amplió, mostrando la ubicación como un aparente centro de almacenamiento de alimentos.

—¿Los estáis congelando? —soltó Phyla.

—Preservar los cuerpos, encontrarlos cuando sea conveniente —dijo Cassidy—. No fue idea mía. Si llegáis rápido, podríais salvarlos.

—¿No puedes simplemente cancelarlo? —preguntó Davin.

Cassidy negó con la cabeza:

—Lo siento, Davin. Tengo que interpretar mi papel.

—Estamos perdiendo el tiempo —afirmó Mox.

El hombre de metal tenía razón. Si Cassidy no iba a hacer la llamada desde su espectacular oficina, entonces tendrían que jugar a ser rescatadores.

—Un placer verte, Cassidy —dijo Davin mientras se giraban y volvían hacia la puerta—. Buena suerte con tu desastre.

Mox abrió la puerta, mostrando, para sorpresa de nadie, al oficial y sus dos soldados que aún esperaban fuera. Davin y Phyla lo siguieron, el capitán esbozando su sonrisa arrogante.

—Gracias por esperar —dijo Davin—. ¿Os importaría mostrarnos la salida?

—¿Órdenes? —preguntó el oficial a Cassidy, ignorando a Davin.

—Saben demasiado —respondió Cassidy, con toda la frialdad casual que alguien podría usar para eliminar a un insecto—. Matadlos.

CAPÍTULO 36
HACIENDO RUIDO

Había indicios que Davin había aprendido a reconocer. Algunos eran sutiles, como la forma despreocupada en que Cassidy había ordenado la muerte de Davin. Otros no tanto, como la presentación de hace unos minutos donde Cassidy había desenmascarado la corrupción rebelde.

Cassidy no necesitaba hacer esas cosas si quería que Davin, Phyla y Mox terminaran siendo cadáveres humeantes.

Así que Davin golpeó al oficial en la cara con su puño derecho justo cuando Cassidy terminaba sus órdenes. El puñetazo tomó por sorpresa al hombre de Edén, lanzándolo contra la estrecha pared del pasillo. Detrás de él, Davin sintió a Mox pasar a toda velocidad con la rapidez sobrenatural que le ofrecía su exoesqueleto, una enorme mancha borrosa que, a juzgar por los gritos simultáneos de los dos soldados rebeldes, golpeó con fuerza.

Davin se acercó al oficial, inmovilizando el cuello del hombre contra la pared con su codo izquierdo mientras alcanzaba y desenfundaba el arma del oficial con la derecha. Quitando el seguro, Davin presionó el arma contra la sien del oficial.

—¿Quiere ser una leyenda —dijo Davin—, o preferiría vivir?

El oficial logró tragar saliva y asentir con la cabeza.

—Entonces esto es lo que va a hacer —dijo Davin—. Voy a seguirle muy de cerca, y usted nos guiará fuera de este laberinto. Déjenos recuperar nuestras armas y llévenos al anillo central para encontrar a nuestros amigos. ¿Entendido?

Otro asentimiento, acompañado de mucho sudor y ojos muy abiertos.

Al parecer, Davin daba más miedo de lo que pensaba.

Liberando al oficial de la pared, Davin lo enderezó, manteniendo el arma robada desenfundada y oculta bajo su gran chaqueta. Solo para enfatizar, Davin clavó el cañón en la espalda del oficial una vez más.

Al final del pasillo, Mox y Phyla habían neutralizado a los otros dos soldados. Mox no había sido tan amable como Davin, y había dejado inconscientes a ambos rebeldes con fuertes golpes que los dejaron en el suelo del pasillo. Phyla venía detrás, les quitó las armas, guardando un rifle para ella y entregando otro a Mox. Luego el hombretón arrastró a los dos soldados de vuelta a la oficina de Cassidy, donde la mujer interpretaba su papel acobardada detrás de su escritorio.

—Vamos —dijo Davin cuando Mox regresó—. Sáquenos con calma y sin problemas.

El oficial, para su eterno crédito, hizo lo que le ordenaron. Moviéndose un poco rígido —comprensible, dada la muerte potencial que acechaba muy cerca— el oficial rebelde los condujo por los pasillos traseros del casino, hasta la escalera plateada y azul, y hacia el vestíbulo.

Mox, siendo un humano gigante con un armazón metálico sobresaliendo de su cuerpo, siempre atraía la atención. Incluso con su chaqueta sobre los hombros, Mox no se ajustaba a los estándares humanos, y las miradas se dirigieron hacia ellos cuando el oficial guio al trío de Davin hacia el concurrido vestíbulo. Que Mox y Phyla ahora portaran rifles no ayudaba, especialmente cuando algunos de los mismos soldados que les habían escoltado lo notaron.

—¿Cassidy no los quería muertos? —preguntó un soldado que estaba sentado con lo que parecía café, su rifle apoyado contra la pared a su lado, mientras el grupo caminaba.

—Parece que los ha armado en su lugar —dijo otro, cuyas manos fueron directo a su rifle—. No le veo la lógica.

—Hágales cambiar de opinión —susurró Davin—. Si empezamos una pelea, usted será el primero en caer.

—Resulta que son amigos —dijo el oficial, con la voz un poco quebrada mientras hablaba—. Lo entendimos mal. Están aquí para ayudarnos.

—¿En serio? —dijo el soldado sentado, poniéndose de pie y mirando fijamente a Davin—. Pues qué suerte para nosotros, supongo.

—Siga avanzando —susurró Davin.

Davin no podía ver la cara del oficial ni sus manos, pero podía leer el ambiente. Un tiroteo en un vestíbulo como este, con él, Phyla y Mox al descubierto terminaría rápido.

Mientras más soldados se levantaban de sus bebidas, agarraban sus armas y observaban, el oficial los llevó hasta la mesa. Davin, Mox y Phyla cogieron sus armas, aunque el movimiento de Davin se vio entorpecido por la necesidad de mantener oculta el arma desenfundada. Extendió la mano izquierda, cogió el arma de la mesa e intentó llevarla a su funda.

El codo de Davin enganchó su chaqueta, apartándola.

Y cualquiera, todos los que miraban, podían ver la segunda arma, desenfundada y apuntando directamente a la espalda de su oficial.

Davin suspiró, maldijo y apretó el gatillo, disparando al oficial con un tiro que debería dolerle como el infierno pero permitirle ver el mañana. Phyla y Mox vieron el fogonazo y lo usaron como señal para levantar sus propios rifles y comenzar a disparar, obligando a los soldados rebeldes a lanzarse a cubierto como insectos huyendo de la luz repentina.

—¡Corred! —gritó Davin, terminando de enfundar su arma y alcanzando las granadas que habían dejado en la mesa.

No se molestó en recoger las bombas, sino que alcanzó y activó la primera. La esfera comenzó a emitir pitidos y destellos, y Davin se unió a Mox y Phyla en la carrera hacia la puerta. El oficial, herido, se levantó del suelo y corrió hacia el lado opuesto del vestíbulo, gritando a todos que se agacharan.

—Estás loco —dijo Phyla mientras corrían por el amplio pasillo, atrayendo las miradas de la multitud nocturna que cambiaba del happy hour a los trasnochadores—. ¡Cassidy quería que ayudáramos a detener a los líderes, no a destruir la base!

—No será tan malo —dijo Davin mientras corrían.

La explosión fue estruendosa, retumbando y crepitando por toda la estación. Los pies de Davin volaron y cayó con fuerza al suelo mientras estallaban los gritos. La hermosa vista de Saturno y las estrellas desapareció cuando las medidas de protección de Freestar enviaron una barrera metálica sellada al vacío deslizándose sobre el cristal. El polvo voló por el aire, cayendo alrededor de Davin y cubriéndolo de gris plateado.

Tumbado sobre su pecho, Davin miró hacia atrás, hacia la base rebelde, aquel viejo casino, y vio escombros absolutos donde antes estaba la entrada. Las ventanas que abarcaban su fachada habían estallado, y grietas recorrían su plateada y ondulante fachada. El humo salía del interior, mientras los gritos pasaban del pánico al apoyo. Llamadas pidiendo ayuda médica, asistencia para mover escombros, surgían sin cesar.

—Seguid moviéndoos —dijo Mox, inclinándose y levantando a Davin—. Has destruido un edificio. No lo desperdicies.

—Siempre manteniéndome centrado —dijo Davin, recuperando el equilibrio. Phyla ya iba por delante de ellos, dirigiéndose al siguiente tranvía que iba hacia el interior—. ¿Crees que he herido a alguien allí atrás?

—Sí —respondió Mox—, pero nos has salvado.

¿Y cuál era la proporción allí? ¿Cuántas vidas rebeldes equivalían a ellos tres?

Toda la "causa" hacía las cosas mucho más complicadas que antes. Si los rebeldes hubieran sido piratas o lacayos de Edén, Davin no habría dudado en eliminar a un montón, pero ahora tenía que reconocer que cada rebelde que hiriera hoy no podría luchar contra Edén mañana.

Davin luchó con esos pensamientos durante todo el camino hasta el tranvía, que no se movía. Phyla presionaba el botón de llamada una y otra vez, aunque el tranvía ya estaba allí. Cada pulsación era respondida con un pitido severo y un destello rojo desde las puertas del tranvía.

—Anulación de seguridad —dijo Mox—. Luna usa los mismos tranvías en nuestros metros.

—Porque tuviste que volar su edificio —dijo Phyla, pulsando de nuevo el botón.

—Un gracias por mantenernos con vida sería suficiente —respondió Davin, luego levantó su comunicador y estableció una llamada.

Los controles de seguridad debían funcionar desde la red de Freestar, y si había una persona que podría entrar...

—Por favor, dime que no eres tú la razón por la que todo el mundo está en pánico por aquí —la voz de Viola llegó con interferencias—. Toda la bahía está sellada ahora.

—Sobre eso —dijo Davin—. ¿Crees que puedes entrar en la red de Freestar?

—¿Creer? Llevo dentro media hora —respondió Viola, luego dudó—. Me aburría, y Fournine me dio la idea. Creo que quería ver si había otros androides aquí con quien hablar.

Preocupante. Lo último que Davin necesitaba era que su ordenador de vuelo fuera en busca de amor robótico.

—Entonces, ¿crees que podrías hacernos un favor? —dijo Davin, mirando al tranvía y encontrando lo que quería—. Necesitamos que desbloquees el tranvía 3-2-A para poder seguir avanzando.

—¿Queréis adentraros más en la estación?

Mox tocó el hombro de Davin, señaló hacia el edificio dañado al final del pasillo, —Están viniendo.

—No hay tiempo, Viola —dijo Davin—. Desbloquéalo, por favor.

—Vale, está bien —dijo Viola—. Pero la próxima vez, me llevo yo también. Fournine me está volviendo loca.

—Eres un sol —Davin cortó la llamada, tomó posición con Mox cerca del frente del tranvía—. Phyla, vigila la puerta. En cuanto se abra...

—Nos vamos, lo tengo —dijo Phyla, señalando a través del cristal del tranvía hacia el otro lado—. Será mejor que empieces a disparar.

Mox actuó primero, rodeando el tranvía y lanzando rayos láser con su rifle. Davin, mirando a través del cristal, vio los fuegos artificiales dispersar a las tropas rebeldes que se acercaban. Los disparos de Mox arrancaron trozos negros de edificios, bancos, obras de arte y todo lo demás que el hombre alcanzaba.

—Ni una sola baja —dijo Davin—. Buen disparo.

—¿No quedamos en ser amables? —respondió Mox.

—No tan amables como para que nos maten —dijo Davin, pasando junto a Mox con ambas armas desenfundadas.

Las armas más pequeñas no estaban hechas para disparar a distancias significativas, pero con la precisión adecuada, incluso el poder menguante de un láser podía ser efectivo.

Tan pronto como Mox detuvo su bombardeo, los acosados rebeldes que les perseguían salieron de sus coberturas y siguieron avanzando. Un par disparó hacia Davin, eligiendo proteger a sus amigos mientras avanzaban.

Ya fuera porque acababan de sobrevivir a una explosión o porque les había disparado un hombre del tamaño de Mox, los disparos rebeldes se desviaron. Los de Davin, apuntando justo donde aparecían esos destellos láser, como brillantes objetivos, no fallaron.

El rifle de un soldado explotó en sus manos cuando el disparo de Davin impactó, enviándolo volando hacia atrás. El segundo se agachó cuando el disparo de Davin quemó a un centímetro de su pecho. Los otros cuatro que cargaban directamente hacia Davin ahora estaban completamente desprotegidos.

—¡Estamos dentro! —llamó Phyla, mientras las puertas del tranvía se abrían de golpe y Davin apuntaba.

—Déjalos —dijo Mox, metiendo a Davin dentro del tranvía, mientras los rebeldes reducían su carrera al darse cuenta de que no alcanzarían al trío.

—Si hubieran sido de Edén, los habría fulminado —dijo Davin, agarrándose a un poste mientras el tranvía se alejaba hacia el anillo interior de Freestar—. A los cuatro. Fácil.

—Te habrías odiado por ello —dijo Phyla—. No estamos aquí para matar a un montón de soldados al azar, ¿recuerdas?

Davin lo sabía. Lo recordaba, pero en el momento, era fácil olvidarlo.

—¿Creéis que Cassidy me perdonará por volar su base? —dijo Davin mientras Saturno reaparecía en el hueco del anillo, una luz amarillo-azulada con el resplandor de Freestar.

—Quizás si le dices que lo sientes unas mil veces —dijo Phyla.

—Parece mucho.

—Estoy seguro de que estás acostumbrado —dijo Mox. Estos dos.

Davin enfundó las armas, sacó el comunicador y consultó el mapa público de Freestar. El lugar donde tenían a Opal y Merc estaba un anillo más hacia dentro, justo en el centro de Freestar. Davin les daba buenas probabilidades de llegar allí.

¿Pero salir?

CAPÍTULO 37
CASO CONGELADO

Si el tercer anillo de Freestar representaba la clase media de la estación, su segundo anillo se sumergía en las vidas de aquellos que se ganaban la vida bajo la sombra de Saturno. Apartamentos en cápsula abarrotados recibieron a Davin, Phyla y Mox al salir del tranvía, los microtubos encajados entre fábricas más antiguas que producían los bienes básicos necesarios para mantener alimentada y en funcionamiento una estación espacial.

Entre los discretos carteles de esos apartamentos, algún que otro bar para trabajadores y un restaurante se iluminaban bajo el resplandor de Saturno, creando una sensación más acogedora y cálida que los anillos exteriores modernos y de alta tecnología.

Eso, y la ausencia de soldados rebeldes o seguridad de Freestar cuando abandonaron el tranvía, provocó una sonrisa en el rostro de Davin.

—Ahora sí, este es mi tipo de lugar —dijo Davin, enfundando sus armas laterales. Mox y Phyla no podían ocultar sus rifles, pero se los colgaron sobre los hombros, dando la impresión a los transeúntes de que la muerte no era inevitable—. Es extraño que no estén cerrando el anillo aquí.

—¿Lo es? —dijo Mox—. Luna cerraría lo mínimo necesario. El pánico no ayuda en nada.

—Y perjudica las ganancias —añadió Phyla—. ¿Adónde vamos, Davin?

Phyla tenía la actitud correcta: con Opal y Merc potencialmente convirtiéndose en comida congelada, Davin no podía entretenerse en el ambiente del anillo interior. Sacó el comunicador, revisó el mapa y encontró uno de los escasos tranvías hacia el anillo central no muy lejos.

—Seguidme —dijo Davin.

—Como si fuéramos a hacer otra cosa —respondió Phyla, poniéndose en marcha.

Mox cubría la retaguardia mientras caminaban, intentando parecer lo más tranquilos posible. Detrás de ellos, el tranvía se desacopló de su amarre y se alejó rápidamente, sin duda para recoger a los soldados que los perseguían.

—¿Te arrepientes de haber venido por aquí? —le preguntó Davin a Mox—. ¿De haber dejado la luna para que te disparen?

—Habría sido agradable que las cosas salieran según lo planeado —respondió Mox—. Pero no me negaría a ayudar a un amigo, incluso si supiera que este sería el resultado.

—Eres un tipo muy majo.

Mox se rio.

—Sé que lo que cuenta en este universo es la amistad. El dinero, el empleo y los hogares van y vienen, pero las personas con quienes compartir el viaje... eso es lo más importante.

—Davin, podrías aprender algo de Mox —dijo Phyla.

—¿Y tú no? —respondió Davin.

Phyla esbozó una sonrisa.

—No, ¿quién crees que le enseñó lo que sabe?

Esta vez, Davin se unió a la risa de Mox. Se sentía bien, realmente, relajarse un poco incluso en medio de una situación tensa. Sí, Merc y Opal parecían estar en graves apuros. Sí, estaban atrapados en lo profundo de una estación espacial con una fuerza mayor movilizándose para aplastarlos, pero los Wild Nines habían estado en situaciones similares antes.

El desastre resultaba familiar.

Mejor sonreír mientras dure.

El tranvía hacia el núcleo de Freestar no estaba tan vacío (las alarmas de seguridad no habían llegado tan lejos, y los trabajadores mantenían turnos constantes en las profundidades de la estación), pero nadie prestó atención a sus rifles y chaquetas polvorientas. Davin esperaba un grito, una mirada sorprendida seguida de una estampida repentina cuando la gente se diera cuenta del armamento pesado a su alrededor.

Aunque, pensándolo bien, en Vagrant's Hollow, Davin había crecido rodeado de forajidos y personas que vivían al margen de la sociedad. Mientras las armas no apuntaran a él o a sus amigos, Davin no se habría dado cuenta. No le habría importado.

Ya tenía suficientes problemas.

Los últimos vestigios de vida cotidiana desaparecieron cuando el tranvía entró en el centro de Freestar. La sección inicial de la estación había sido, por necesidad, construida con la eficiencia en mente. Sistemas centrales, producción de necesidades vitales y escasa consideración para el lujo. A medida que la estación crecía, algunos mecanismos menos importantes habían sido enviados a anillos más alejados, dejando una mezcla dispersa de lo antiguo y lo nuevo.

Ningún techo transparente adornaba el núcleo de Freestar, aunque los ejes gravitacionales y antenas de la estación, brazos de acoplamiento de emergencia y más habrían bloqueado la vista. Las personas que los acompañaban en el tranvía parecían más deprimidas ahora que Saturno había desaparecido, con sus cabezas enterradas en comunicadores o en conversaciones silenciosas entre ellos.

Nadie hablaba de citas para cenar, del próximo espectáculo que iban a ver, ni siquiera de qué demonios estaban tramando los rebeldes después de la paliza que les había dado Eden.

—Menudo grupo de amargados —dijo Davin mientras el tranvía se vaciaba—. Creo que prefiero los anillos exteriores.

—Prefieres la fiesta a los barrios obreros —dijo Mox, poniendo su mano en el hombro de Davin.

—No, prefiero *llevar* la fiesta a los barrios obreros —respondió Davin—. Esta va a ser la mayor diversión que este anillo haya visto jamás.

—Tienes una extraña definición de diversión —dijo Phyla, comprobando la potencia de su rifle mientras los últimos civiles se alejaban—. Prefiero un circuito de tiro a un tiroteo cualquier día.

A pesar de los deseos de Phyla, ningún tiroteo les sorprendió al salir del tranvía. Según el informe de Cassidy, los operativos rebeldes habían llevado a Opal y Merc hasta aquí y más lejos. Davin no entendía por qué no habían intentado preparar una emboscada, pero no iba a quejarse.

—Lo siento, Phyla —dijo Davin, señalando a la izquierda, hacia donde debería estar el almacén de alimentos congelados —. Algo me dice que apretaremos los gatillos varias veces antes de que acabe el día.

—Mientras disparen contra ti y no contra mí, estaré bien.

Davin habría respondido, habría soltado una réplica encantadora y devastadora al comentario de Phyla, pero su comunicador comenzó a vibrar. El rostro de Viola apareció en la pequeña pantalla. No era el mejor momento para una llamada, pero Viola estaba protegiendo su nave, así que...

—Davin, no me lo estás poniendo fácil —dijo Viola—. Nos han encerrado.

—¿Encerrado? —Davin miró a su alrededor, notando la ausencia de cadenas—. Estamos bastante libres.

—El *Jumper*, idiota. Tu incidente en el tercer anillo alertó a todo el mundo —Viola miró fuera de la pantalla—. Fournine asustó al primer equipo con las torretas, pero ahora simplemente están apostados fuera. Han sellado la puerta de nuestro hangar.

—¿Y por qué no la voláis? —Davin siguió caminando mientras el almacén aparecía más adelante, su estructura curva sobresaliendo hacia la parte más estrecha del anillo—. Salid, y luego podéis dar la vuelta y recogernos.

Igual que en Calisto. No tener atmósfera haría más complicado abrir un agujero en la pared, pero podrían ingeniárselas.

—Sí, eso nos mataría —respondió Viola—. Los rebeldes tienen cazas estacionados fuera, esperando eso mismo. ¿Supongo que intentasteis algo similar en Calisto?

—Vaya, me han prestado atención —dijo Davin—. Entonces tendrás que pensar en algo.

—¿Como qué?

Mientras se acercaban al almacén, el pasillo nuevamente desprovisto de gente, Mox y Phyla desenfundaron sus rifles. Davin sacó su arma lateral con la mano derecha, manteniendo la mirada alternando entre el comunicador y la puerta del almacén.

—Sé creativa —dijo Davin—. Cuanto antes salgáis de ahí y os acerquéis al anillo central, mejor.

Davin cortó la llamada, bajó su brazo hacia la segunda arma lateral, mientras la puerta central del almacén, una enorme puerta metálica doble, se deslizaba para abrirse. Una fría niebla blanca salió a borbotones, como una neblina. Dentro, entrecerrando los ojos, Davin pudo distinguir sombras colgantes y apiladas.

—¡Al suelo! —gruñó Mox, y Davin siguió la orden por instinto, lanzándose a su izquierda.

Davin rodó mientras un intenso fuego láser azul brotaba del almacén, un único rayo constante de lo que parecía ser un rifle pesado o algo peor. El resplandor ardiente atravesó el lugar donde había estado el trío, con Phyla yendo a la derecha, Davin en el suelo a la izquierda, y Mox...

El grandullón se estrelló contra el suelo justo cerca de la entrada, combinando su exoesqueleto con la gravedad reducida de Freestar para lograr un largo salto. Con la niebla aún saliendo, Mox tenía una cobertura decente. Suficiente, tal vez, para disparar a modo de respuesta sin ser incinerado.

Si Davin podía ganarle algo de tiempo.

—¡Busca otra puerta! —gritó Davin a Phyla, quien se alejó más a la derecha, avanzando por el costado del almacén.

Freestar, como la mayoría de las estaciones espaciales, no dejaba espacios entre sus edificios, pero el almacén se extendía lo suficiente como para que hubiera otra entrada. Una sin muerte ardiente saliendo de ella. Empuñando su arma lateral y deseando tener a Melody, Davin escupió algunos disparos en dirección del láser pesado, lo que solo sirvió para atraer su atención.

Los láseres quemaron el suelo mientras se dirigían hacia Davin, haciendo burbujear las baldosas de Freestar y no dejando dudas sobre lo que harían si alcanzaban el cuerpo de Davin. Otro salto lo llevó lo suficientemente a la izquierda para que la pared del almacén le diera cobertura.

Por un instante fugaz.

A Davin se le cayó la mandíbula cuando el maldito láser continuó, cortando a través de la pared del almacén y trazando hacia él. Comenzó a moverse nuevamente a la izquierda solo para que el arma pesada lo anticipara y le cortara el paso, disparando a través de la pared donde, si Davin hubiera sido un hombre más rápido sin una chaqueta voluminosa, habría estado de pie.

—¡Ayuda! —chilló Davin, sintiéndose claramente poco masculino al hacerlo, y se impulsó en la dirección contraria.

Sin la fricción de una gravedad fuerte, sus botas resbalaron en las baldosas con el giro rápido y Davin cayó hacia adelante, con los láseres dirigiéndose hacia él.

Bueno, al menos la muerte sería rápida.

Davin se incorporó, disparó el arma lateral una última vez mientras caía al suelo, enviando un proyectil rojo a través de esa niebla hacia el fuego láser. El disparo se desvaneció en la niebla, los láseres siguieron llegando, y justo cuando Davin comenzaba a cerrar los ojos para el ardiente final, la muerte azul se disparó hacia arriba, cosiendo un rastro negro en el edificio al otro lado del pasillo mientras el artillero enemigo dirigía su puntería hacia el techo antes de que los disparos se apagaran por completo.

Su disparo. Ese último disparo desesperado debió haberlo salvado.

—Todavía lo tengo —dijo Davin a nadie mientras el fuego láser se extinguía, sin causar ninguna muerte.

Davin se puso de pie, se acercó sigilosamente a la entrada del almacén. Mox había desaparecido, probablemente dentro, y a lo largo del anillo, Davin vio una puerta más pequeña abierta. Phyla había encontrado su entrada, una probablemente destinada para humanos reales en lugar de las puertas de carga.

La niebla envolvió a Davin cuando entró, su frío gélido cubriendo su piel y quemando sus ojos. Cada olfateo traía consigo químicos, ese frío duro y antinatural. La pared perforada del almacén y sus restos desconchados añadían un tinte ceniciento a todo.

—¿Mox? —llamó Davin—. Dime que estás aquí, amigo.

Las sombras crecieron mientras Davin avanzaba, con las armas laterales en ambas manos. Se acercó lo suficiente a un pilar oscuro para ver que el almacén cumplía su propósito, las cajas apiladas mostraban los diversos alimentos en su interior. Ninguna de las etiquetas indicaba papilla nutritiva.

—Qué suerte —murmuró Davin.

A medida que las pilas se espesaban, Davin comenzó a preguntarse cómo alguien podría haber disparado fuera del almacén con precisión. Sus botas se arrastraban sobre el suelo helado, sus manos se sentían bloqueadas en los fríos agarres de las armas, y Davin tenía que seguir parpadeando para eliminar la escarcha de sus párpados congelados.

El hombre apareció entre la niebla directo hacia él, prácticamente volando sobre las baldosas. Davin gritó, intentó retroceder, resbaló y cayó de culo. Entonces notó que su atacante colgaba flácido, definitivamente inconsciente en su uniforme rebelde carmesí.

Mox sostenía el cuerpo, riéndose para sí mismo, con el láser pesado en su otra mano, el gran arma pareciendo bastante normal junto al exoesqueleto. No había señal de quemadura láser en el cuerpo o el arma, así que Davin decidió mantener silencio sobre su disparo heroico. No había necesidad de presumir, después de todo.

Phyla apareció un segundo después mientras Davin se levantaba, sonriendo y sacudiendo la cabeza.

—¿Veis lo que me ha hecho este tío? —dijo Davin, poniéndose de pie—. Por esto disolví los Wild Nines. Todas estas tonterías cuando estamos en una misión de rescate.

—El rescate está hecho. Están bien —dijo Mox—. Allá atrás, los liberé.

Como si oyeran sus nombres, Opal y Merc aparecieron caminando entre la niebla, ambos frotándose las muñecas y tiritando. Opal encontró la mirada de Davin y le hizo un gesto con la cabeza. Todos los agradecimientos que necesitaba.

—Muy bien —dijo Davin—. Eso fue más fácil de lo que pensaba. Ahora solo tenemos que llamar a Viola, ella nos saca de aquí volando, y somos libres.

Un ruido de trituración puntuó la última palabra de Davin, viniendo de detrás de él. De vuelta hacia la salida. Una puerta se cerró de golpe, a la derecha de Davin, por donde había entrado Phyla. Sin ningún lugar adonde ir, la niebla se espesó, se volvió más fría.

—Bueno —dijo Davin, golpeando suavemente su arma

lateral contra una pila de frutas congeladas—. Al menos no moriremos de hambre.

CAPÍTULO 38
RECIBIMIENTO GÉLIDO

Los rebeldes rellenaron los agujeros que habían abierto con explosivos su propio hombre. Utilizando una espuma gruesa, del tipo que se usa para emergencias en caso de fugas al vacío, empaquetaron las aberturas y dejaron a Davin tocando con el dedo la sustancia mientras intentaba decidir si la espuma se sentía blanda o si su dedo se había quedado completamente entumecido.

—Pensé que moriría de muchas formas diferentes —dijo Opal, mirando fijamente la puerta doble cerrada—. Congelarme en una cámara frigorífica no era una de ellas.

—¡Sorpresa! —dijo Davin, y luego tosió cuando el frío se coló en su boca—. Cuando las cosas pueden empeorar, van a empeorar.

Phyla y Merc ayudaron a Mox a moverse para unirse a ellos junto a la puerta, el hombre corpulento apenas podía hacer que el exoesqueleto se moviera con sus músculos. Al parecer, no estaba diseñado para congeladores, las articulaciones no funcionaban con normalidad. No se activaban con mucha fuerza.

Al principio, Davin había sugerido que Mox simplemente destrozara la salida, pero cuando Mox se dispuso a ejecutar esa idea, se tambaleó y se cayó. La batería del láser pesado estaba agotada, y los rifles y las armas cortas que llevaba el grupo demostraron rápidamente ser tan inútiles en el frío como el metal de Mox.

—¿Sigues sin conseguir nada? —preguntó Davin a Mox—. No puedo creer que no te advirtieran sobre esto.

—La persona que me puso esto era un criminal que dirigía un laboratorio ilegal —dijo Mox—. No me dijeron nada.

—¿Y aun así seguiste adelante? —dijo Merc, farfullando por el castañeteo de dientes—. Vaya.

—No tenía elección —respondió Mox.

—Me encantan los recuerdos —dijo Phyla, abrazándose a sí misma—. Pero, ¿cómo vamos a salir de aquí?

Davin había intentado gritar a través de las puertas, incluso golpeando un mensaje en código Morse por si acaso, pero nadie había respondido. Los cierres de seguridad de las dos puertas no respondían a los intentos de Davin de apretar los botones. Por encima y alrededor de ellos, el aislamiento se mezclaba con la luz blanca. Sin ventanas, sin rejillas que sirvieran de salidas convenientes.

Ninguno de ellos era lo suficientemente pequeño como para pasar por un conducto, por mucho que Davin lo deseara.

—Separémonos —dijo Davin—. Dad otro vistazo. Ved si podéis encontrar algo que pueda funcionar. Quién sabe, tal vez podamos usar plátanos para abrirnos camino a golpes.

—Tengo frío, pero no estoy loco —bromeó Merc—. Plátanos. Estás perdiendo la cabeza, tío.

—Nunca dije que la tuviera.

Davin fue directamente hacia atrás, alejándose de Mox y la gran puerta. Opal, Merc y Phyla se dispersaron en otras direcciones mientras Mox desempeñaba el papel de estatua y esperaba en la entrada. Aquellos pilares oscuros, apilados de comida congelada, miraban a Davin de reojo, como susurrándole que se uniría a ellos, esperando algún deshielo futuro donde, junto a las piñas congeladas, Davin sería servido a una hambrienta población de la estación espacial.

Mientras daba vueltas a escenarios en los que, tras descongelarse, Davin de alguna manera luchaba contra las hordas de caníbales hasta llegar al resplandeciente *Jumper* que lo esperaba, el capitán siguió arrastrando los pies por el almacén hasta que su pie rozó algo en el suelo. Mirando hacia abajo, Davin solo vio la niebla.

Dio otra patada. Definitivamente había algo allí.

—¿Un tesoro enterrado? —dijo Davin, mientras el frío se hundía en su mente, sus palabras, sus pulmones, su todo.

Se agachó y sintió una tela rígida. Un ligero calor debajo. Davin apartó la niebla con la mano y se quedó mirando. El soldado rebelde inconsciente al que Mox había golpeado y tirado a un lado yacía en el suelo, con una gran placa de identificación pegada en su pecho. Una placa que debería abrir las puertas.

—¡Eh! —intentó gritar Davin, pero su llamada salió como un ronco graznido—. ¡Necesito ayuda aquí!

Su voz no se propagaba muy bien al principio, pero después de unos cuantos gritos más, el esfuerzo trajo algo de vida al cuerpo de Davin, y los demás lo oyeron y, menos Mox, se acercaron. Entre los cuatro, con los huesos doloridos por el esfuerzo en el frío, levantaron el cuerpo y lo llevaron de vuelta a Mox y a la entrada principal.

Davin se detuvo antes de golpear la identificación contra la puerta, aunque no deseaba nada más que abrir esa compuerta y tambalearse hacia la calidez de Freestar.

—Estarán esperando —dijo Davin—. Lo que significa que necesitamos un plan.

—Escudo humano —dijo Phyla.

—¿Qué?

—Tú vas primero. —Phyla señaló a Davin—. Pero apoya a su tío contra ti. No dispararán de inmediato, y eso nos dará un segundo. Quizás una oportunidad para negociar una tregua.

Los rebeldes podrían decidir simplemente disparar, pero después de que Davin preguntara de nuevo, nadie parecía tener mejores ideas.

—Ser quemado por un láser sería mejor que congelarse —añadió Opal al final de la conversación—. Al menos esa es una muerte rápida.

—Puede que esté en minoría, pero preferiría no morir en absoluto —murmuró Merc.

—Entonces vamos a arriesgarnos, porque estoy jodidamente helado y cansado —dijo Davin. No hubo discusión sobre quién sostendría el cuerpo, quién sería el objetivo—. Ninguna de nuestras armas funciona, así que no las saquéis. Recordad, la idea es no morir.

—Un principio de los Wild Nines —añadió Phyla.

—Cierto. —Davin levantó al hombre inconsciente y escarchado. Era pesado, peso muerto, pero la gravedad de Freestar, menor que la de la Tierra, permitió a Davin arrastrar al hombre hasta la ancha puerta doble—. Allá vamos.

Con los dedos entumecidos, los pulmones doliéndole con cada respiración y la nariz aparentemente congelada en un trozo helado, Davin empujó el cuerpo contra el panel cerrado, y apretó aquella placa de identificación congelada en el uniforme del hombre contra el escáner.

El frío hizo que el escáner parpadeara lentamente, pero a diferencia de los rifles y las pistolas, las cerraduras aquí estaban diseñadas para funcionar a bajas temperaturas. Sonó un pitido adormecido y los engranajes giraron, deslizando hacia atrás la puerta del almacén.

Davin dio dos pasos arrastrando los pies, intentando poner el cuerpo del soldado rebelde delante del suyo. Davin era más alto pero más delgado, así que con las rodillas un poco flexionadas y un agarre firme en la espalda del rebelde, logró mantener el cuerpo congelado en su sitio. Las manos entumecidas de Davin ayudaban; lo sabía, podía ver la escarcha donde sus dedos desnudos se aferraban, pero no podía sentirlo.

La niebla helada aprovechó su oportunidad de escapar y la aprovechó, huyendo del almacén en una cascada de ola blanca plateada. La avalancha fluyó hacia fuera y dentro de la explanada del anillo central, cubriendo al menos a quince o más rebeldes, todos esperando con las armas preparadas.

—¡Davin Masters! —gritó Cassidy, y Davin la distinguió, de pie en el centro del grupo—. ¿Por qué no tienes la decencia de morir?

Davin, castañeteando los dientes, intentó averiguar cómo hablar.

—Nunca he tenido decencia en mi vida, buena o de otro tipo. Tampoco me apetecía convertirme en hielo, así que ¿qué tal si hacemos un trato?

Ver a Cassidy le dio a Davin un poco de esperanza, dejó entrar en su corazón parte de ese coraje descarado que tanto le gustaba. De ninguna manera ella haría que los soldados les dispararan. Habría una discusión complicada y luego Cassidy dejaría ir a los 'Nines'.

—¿Un trato? —respondió Cassidy, sacando su arma y apuntando hacia Davin. Mientras lo hacía, los otros rebeldes también levantaron sus armas—. Te haré una oferta: suelta a nuestro amigo, y de ese modo, cuando mueras, tendrás una vida menos de la que responder.

Hmm. No era exactamente el trato que Davin esperaba.

—Eh, por muy tentadora que sea esa oferta —dijo Davin, tratando de averiguar su jugada—. Voy a tener que declinarla. No suena tan buena para mí.

—Tú decides —dijo Cassidy—. Primero aturdidlos, todos. Una vez que nuestro hombre esté fuera del camino, podremos acabar con Davin y sus amigos congelados.

Un punto de inflexión. Davin miró fijamente a Cassidy, tratando de descifrar en su rostro enfadado si esto seguía siendo una treta, si ella había cambiado de opinión —volar su base podría haber sido un mal movimiento— o si, de alguna manera, un plan de escape pendía de sus palabras.

Davin tenía una carta más que jugar. Podría decir lo que Cassidy les había contado en su oficina, podría intentar volver a los rebeldes contra su propia líder. Las probabilidades de que eso funcionara parecían bajas, pero mejor que nada.

Esa sería la táctica mercenaria. Leal solo a ti mismo, a tu dinero y a tu supervivencia. Davin lo había intentado en los últimos años, y había fracasado. Él y Phyla no habían encontrado amor o éxito dejando las causas a un lado. Davin no quería exactamente morir por una, pero era mejor que morir por nada.

Mantuvo la boca cerrada. Por Cassidy, por su causa.

—Preparados —dijo Cassidy, levantando su arma corta—. Apuntad.

Davin cruzó la mirada con Cassidy, vio la más ligera sonrisa tocar sus labios.

Freestar se quedó a oscuras.

Las luces se apagaron. El zumbido constante de las máquinas de reciclaje de aire, de los calentadores y de otros mil millones de dispositivos se apagó. La estación seguía girando por inercia, pero eso era todo.

Mox, crujiendo mientras se movía, agarró a Davin mientras el capitán comprendía lo que acababa de suceder. Nadie podía ver en la oscuridad, pero Mox corrió de todos modos mientras los soldados rebeldes gritaban pidiendo órdenes, y Cassidy respondía que contuvieran el fuego, que no se arriesgaran a golpear a un amigo.

Por un segundo, mientras Mox corría con pasos firmes, Davin pensó que estaban abandonando a Phyla, Opal y Merc. Sin embargo, decir algo sobre eso llamaría la atención sobre los dos que corrían a través de la oscuridad, golpeando el suelo metálico.

Los sonidos rebeldes disminuyeron mientras Mox siguió moviéndose alrededor del anillo, manteniéndose en lo que Davin suponía que era el centro de la pequeña explanada. En uno de los anillos exteriores, con su decoración y estatuas y proyectores de anuncios, Mox habría estado destrozando todo tipo de trastos. ¿En el austero y funcional centro? Una embestida a ciegas no encontraba nada que destruir.

—Parando —dijo Mox, y dejó a Davin en el suelo—. Creo que estamos a salvo.

Davin miró a su alrededor, la oscuridad total interrumpía cualquier concepto de dónde estaba algo. Levantó su comunicador, lo encendió. Giró el pequeño resplandor para ver a Phyla, Opal y Merc alcanzándolos.

—¿Cómo nos habéis seguido? —preguntó Davin, tratando de analizar sus mil preguntas, cómo había pasado de una muerte segura a estar de pie en una explanada oscura como la boca de un lobo.

—Mox no es precisamente silencioso —dijo Phyla—. Esas articulaciones congeladas hacen ruido.

—Ruido que los rebeldes no sabrían seguir —dijo Mox.

—Bueno, supongo que todos sois más listos de lo que pensaba —respondió Davin—. Pero una vez que Freestar se ponga en marcha, nos atraparán de nuevo.

Los Nines no tenían armas con las que luchar esta vez.

El comunicador de Davin vibró. Viola llamando.

—Dime que estás detrás de esto —dijo Davin al contestar. El repentino apagón de Freestar, su total fallo mecánico, tenía cierto aire familiar—. ¿Y que tienes una salida para nosotros?

—La escotilla de acoplamiento original de Freestar está cerca —dijo Viola—. Llegad a ella, y te prometo que te diré cuánto me debes una vez que estés a bordo.

En su comunicador, Davin encontró la vieja escotilla. Mox había ido, más por suerte que por otra cosa, en la dirección correcta alrededor del anillo central, poniendo su salida a no más de unos minutos de camino.

—Tengo que decir —dijo Merc mientras se dirigían hacia la escotilla— que no esperaba esto. Pensaba totalmente que ibas a palmarla, Davin.

—De acuerdo —añadió Opal—. Incluso para nosotros, parecía sombrío.

—Nunca me deis por vencido —dijo Davin.

—¿Perdona? —dijo Phyla—. No creo que esa fuga tuviera nada que ver contigo.

—Suerte es mi segundo nombre, Phyla. Sin mi encanto, habríamos sido pan tostado. Fácil.

Davin no necesitaba mirar para ver las cabezas negando, ni escuchar para oír los resoplidos y suspiros.

La vieja escotilla tenía señales de emergencia y pegatinas por todas partes, ninguna de las cuales impidió que Mox rompiera su sello y abriera la esclusa de aire. Freestar podría no tener energía, pero el propósito de la esclusa de aire significaba que se apoyaban en métodos manuales, y Mox era, si no otra cosa, eficiente a la hora de girar válvulas.

El estrecho espacio de la esclusa de aire, diseñado para los primeros días de Freestar, apenas podía acomodar a Mox. Por insistencia de Davin, Phyla se apretujó con el hombre de metal para el primer ciclo, saliendo con un silbido por el tubo gris que conectaba, eso esperaba Davin, con el *Jumper*.

—Oye —dijo Opal mientras esperaban en la oscuridad bajo la escotilla, esperando a que se completaran los procesos —. Gracias por venir a buscarnos.

—¿Dudabais de mí? —dijo Davin.

—No es eso —dijo Merc—. Es más bien que no pensábamos que supieras lo que estaba pasando.

—Vuestras caras estaban por toda la estación. Declarándoos muertos.

—Vimos eso —dijo Opal—. Pensé que estarían encantados de vernos. En lugar de eso, nos apartaron, nos dijeron que no deberíamos haber vuelto y nos llevaron a punta de pistola a ese congelador.

—Tanto para ser héroes rebeldes —murmuró Merc.

—Para algunos, todavía lo sois —dijo Davin mientras la esclusa de aire terminaba su ciclo—. Vale, vosotros dos los siguientes.

—Davin, tú eres... —comenzó Opal.

—Órdenes del capitán —dijo Davin—. Andando.

La piloto de combate y el francotirador no discutieron, quizás incluso sonrieron ante las viejas palabras. Con los esfuerzos de apertura de Mox aflojando la escotilla, Opal y Merc entraron sin problemas. La escotilla se cerró, la esclusa de aire se puso en marcha y las luces de Freestar se encendieron de golpe.

Davin parpadeó ante el repentino resplandor, hizo una mueca cuando mil alarmas diferentes empezaron a sonar mientras varios sistemas se daban cuenta de que habían sido apagados incorrectamente. Las puertas se abrieron mientras los trabajadores, sellados cuando las cerraduras fallaron, inundaron la explanada y alternaron entre preguntas de pánico y la comprensión de que tenían grandes problemas que resolver.

El capitán de los Wild Nines observó todo desde la base de la esclusa de aire de emergencia, con los brazos cruzados, disfrutando del hormigueo cálido mientras recuperaba la sensibilidad en las manos. Caos puro, pero no, por una vez, dirigido hacia él.

—¿Vienes o qué? —su comunicador vibró mientras Viola hacía la pregunta—. No creo que la gente nos deje quedarnos aquí arriba sin que nos noten para siempre.

La esclusa de aire estaba abierta, lista y esperando. Davin subió por la escalera, abrió la escotilla, activando más alarmas, ahora activas, para añadir al ruido de Freestar, y se deslizó dentro.

CAPÍTULO 39
UN MENSAJE

El *Jumper* flotaba en la nada más allá de los anillos de Saturno, fuera de las órbitas de sus lunas y lejos de cualquier ruta espacial cartografiada. Se habían separado de Freestar mientras la estación espacial volvía a la vida y, con Phyla a los mandos, salieron disparados antes de que pudieran organizar cualquier tipo de venganza contra ellos.

Fournine vigilaba los escáneres mientras los seis miembros, antiguos y actuales, de los Wild Nines se reunían en la bodega de carga, mirándose unos a otros con esa mezcla de amistad y sorpresa ante una reunión inesperada.

—Así que tenemos un par de fugitivos, una centurión lunar, dos rebeldes supuestamente muertos y una ingeniera de Eden —dijo Davin mientras todos sorbían una papilla nutritiva y bebían un café muy rancio, intentando superar el agotamiento de la aventura en Freestar—. No es precisamente una tripulación normal.

El mensaje había llegado una hora después de alejarse a toda velocidad de Freestar, mucho antes de que Davin estuviera lo suficientemente tranquilo como para calificar su escape de exitoso. Un haz concentrado de Cassidy que les ofrecía una opción, una elección.

—Davin —comenzaba el mensaje de Cassidy—. Dale las gracias a Viola por la idea, de lo contrario no estoy segura de que hubiera podido sacarte de allí con vida. Antes de que salgáis corriendo hacia el otro lado del sistema solar, espero que pienses en nuestra conversación. La causa rebelde no está muerta, pero morirá si no cambiamos su rumbo. Necesitamos entender por qué Alissa quiere dinero más que paz, y convencerla de que ponga fin a la guerra. No me escuchará a mí, pero quizás aquellos que la salvaron hace años puedan captar su atención.

Para ser un mensaje, Cassidy dejaba clara su postura.

—Cassidy quiere que luchemos por la causa —continuó Davin dirigiéndose a la tripulación—. Quiere que encontremos a Alissa y la hagamos cambiar de opinión, porque Cassidy cree que todo esto trata de algo más grande que una guerra.

—Porque así es —dijo Merc—. La tropa, al menos, cree que estamos luchando por nuestra propia libertad.

—No me habría unido si no lo pensara así —coincidió Opal.

—Vale, así que los rebeldes quieren luchar por los rebeldes —dijo Davin—. Justo. El resto tenemos que elegir si vamos con Opal y Merc, o nos separamos.

—Davin —dijo Mox—. Opal y Merc no son rebeldes. Son Wild Nines. Como todos nosotros.

—Y no abandonamos a los nuestros —dijo Phyla.

Davin asintió, desviando la mirada hacia Viola—. ¿Qué opinas, Vi?

Viola miró hacia el contenedor negro y amarillo, donde el arma que había dejado fuera de combate a Freestar volvía a estar almacenada.

—Creo que le debo la vida a mucha gente —dijo Viola—. Yo creé esa arma. Debería asegurarme de que traiga la paz que pensé que traería.

—¿Quieres decir que no pensaste que haría que tu empleador quisiera verte muerta? —dijo Merc.

—Alissa os está utilizando tanto como Eden me está utilizando a mí —respondió Viola.

—La misma pregunta para ellos, sin embargo —dijo Phyla—. ¿Por qué Eden busca una pelea?

—Tenemos preguntas, y parece que Eden y los rebeldes estarán demasiado ocupados luchando entre sí como para notar que estamos buscando respuestas —dijo Davin—. Viola, si nos ayudas, encontraremos primero a Alissa y después iremos a por la gran E.

—Todos estáis olvidando algo —dijo Puk, el robot de Viola, mientras flotaba sobre su hombro—. Ambos bandos os quieren muertos. Dondequiera que vayáis, seréis cazados.

Davin se rio—. Puk, si hay algo a lo que estamos acostumbrados, es a eso.

Todos esbozaron distintas sonrisas, desde la amplia y arrogante mueca de Merc hasta los labios ligeramente verdosos y curvados hacia arriba de Phyla. Opal sacudió la cabeza, pero no lo negó.

—Me estáis pidiendo que tire por la borda mi carrera para volver con vosotros —dijo Viola, como si se diera cuenta de lo que significaba todo esto—. Lo tenía todo. Los mejores científicos, ingenieros y el equipamiento que Eden podía ofrecer. ¿Y tengo que cambiarlo por esto?

Viola hizo un gesto teatral mirando alrededor de la bodega de carga del *Jumper* y sus confines desordenados, el tubo vacío de papilla nutritiva frente a ella y una tripulación que aún se estaba descongelando de su helada aventura en el almacén de Freestar.

—Ese es el trato —dijo Davin.

—Vale —Viola se rio mientras hablaba—. Me apunto.

Encontrar a Alissa, detener la guerra. Suena fácil, pero nadie sabe dónde está Alissa, salvo alguna escoria mugrienta decidida a arruinar el merecido descanso de Davin.

Continúa la aventura con *Luna Traicionera:*

SOBRE EL AUTOR

A.R. Knight teje historias en una gélida casa en Madison, Wisconsin, principalmente propiedad de un par de gatos. Después de verse arrastrado a la rutina laboral durante la crisis económica de 2008, se encontró volando a través del espacio y viviendo grandes aventuras durante aburridas reuniones.

Con el tiempo, tras dedicarse a podcasts, guiones, relatos cortos y otras novelas, encontró una historia en la que podía sumergirse y un elenco de personajes tan entretenidos como llenos de corazón.

A.R. Knight planea saltar a otros mundos y descubrir nuevas historias que contar en los límites infinitos de nuestra imaginación.

¡Gracias, como siempre, por leer!

Para Liza